R.L.Stine
Fear Street · Erbe der Hölle

Alle Taschenbücher der Reihe
Fear Street:

Ferien des Schreckens
Stadt des Grauens
Straße der Albträume
Straße des Schreckens
Geheimnis des Grauens
Rache des Bösen
Schule der Albträume
Spiel des Schreckens
Nacht der Schreie
Freundschaft des Bösen
Klauen des Todes
Opfer der Nacht
Erbe der Hölle
Vermächtnis der Angst
Nacht der Vergeltung
Stimmen der Finsternis
Mörderische Verwechslung
Gefährliches Vertrauen
Atem des Todes
Rache ist tödlich

FEAR STREET®

R.L. Stine

Erbe der Hölle

Mix
Produktgruppe aus vorbildlich
bewirtschafteten Wäldern und
anderen kontrollierten Herkünften

Zert.-Nr. SGS-COC-001940
www.fsc.org
©1996 Forest Stewardship Council

ISBN 978-3-7855-6459-2
Veränderte Neuausgabe 2010
2. Auflage 2010
© für diese Taschenbuch-Ausgabe 2008 Loewe Verlag GmbH, Bindlach
Erschienen unter den Originaltiteln
The Thrill Club (© 1994 Parachute Press, Inc.)
und *The Dare* (© 1994 Parachute Press, Inc.)
Alle Rechte vorbehalten inklusive des Rechts zur vollständigen
oder teilweisen Wiedergabe in jedweder Form.
Veröffentlicht mit Genehmigung des Originalverlags, Pocket Books, New York.
Fear Street ist ein Warenzeichen von Parachute Press.
Als deutschsprachige Ausgabe erschienen in der Serie Fear Street
unter den Titeln *Die Wette* (© 2004 Loewe Verlag GmbH, Bindlach)
und *Die Mutprobe* (© 2004 Loewe Verlag GmbH, Bindlach).
Aus dem Amerikanischen übersetzt von Johanna Ellsworth.
Umschlagillustration: Silvia Christoph
Printed in Germany (007)

www.loewe-verlag.de

Die Mutprobe

Wenn das Grauen wahr wird ...

1

Zitternd warf Sandra Carter einen Blick über die Schulter. „Bilde ich es mir bloß ein oder verfolgt mich wirklich jemand?", fragte sie sich.

„Natürlich bilde ich es mir nur ein."

Aber warum war es so dunkel? Und weshalb gab es in der Fear Street keine Straßenlaternen? Es war schon schlimm genug, dass sie allein am Friedhof vorbeilaufen musste. Wenigstens ein bisschen Mondlicht hätte sie sich gewünscht.

Die Sohlen ihrer Turnschuhe knirschten auf dem Gehweg, während sie nach Hause eilte. Wieder lauschte sie auf die Schritte hinter sich. Doch die einzigen Geräusche, die sie hören konnte, waren ihre Schritte und das schrille Kreischen einer Katze in der Ferne.

„Warum geh ich eigentlich so spät noch allein nach Hause?", fragte Sandra sich. Sie schüttelte den Kopf und lief schneller.

Hätte sie sich doch bloß nicht mit Nora gestritten! Dann hätte Nora sie wie immer mit dem Auto nach Hause gefahren.

Aber nein. Jetzt machte Sandra sich Vorwürfe. „Warum muss ich immer so stur sein? Warum habe ich nicht nachgegeben?"

Sandra hatte den Grund für ihren Streit schon wieder vergessen. Nora und sie hatten wie gewöhnlich so getan, als würden sie ihre Hausaufgaben machen, und dabei geredet und gelacht. Dann kamen sie irgendwie auf Gespenster zu sprechen.

„Ich hab eins gesehen", sagte Nora beiläufig. „Gestern Abend. Als ich am Friedhof an der Fear Street vorbeikam."

„Ja, klar", erwiderte Sandra und lachte. „Einen Mann mit einem Fleischerbeil. Er trug eine Maske. Die Geschichte kenne ich schon."

Noras Gesicht bekam einen verträumten Ausdruck. Sie hatte dunkles braunes Haar, das hinter ihrem hübschen, zarten Gesicht zu einem Pferdeschwanz zusammengebunden war.

„Nein", sagte sie leise. „Es war eine Frau. Sie trug ein Hochzeitskleid. Sie schwebte aus einem Grab und starrte mich ein paar Sekunden lang an. Dann war sie verschwunden."

„Ist das alles?" Sandra war enttäuscht. „Das ist keine sehr spannende Geschichte."

„Es ist keine Geschichte", beharrte Nora. „Es ist wirklich passiert. Ich habe es selber erlebt."

Nora wandte sich wieder ihren Rechenaufgaben zu. Sie runzelte über eine ihrer Lösungen die Stirn und fing an, sie wegzuradieren.

Sandra wurde wütend. „Komm schon, Nora. Du glaubst doch nicht etwa, dass ich dir das abnehme!"

Nora schaute von ihrem Heft auf. „Wie bitte?"

„Du erwartest doch nicht *wirklich,* dass ich dir glaube, du hättest ein Gespenst gesehen?"

„Natürlich tue ich das. Schließlich bist du meine beste Freundin, Sandra. Wenn *du* mir nicht glaubst, wer dann?"

Sandra schwieg. Nora wandte sich wieder ihrem Heft zu.

Sandra versuchte, eine Aufgabe zu lösen, doch sie konnte sich nicht darauf konzentrieren. Die Geschichte war ihr irgendwie unter die Haut gegangen. Ein Gespenst im Hochzeitskleid. Warum beschäftigte sie das so? Sie beugte sich über den Tisch und nahm Nora den Kugelschreiber weg.

„Gib es doch zu", sagte sie. „Gib zu, dass du die Geschichte erfunden hast."

Nora gab nicht klein bei. „Ich hab dir bloß gesagt, was ich gesehen habe, Sandra. Kann ich jetzt bitte meinen Stift wiederhaben?"

Sandra schloss die Hand fester um den Kugelschreiber. Ihr war klar, wie kindisch sie sich benahm. „Erst wenn du zugibst, dass du die Geschichte erfunden hast."

„Aber ich habe sie nicht erfunden", versicherte Nora. „Also gib mir den Stift zurück."

Sie versuchte, Sandra den Kugelschreiber aus der Hand zu reißen, doch ihre Freundin war schneller.

Erbost funkelte Nora sie an. „Wenn du mir die Geschichte nicht glaubst, kannst du meinetwegen sofort verschwinden."

„Wie du willst", gab Sandra zurück. „Dann gehe ich."

Und das tat sie auch. Sie hatte ihre Schulbücher eingepackt, ihre Jacke geschnappt und war mit Noras Stift aus dem Haus gestürmt. Dann stopfte sie ihn in ihren Rucksack und fing an zu laufen.

Es war nicht sehr weit. Ihr Haus lag zu Fuß nur zehn

Minuten entfernt. Aber warum musste es so dunkel sein?

Eine leichte Brise kam auf. Und Blätter raschelten. Plötzlich wurde die Luft eisig. Eine dichte Wolkendecke hing tief am Himmel und verdeckte den hellen Mond.

Sandra näherte sich dem Friedhof der Fear Street, dessen alte Grabsteine wie schiefe Zähne aus dem Boden ragten. Sie drehte sich hastig um und starrte in die Finsternis hinter ihr.

Irgendwas bewegte sich. Ein dunkler Schatten duckte sich hinter einen Baumstamm.

„Bilde ich mir das bloß ein?

Vielleicht. Vielleicht auch nicht!"

Sandra rannte die Straße entlang und umklammerte ihren Rucksack wie einen Fußball. „Wenn ich beim Schulsport so schnell rennen könnte wie jetzt", dachte sie und machte noch größere Schritte, „dann würde ich wahrscheinlich den Leichtathletikwettbewerb gewinnen."

Sie hatte den Friedhof schon fast hinter sich gelassen, als sie stehen blieb, um Luft zu holen. Einer ihrer Schnürsenkel hatte sich gelöst. Sie bückte sich, um ihn zuzubinden.

Als sie sich wieder aufrichtete, erstarrte sie.

Was war das?

Sie hielt den Atem an und lauschte angestrengt. Eine Stimme. Ein kaum hörbares Flüstern.

„Sandra."

„Renn weg", ermahnte sie sich. „Lauf, so schnell du kannst."

Doch ihre Beine rührten sich nicht. Sie blieb wie angewurzelt stehen.

„*Sandra* ", flüsterte die Stimme wieder. Sie klang verspielt und spöttisch zugleich.

„Nora", zischte Sandra, „wenn du mir Angst einjagen willst, verzeih ich dir das nie!"

Sie wandte den Kopf in die Richtung des Flüsterns. Es schien vom Friedhof zu kommen.

Plötzlich sah sie eine Wolke am Abendhimmel. Eine Rauchwolke. Entsetzt stellte sie fest, dass der Rauch hinter einem schiefen Grabstein aufstieg.

„Nein. Das gibt es nicht", dachte sie. „Das kann nicht sein, dass ich hier stehe und das sehe. Bitte, bitte, lass es kein Gespenst sein."

„*Sandra.* "

Das Flüstern. Jetzt war es direkt hinter ihr. Direkt in ihrem Ohr.

Sie keuchte, als etwas Kaltes ihren Hals berührte. Etwas Kaltes und Spitzes, das eine rasche, saubere Bewegung ausführte.

Sie spürte die warme Flüssigkeit, noch bevor sie den Schmerz wahrnahm.

Dann griff sie sich mit beiden Händen an den Hals. Als sie die Hände wieder sinken ließ, klebte dunkles Blut daran.

„Meine Kehle", dachte sie. „Jemand hat mir die Kehle durchgeschnitten."

Ihre Beine wurden schwach.

Sie sank auf die Knie. Der dunkle Boden kam ihr immer näher.

„Oh." Ein leises Stöhnen drang aus ihrer Kehle.

Ihr wurde gleichzeitig heiß und kalt.

Als ihr Rucksack auf den Gehweg prallte, platzte er auf und der Inhalt kullerte heraus.

„Mein Hals ... Ich blute. Helft mir!"

Blind tastete Sandra auf dem Boden herum und suchte etwas, das sie retten könnte.

Aber sie fand nur einen Bleistift.

2

Tanja Blanton las das Ende der Geschichte und sah sich erwartungsvoll im Raum um. Sie merkte, dass ihren Freunden des Horrorklubs die Erzählung gefallen hatte.

„Ich glaube, die Geschichte ist ein richtiger Hit", dachte Tanja und zwinkerte Sam zu. Er lächelte kurz zurück.

„Wow." Rudy sagte als Erster etwas. Seine braunen Augen funkelten begeistert hinter seinem schwarzen Brillengestell. „Das war echt Klasse, Tanja."

„Mir liefen Schauer über den Rücken – ehrlich", stimmte Maura zu. „Ich meine, ich konnte das Blut sogar *spüren*, das ihr den Hals herunterrann."

Rudy kicherte heiser und legte seine Hände um Mauras Kehle.

„Rudy, lass mich in Ruhe!" Maura wand sich aus seinem Würgegriff. „Müsstest du nicht längst im Bett sein?", murmelte sie.

„Heute Nacht kann ich sowieso nicht schlafen. Nicht nach so einer Geschichte!", verkündete Rudy. Er wandte sich an Nora, die sich in einer anderen Ecke auf dem Fußboden räkelte. „Hey, Nora, kannst du mir einen Bleistift leihen?"

Alle lachten.

Nora grinste Rudy an. „Seit wann weißt *du*, wie man einen Bleistift benutzt?"

„Oh! Jetzt hat sie es dir aber echt gegeben, Mann!",

sagte Sam zu Rudy. Er sprang blitzschnell von der Couch auf und schlug Rudy ein paarmal kraftvoll auf den Rücken.

„Hört schon auf", meinte Nora. „Und lasst uns über Tanjas Geschichte reden."

„Okay. Und was ist die Moral von der Geschichte?", fragte Rudy grinsend.

„Leihe dir von Nora niemals einen Bleistift aus!", erwiderte Sam.

Alle lachten.

Nora schüttelte den Kopf. „Ganz falsch. Die *wahre* Moral der Geschichte ist, dass ihr mir immer glauben sollt", sagte sie und zwirbelte eine ihrer dunkelbraunen Locken zwischen den Fingern. „Wenn ich sage, ich habe ein Gespenst gesehen, dann habe ich auch ein Gespenst gesehen."

„Schuhu!", machte Maura und verdrehte die Augen.

Tanja hörte nur zu, während alle anderen fünf Klubmitglieder anfingen durcheinanderzureden. „Den Horrorklub zu gründen, war eine Superidee", dachte sie. Die sechs Freunde trafen sich regelmäßig, tauschten Gruselgeschichten aus und jagten einander Angst ein. Es war jedes Mal wie eine Mutprobe.

Tanja war stolz darauf, die Autorin der Gruppe zu sein. Ihr gefiel der Augenblick am besten, wenn sie eine ihrer Geschichten zu Ende vorgelesen hatte. Dann bewunderten alle sie und fragten sich, wie sie bloß jede Woche eine neue Gruselgeschichte erfinden konnte.

Alle außer Sam natürlich. Denn er kannte ihr schmutziges Geheimnis. Er wusste, dass sie in den vergangenen Wochen nicht mehr zum Schreiben gekommen war.

Und so hatte Sam die letzten Geschichten für sie geschrieben.

Tanja verdrängte den Gedanken und merkte plötzlich, dass *ein* Mitglied des Klubs merkwürdig still war.

„Sandra?", fragte sie. „Stimmt irgendwas nicht? Bist du in Ordnung?"

Sandra saß allein auf einem Sessel und ließ ihre langen Beine über die Armlehnen baumeln. Als Tanja ihr angespanntes Gesicht sah, packte sie das schlechte Gewissen.

„Aber ich war es doch gar nicht", erinnerte sie sich. „Ich habe die Geschichte nicht geschrieben. Sam war es."

„Was hast du, Sandra?", hakte sie nach. „Hat dir die Geschichte nicht gefallen?"

Sandra befühlte ängstlich ihren Hals. Sie war ein hübsches Mädchen, groß und schlank, mit hohen Wangenknochen und schönen braunen Augen, die von ihrer dunklen Haut noch betont wurden. Wie immer trug sie die Sportjacke der Shadyside Highschool, die in den Farben Rotbraun und Grau gehalten war.

„Ob sie mir gefallen hat?" Ungläubig riss Sandra die Augen auf und starrte Tanja an. „Ich fand sie *schrecklich*! Warum nimmst du unsere Namen für deine Geschichten?"

Tanja hatte Sam dasselbe gefragt, als er ihr die Geschichte vor ein paar Stunden gezeigt hatte. Sie hatte eine Hausarbeit in Erdkunde fertig machen müssen, und deshalb hatte er angeboten, die Gruselgeschichte für sie zu schreiben.

Jetzt gab Tanja Sams Antwort an Sandra weiter. „So ist es doch viel gruseliger, findest du nicht auch?"

„Na ja, lass zumindest meinen Namen das nächste Mal bitte weg", warnte Sandra sie. „Ich mag es nicht, wenn man mir die Kehle durchschneidet – noch nicht mal in einer blöden Geschichte."

„Blöde Geschichte?", stieß Tanja geschockt aus. Sie fühlte sich, als hätte man ihr gerade ein Messer ins Herz gestoßen.

Sandra sah sie genervt an. „Du weißt, was ich meine", murmelte sie. „Ich will nicht mehr in den Geschichten vorkommen, okay?"

„Ich finde es voll cool, echte Namen zu verwenden", warf Maura ein. „Dadurch wird es doch viel realistischer. Man kann sich richtig gut vorstellen, wie der Person die Kehle durchgeschnitten wird."

„Aber ich will es mir gar nicht vorstellen!", jammerte Sandra und griff sich erneut an den Hals.

Alle lachten.

Tanja sah Maura überrascht an. Maura war ein dickes rothaariges Mädchen mit großen grünen Augen und vielen Sommersprossen auf ihrem runden, einfachen Gesicht. Tanja war mehr als erstaunt, dass Maura sie verteidigt hatte. Denn seit Maura und Sam sich getrennt hatten und nun Tanja mit Sam zusammen war, hatte Maura ansonsten kein gutes Haar an ihr gelassen.

Sie fragte sich, ob Maura die Trennung von Sam endlich überwunden hatte. „Vielleicht können wir jetzt wieder Freunde sein", dachte Tanja hoffnungsvoll. „Vielleicht können wir aufhören, uns anzugiften."

Doch dann sah sie, dass Maura Sam anlächelte. „Sollte ich dir womöglich auch ein Kompliment für die Geschichte machen?", fragte Maura ihn listig.

Sam tat so, als hätte er keine Ahnung, was Maura damit meinte.

Aber Tanja spürte, dass sie rot wurde. „Hey! Was willst du damit sagen?"

Maura zuckte mit den Schultern und fuhr sich mit der Hand langsam durch ihr kurzes glänzendes Haar. „Das einzig Vorteilhafte an ihr", dachte Tanja gehässig.

Tanjas Haar war noch viel hübscher – lang, blond und seidig, die vollkommene Ergänzung zu ihren klaren blauen Augen. Sie wusste, wie gut sie aussah. Und es gab außerdem immer genügend Jungen, die sie daran erinnerten.

„Ach, tu bloß nicht so unschuldig, Tanja", sagte Maura. „Willst du etwa behaupten, Sam würde dir nicht bei deinen Geschichten helfen – so, wie er dir in Mathe hilft?"

„Er hat mir nicht geholfen", protestierte Tanja. „Ich habe diese Geschichte selber geschrieben. Jedes einzelne Wort! Sag es ihr, Sam."

Sam saß neben Maura auf der roten Couch. Er war groß und schlank, hatte dunkles lockiges Haar und hübsche Gesichtszüge. Verlegen schlug er die Beine übereinander. „Äh, was immer du sagst", steuerte er bei.

17

„Eine große Hilfe", dachte Tanja verbittert. Sie fragte sich, ob er ihr Geheimnis Maura womöglich verraten hatte. Manche Jungs waren so seltsam und blieben ihrer Exfreundin noch ewig treu.

Manchmal wunderte Tanja sich, warum sie eigentlich mit Sam zusammen war. Er redete kaum noch mit ihr und küsste sie so gut wie nie. Ein toller Freund.

„Er macht bloß noch meine Hausaufgaben. Nächste Woche schreibe ich die Geschichte wieder selber", schwor sie sich.

Sie lächelte Maura an. „Okay, Maura, was hältst du davon, wenn meine nächste Story von *dir* handelt? Natürlich wirst du das Opfer sein."

„Solange du dafür sorgst, dass ich durch Schokolade sterbe!", witzelte Maura.

Alle außer Sandra lachten. Sie kletterte aus ihrem Sessel und reckte träge ihre langen Arme in die Höhe. „Jetzt drehst du total durch, Tanja, oder?", sagte sie.

„Sandra, was hast du für ein Problem?", gab Tanja zurück.

„Andere Leute haben auch Gefühle", beschwerte sich Sandra. „Daran solltest du dich erinnern, wenn du eine neue Geschichte schreibst."

Tanja sah sich im Zimmer um. Alle warteten auf ihre Antwort. Sie versuchte, die angespannte Atmosphäre mit einem Scherz aufzulockern.

„Und was stimmt mit mir sonst alles nicht?", fragte sie. „Wir können ja eine Liste meiner Fehler von A bis Z machen."

„Dafür reicht meine Zeit nicht", witzelte Sandra. „Ich muss um elf zu Hause sein!"

Maura brach in lautes Gelächter aus. Und auch die anderen grinsten.

Tanja spürte, wie gereizt sie wurde. Sie konnte es nicht leiden, ausgelacht zu werden.

Aber Sandra war jetzt nicht mehr zu bremsen. „Warte mal", sagte sie und kratzte sich nachdenklich am Kinn. „Warum beginnen wir nicht mit A. *Arrogant* fängt mit A an, nicht wahr?"

„Hey, du kannst ja buchstabieren!", erwiderte Tanja sarkastisch.

„Mir fällt auch was mit B ein", fuhr Maura kichernd fort.

Tanja wartete darauf, dass jemand etwas zu ihrer Verteidigung sagte, doch alle blieben stumm. Sogar Sam. „Toller Freund", dachte sie unglücklich.

„*Angeberisch* fängt auch mit A an", sagte Sandra in die Pause und grinste höhnisch.

Tanja holte tief Luft. Sandra war immer sarkastisch. Sie spielte gerne die Coole. Aber dieses Mal ging sie zu weit.

„Ich muss sie dazu bringen aufzuhören, bevor ich platze", dachte Tanja. „Aber was kann ich tun?"

Dann fiel ihr das Messer in ihrer Jeanstasche ein! Sie hatte es ganz vergessen.

„Das wird Sandra dazu bringen, mich in Ruhe zu lassen."

Ruhig und gelassen ging Tanja durchs Zimmer, bis sie vor Sandra stand. Sie steckte die Hand in die Tasche und holte das Klappmesser heraus.

Als die Klinge aufsprang, riss Sandra erschrocken den Mund auf. Schützend hob sie beide Hände.

„Wie wär's mit einer Entschuldigung?", fragte Tanja und zielte mit dem Messer auf ihre Brust. „Ich glaube, die fängt mit *E* an."

Tanja wartete Sandras Antwort nicht ab.

Sie hob das Messer hoch und stieß es Sandra in die Brust. Sie zielte auf ihr Herz.

Sie zielte genau richtig.

3

Sandra keuchte und riss ungläubig die Augen auf.

Ihre Arme schossen nach vorn. Dann wich sie zurück und hielt sich die Hände vor die Brust.

Tanja hörte die erschrockenen Schreie der anderen hinter sich.

Sie hielt das Messer hoch und zeigte ihnen die blitzende silberne Klinge. Dann fing sie an zu lachen. „April, April!", rief sie spöttisch.

Fassungslos schaute Sandra auf ihren Pullover herab. Kein Blut.

„Hey", stieß sie eher erstaunt als wütend aus.

Lachend drückte Tanja sich die Klinge in ihre offene Hand. Statt die Haut zu verletzen, verschwand die Klinge im Messergriff.

„Wahnsinn!", hörte sie Rudy aufschreien. „Das ist ja ein Trickmesser."

Tanja stieß sich das Messer in die Brust. Dann zog sie es wieder heraus und hielt es hoch. „Genau, die Klinge wird bloß in den Griff gedrückt."

„Cool!", rief Rudy und kam auf sie zu. „Kann ich es mal sehen?"

Tanja gab ihm das Messer. Sie hatte es am Nachmittag in einem Schreibwarengeschäft gekauft. Es war ein Messer, wie es auch auf der Bühne und im Film verwendet wurde. Sie hatte geahnt, dass es für das Treffen am Abend nützlich sein könnte.

Ihre Freunde lachten und unterhielten sich über ihren kleinen Streich. Nur Sandra wirkte immer noch wie betäubt.

Tanja freute sich über ihren Triumph. Doch dann überkam sie ein merkwürdiges Gefühl.

Ein kalter Schauer rann über ihren Rücken. „Es wäre so leicht, *wirklich* jemanden umzubringen", dachte sie plötzlich.

So einfach und schnell.

Was für ein komischer Gedanke ...

Tanja sah zu Sandra hinüber, die immer noch mitten im Raum stand. Obwohl sie unverletzt war, war sie wie erstarrt. Sie hielt die Hand auf die Stelle, an der das Messer sie berührt hatte.

Tanja hoffte, dass sie ihre Freundin nicht zu sehr erschreckt hatte. Sie streckte die Hand aus, um Sandra zu besänftigen.

Doch Sandra zuckte zurück. „Tanja", zischte sie, „rühr mich nicht an. Ich meine es ernst."

„Was ist denn los?", fragte Tanja scherzhaft. „Das hier ist der Horrorklub. Kannst du keinen Scherz vertragen?"

„Einen Scherz?" Sandra schüttelte den Kopf. „Du hast wirklich einen merkwürdigen Humor."

„Sandra", flehte Tanja, „sei mir bitte nicht böse!"

Sandra sah sie kalt an. Zornig kniff sie die großen mandelförmigen Augen zusammen. „Du kennst mich doch, Tanja. Ich bin nicht böse, ich räche mich bloß."

Wie immer versuchte Nora, die beiden Streithähne zu beruhigen. „Na, kommt schon. Es ist vorbei. Können wir das Ganze nicht einfach vergessen?"

Sandra starrte Tanja an und wiederholte nur eisig:

„Wie ich schon sagte, ich bin nicht böse, ich räche mich bloß."

Ein paar Minuten später war das Treffen zu Ende. Sandra und Nora brachen gemeinsam auf. Tanja begleitete sie an die Tür und hoffte, dass Sandra ihre Entschuldigung annehmen würde. Doch Sandra starrte Tanja nur kalt an und verabschiedete sich mit wenigen Worten.

Gekränkt ging Tanja ins Zimmer zurück und sah Maura und Sam eng nebeneinander auf dem Sofa sitzen. Sie unterhielten sich leise.

Tanja beobachtete sie von der Tür aus. Als Sam den Horrorklub vor ein paar Monaten gegründet hatte, waren Maura und er schon ein ganzes Jahr zusammen gewesen.

Doch es hatte so ausgesehen, als wollte er Maura loswerden. Immer wieder hatte er Tanja um eine Verabredung gebeten, bis sie endlich zugestimmt hatte. Ihr war zwar klar gewesen, dass es ihre Freundschaft mit Maura zerstören würde. Aber sie fühlte sich zu Sam so stark hingezogen wie zu keinem anderen Jungen.

Nun sah sie, wie Maura lachte und Sam leicht am Handgelenk berührte.

„Warum bin ich denn gar nicht eifersüchtig?", wunderte Tanja sich. „Habe ich etwa schon genug von Sam?"

Noch vor zwei Monaten hatte sie geglaubt, ernsthaft in ihn verliebt zu sein. Jetzt war sie sich nicht mehr so sicher.

Sam hatte sich seit dem Tod seines Vaters vor drei

Wochen stark verändert. Manchmal wirkte er so distanziert. Fast wie ein Fremder.

„Hey." Rudys Stimme ließ sie zusammenschrecken. Sie hatte ganz vergessen, dass er auch noch da war. Er war ganz leise an sie herangetreten. „Das war eine tolle Geschichte", sagte er.

„Danke", erwiderte Tanja unbehaglich.

Rudy lächelte sie an. Er war kleiner als Tanja, doch erstaunlich muskulös, seit er Kraftsport machte. Seine sanften braunen Augen sahen sie interessiert an.

Tanja hatte seine schönen Augen noch nie wahrgenommen. Rudy wirkte stark und gleichzeitig einfühlsam auf sie.

„Ich glaube, du wirst eines Tages berühmt", prophezeite Rudy. „Tanja Blanton, Bestsellerautorin von Horrorgeschichten. Die Leute werden Schlange stehen, um deine gruseligen Geschichten zu lesen."

„Ehrlich?" Tanja war geschmeichelt. „Glaubst du das wirklich?"

„Klar glaube ich das", sagte Rudy.

Er hatte den Satz kaum beendet, als Maura durchs Zimmer stürmte und ihn am Arm packte. „Worüber redet ihr beide?", fragte sie misstrauisch.

„Nichts", antwortete Tanja harmlos. „Wir reden bloß über meine Geschichte."

„Heute sind alle so genervt", bemerkte Maura, während sie Rudy immer noch am Arm festhielt und ihn zur Tür zog. „Das verstehe ich gar nicht."

Auf dem Weg nach draußen warf Rudy noch einen Blick zurück. „Wir sehen uns in der Schule", rief er Tanja zu.

„Nicht, wenn ich es verhindern kann!", witzelte Tanja.

„Was für ein toller Spruch", hörte sie Maura murmeln. Dann gingen beide hinaus.

Sam kauerte immer noch auf der Couch und starrte zerstreut auf seine Turnschuhe. „Jetzt sind nur noch wir beide übrig", dachte Tanja.

Sie setzte sich neben ihn und nahm seine Hand. Sie wünschte, es gäbe etwas, womit sie ihn aufmuntern könnte. Früher hatte er eine absolute Schwäche für Scherze wie den mit dem Trickmesser gehabt. Tanja und er hatten stundenlang über den größten Blödsinn lachen können.

Doch in letzter Zeit wirkte er fast immer düster.

„Bist du okay?", fragte sie leise.

„Ja. Mir geht es gut", erwiderte er abwehrend.

Tanja zuckte mit den Schultern. „Du bist heute Abend so still."

Sam schwieg. Sie hasste es, wenn er so verschlossen war. Als würde sie gar nicht existieren. Sie nahm seine Hand und verschränkte ihre Finger mit seinen. „Die Geschichte, die du für mich geschrieben hast, ist super angekommen", murmelte sie. „Es war toll von dir, mir damit auszuhelfen."

„Das hab ich gern getan", sagte er und drückte sanft ihre Hand. „Es hat mir Spaß gemacht."

Tanja spürte ein leises Schuldgefühl. Sam hatte auch die letzten drei Geschichten für sie geschrieben. Sie war immer mit anderen Dingen beschäftigt gewesen, doch ihm schien es nichts auszumachen.

Aber jetzt machte sie sich Sorgen. Vor allem, weil

die anderen Klubmitglieder anscheinend Verdacht geschöpft hatten. Sie fürchtete um ihre Position als Klubautorin.

„Du hast Maura doch nicht etwa gesagt, dass du die Geschichte geschrieben hast, oder?", fragte Tanja nervös.

Sofort zog Sam seine Hand weg. „Hey, nie im Leben."

„Gut." Sie war erleichtert. „Ich glaube, Maura kann mich nicht ausstehen. Ich meine ..."

Sam unterbrach sie, indem er sie sanft auf die Lippen küsste. Tanja war angenehm überrascht. Sie wünschte sich, dass der Kuss andauerte. Sie wollte sich an die schöne Zeit erinnern, bevor Sam sich verändert hatte.

„Er sieht so gut aus", dachte sie. Sie liebte es, wie seine dunklen Locken ihm ins Gesicht fielen, wie süß er aussah, wenn er lächelte. Damals, als er noch lächeln konnte.

„Wir waren so glücklich ..."

Sam rückte von ihr ab, als könnte er ihre Gedanken lesen. Sein Blick war in die Ferne gerichtet.

„Sam?" Tanja wedelte mit der Hand vor seinem Gesicht herum. „Bist du noch da? Stimmt irgendwas nicht?"

Er nickte langsam. Seine Stimme zitterte. „Ich kann nicht anders. Ich muss dauernd an meinen Vater denken ..."

Sofort fühlte sie sich schlecht. *Natürlich* hatte Sam sich verändert. Sein Vater war ja vor Kurzem gestorben.

„Es tut mir so leid", murmelte sie.

„Es … es gibt da etwas, was ich dir nicht erzählt habe", sagte er zögernd. Sein Gesicht verdüsterte sich.

Sie wartete darauf, dass er weiterredete.

„Ich habe ihn gefunden. Er saß ganz normal an seinem Schreibtisch. Er saß aufrecht da, als würde er noch leben. Und in seinem Kassettenrekorder lief ein seltsames Band. Ganz laut."

Sam holte tief Luft. Dann stieß er sie langsam aus und fuhr fort: „Ich sah ihn vor dem Kassettenrekorder sitzen. Ich … ich bin hingegangen und hab was gesagt und er … er hat nicht geantwortet. Dann bin ich noch näher gekommen. Seine Augen waren zwar offen, aber er hat nicht mehr geatmet. Ich habe einen Krankenwagen gerufen, aber es war schon zu spät."

„Haben sie festgestellt, woran er gestorben ist?", fragte Tanja leise.

Sam schüttelte den Kopf. „Es ist allen ein Rätsel. Die Ärzte, der Leichenbeschauer – keiner konnte es herausfinden. Und zum Schluss haben sie bloß angegeben, dass es ein natürlicher Tod war."

„Das ist echt furchtbar." Ihre Worte klangen hölzern. Doch Tanja wusste nicht, was sie sonst sagen sollte.

„Es geht noch weiter", meinte Sam, ohne sie anzusehen. „Die schlechten Neuigkeiten hören nicht mehr auf."

„Was ist es?", fragte Tanja zögernd.

„Dad hat uns nichts hinterlassen, wir sind so gut wie pleite. Vielleicht müssen wir sogar aus diesem Haus ausziehen. Kannst du dir das vorstellen?"

„Das tut mir wirklich leid." Tanja streichelte seinen Arm und versuchte, ihn zu trösten. „Es wird schon wieder werden", sagte sie.

„Das muss es auch!", stieß Sam aus. Plötzlich veränderte sich sein Gesichtsausdruck. Er sprang vom Sofa auf. „Ich will dir was zeigen", sagte er und kniff die Augen zusammen. „Etwas sehr Seltsames."

Tanja folgte Sam die Treppe hinauf zu seinem Zimmer im ersten Stock. Sie gingen leise, um Mrs Varner nicht zu wecken, die auf der Couch im Wohnzimmer eingeschlafen war. Sam hatte erzählt, dass sie seit dem Tod ihres Mannes nicht mehr in ihrem Zimmer schlafen konnte.

Sams Zimmer war zwar kaum groß genug für sein Bett, den Schreibtisch und den Schrank, doch es war ordentlich. An einer Wand hing das Poster eines Basketballspielers. An der Schranktür lehnte seine Gitarre.

Tanja starrte auf das gerahmte Foto, das auf seiner Kommode stand. Es war ein Schnappschuss von Sam und ihr, der bei einem Schulball gemacht worden war. Es war ein lustiges Bild, auf dem beide idiotisch grinsten.

Als Tanja sich von der Kommode abwandte, merkte sie, dass sie in ein Schlafzimmer im Nachbarhaus sehen konnte. Die Vorhänge waren offen und es brannte Licht. Tanja konnte im Hintergrund des Zimmers unscharf eine Person erkennen.

Sam holte eine Kassette aus seiner Schreibtischschublade. „Ich spiele dir jetzt etwas vor", sagte er ernst.

„Eine Kassette? Meinst du Musik?"

„Nein." Er steckte die Kassette in den Rekorder.

In diesem Augenblick tauchte im Fenster des Hauses nebenan ein Gesicht auf. Überrascht fuhr Tanja zusammen. Sie blinzelte und versuchte, das Gesicht deutlicher zu sehen.

Es schien unmöglich.

„Sam, sieh mal. Das ist Maura", flüsterte sie erschrocken. „Spioniert sie uns nach? Was macht sie da drüben?"

4

Tanja packte Sam am Ärmel. „Was macht Maura da drüben, Sam?", flüsterte sie.

„Sie wohnt dort", antwortete Sam gelassen. „Hast du denn nicht gewusst, dass wir Nachbarn sind?"

Sie schüttelte den Kopf. „Ich wusste zwar, dass Maura in deiner Nähe wohnt, aber ich habe das Treffen bei ihr verpasst. Ich hatte keine Ahnung, dass du direkt in ihr Fenster sehen kannst. Das ist echt seltsam."

„Eigentlich", sagte er, „war es voll cool, als wir zusammen waren. Wir konnten in unserem Zimmer bleiben und uns die ganze Nacht unterhalten, wenn wir Lust dazu hatten. Aber jetzt ist es ein komisches Gefühl."

Tanja starrte wieder aus dem Fenster. Mauras und ihr Blick trafen sich. Maura winkte herüber.

Tanja winkte nicht zurück. Sie ging ans Fenster und zog Sams Rollo herunter. „Gute Nacht, Maura", dachte sie.

Tanja wurde langsam ungeduldig. Es war schon spät und sie hatten ihre Matheaufgaben noch nicht einmal angesehen.

Sie ging vom Fenster weg. Sam hatte gerade das Band in seinen Kassettenrekorder eingelegt. „Sam, ich hab jetzt keine Zeit für Musik", sagte sie. „Wir müssen …"

„Das ist die Kassette meines Vaters", unterbrach er

sie. „Das hat er sich angehört, als ich ihn an seinem Schreibtisch fand. Schau dir das an."

Er reichte ihr die Kassettenhülle. Tanja kniff die Augen zusammen, um die Beschriftung entziffern zu können. Auf dem Schildchen standen zwei Wörter in Dr. Varners zierlicher Druckschrift: *Übertragungs-Kassette.*

„Übertragungs-Kassette? Was soll das bedeuten?"

„Du musst es dir selber anhören", sagte Sam ernst. „Es ist ganz seltsam." In seinen Augen erschien ein merkwürdiges Glitzern, das Tanja nervös machte. „Du weißt doch, dass mein Vater Wissenschaftler an der Uni war, stimmt's? Bevor er starb, hatte er einen isolierten Volksstamm aus Neuguinea erforscht."

Sam drückte auf einen Knopf und das Band fing an zu laufen. Tanja hörte einen seltsamen Gesang. Tiefe und schrille Stimmen, die in einem monotonen, mechanisch klingenden Rhythmus sangen.

„Es hört sich nicht wie Menschenstimmen an", flüsterte sie. „Die Töne wiederholen sich ständig."

„Pssst." Sam hob einen Finger an die Lippen. „Hör einfach zu."

Er schloss die Augen und schien in eine Art Trance zu fallen.

Tanja sah, dass sich seine Lippen lautlos bewegten. Was machte er da? Sang er etwa mit?

Sie fing an, sich Sorgen um ihn zu machen.

Die fremden Stimmen wurden lauter. Der Rhythmus wurde immer schneller.

Tanja bekam hämmernde Kopfschmerzen. Plötzlich wurde ihr schwindelig.

„Das halte ich nicht mehr lange aus", dachte sie. Sie presste die Hände auf die Ohren, doch sie konnte die Stimmen immer noch hören. Sie zerrte an Sams Ärmel, aber er machte die Augen nicht auf. Seine Lippen bewegten sich lautlos zu dem schnellen Gesang.

„Das macht mich ganz verrückt! Stell es ab!", schrie sie.

Aber Sam schien sie nicht zu hören.

„Sam! Sam, bitte!"

Er reagierte nicht.

Voller Panik packte Tanja ihn mit beiden Händen an den Schultern und schüttelte ihn.

„Sam? Sam? Kannst du mich hören? Ist alles in Ordnung?"

5

„Was?"

Sam machte langsam die Augen auf.

Tanja ließ seine Schultern los. „Sam ... die Musik ... du hast mich nicht mehr gehört ... du ...", stammelte sie.

Er sah sie mit offenem Mund an und war anscheinend überrascht, sie in seinem Zimmer zu sehen. „Was ist los? Was willst du?"

„Sam!", sagte sie scharf. „Stell die Kassette ab, bitte! Es ist schrecklich. Ich kann den Gesang nicht ausstehen. Ich hasse ihn!"

Tanja ging mit dröhnenden Kopfschmerzen nach Hause. Dieser schreckliche Singsang. Die hässlichen Stimmen. Und dazu Sams seltsames Verhalten. Es war wie ein Albtraum.

Warum hatte Sam sie gezwungen, sich die Kassette anzuhören? Warum hörte er diese schreckliche Musik an?

Sie warf einen Blick auf ihre Uhr. Es war schon spät und ihr war unbehaglich zumute, als sie allein die Fear Street entlanglief. Normalerweise fuhr Sam sie nach Hause, doch nachdem er ihr bei den Matheaufgaben geholfen und sich dann das schreckliche Band noch einmal angehört hatte, fühlte er sich nicht besonders gut.

Und Tanja hatte nicht darauf bestanden, nach Hause

gebracht zu werden. Sie konnte deutlich sehen, wie schlecht es ihm ging. Es würde sie schließlich nicht umbringen, einmal ohne seine Begleitung nach Hause zu gehen.

Während sie die Straße entlanglief, raschelten die alten Bäume über ihrem Kopf. Die Häuser waren alle dunkel. Fahle Nebelschwaden hingen über der tief stehenden Mondsichel. Sie sahen aus wie ein dünner Vorhang, der den Lichtschein zurückhielt. Die feuchten, dunklen Rasenflächen schimmerten im schwachen gefilterten Mondlicht.

Immer wieder blieb Tanja stehen und warf einen Blick über die Schulter. Sie hatte das Gefühl, verfolgt zu werden.

Doch es war niemand zu sehen.

Der Wind ließ eine hohe Hecke erschauern.

Tanjas Turnschuhe scharrten auf dem Asphalt, als sie weiterging und ihre Schritte beschleunigte.

„Reg dich ab", ermahnte sie sich. „Du bist schon tausendmal hier entlanggelaufen."

Doch die Fear Street war nun mal die Fear Street. Zahllose Schreckensgeschichten wurden über diese Straße erzählt. Tanja glaubte nicht daran. Aber trotzdem wäre es ihr lieber gewesen, wenn Sam in einem anderen Stadtteil wohnen würde.

Als sie den Friedhof erreicht hatte, sträubten sich ihre Nackenhaare. Sie blieb regungslos stehen, lauschte und starrte angestrengt in die Dunkelheit vor ihr.

Ein Schritt hinter ihr unterbrach die Stille.

Sie dachte an ihre Geschichte. Sams Geschichte. An

das Bild, wie Sandra auf dem Boden lag und nach einem Bleistift tastete.

Bei der Vorstellung schnürte sich ihre Kehle zu. Ihr Herz fing an zu rasen.

Tanja schaute sich nicht um.

Sie rannte einfach los. Doch ihre Beine waren bleischwer und sie kam kaum vom Fleck.

„Was ist los mit mir?", fragte sie sich voller Panik.

Die Schritte wurden lauter. Sie kamen immer näher.

„Lauf!", befahl sie sich. „Lauf schneller!"

Sie spürte kalten Schweiß auf der Stirn. Ihre Lungen schmerzten bei jeder Bewegung.

Die Schritte dröhnten in ihren Ohren. Sie kamen näher, immer näher. Ihr Verfolger holte auf.

Jetzt war er nahe genug, um ihren Namen zu flüstern.

„Tanja", sagte die Stimme leise.

„Tu was!", dachte sie. „Du musst dich irgendwie wehren!"

Dann fiel ihr das Messer ein. Es war zwar nicht echt, doch das konnte der Verfolger ja nicht wissen.

„Das ist meine einzige Chance."

Im Laufen steckte sie die Hand in ihre Jeanstasche und zog das Klappmesser heraus.

Sie ließ die Klinge aufspringen.

Dann hob sie den Arm und bereitete sich auf den Angriff vor.

„Oh!", schrie sie, als sie über etwas stolperte. Sie verlor das Gleichgewicht und schlug hart auf dem Asphalt auf.

Das Messer fiel ihr aus der Hand. Sie sah, wie es in

einem kleinen Busch neben dem Friedhofszaun landete.

Atemlos blieb Tanja auf dem Bürgersteig liegen.

Der Verfolger kam näher und blieb nur wenige Zentimeter vor ihrem Kopf stehen.

Tanja konnte nur noch um Erbarmen flehen.

6

„Bitte …", schrie Tanja mit zitternder schriller Stimme. „Bitte …"

„Komm schon", sagte eine vertraute Stimme. „Steh wieder auf."

„Oh nein", dachte Tanja. „Das kann doch nicht wahr sein."

„Tanja", sagte die Stimme. „Komm, ich helfe dir."

Tanja ergriff die ausgestreckte Hand und ließ sich auf die Beine ziehen. Sie wusste nicht, ob sie erleichtert oder wütend sein sollte.

„Jetzt geht es mir besser", sagte Sandra fröhlich. „Das war meine Rache dafür, dass ich heute in deiner Geschichte vorgekommen bin. Und für den kleinen Trick mit dem Messer."

Tanja klopfte sich den Dreck von der Hose. Sie war zwar nicht verletzt, dafür aber erschrocken und verlegen. „Na ja", murmelte sie, „jetzt sind wir wohl quitt, nehme ich an."

„Nimmst du an?" Sandra war schon wieder unzufrieden. „Tanja, die Sache mit dem Messer war nicht lustig. Sie war gemein. Du hast mir echt Angst eingejagt."

Vielleicht hatte Sandra recht. Der Streich war zu weit gegangen, sogar für den Horrorklub.

„Es tut mir ehrlich leid", sagte Tanja. „Verzeihst du mir?"

Sandra reagierte nicht sofort, doch dann nickte sie.

„Da auch ich dich gerade zu Tode erschreckt habe",
meinte Sandra kichernd, „ist es wohl okay. Vergiss
es."

Gemeinsam liefen sie am Friedhof vorbei. Tanjas
Herz klopfte immer noch.

Nach ein paar Minuten Schweigen unterbrach Sandra die Stille. Jetzt klang ihre Stimme ernst. „Du hättest Maura in deiner Geschichte umbringen sollen –
nicht mich. Hast du nicht gesehen, wie sie mit Sam
geflirtet hat?"

„Natürlich habe ich das gesehen", versicherte Tanja
ihr. „Was ist eigentlich mit Maura und Rudy los? Haben sie etwa Probleme?"

„Maura ist noch nicht mal hübsch", dachte Tanja gehässig. „Ich frage mich, was Rudy an ihr findet.
Schließlich ist er echt nett. Und ein süßer Typ. Seine
großen braunen Augen. Seine breiten Schultern.
Maura verdient ihn gar nicht."

„Du kennst Maura doch", sagte Sandra und zuckte
mit den Schultern. „Sie hat Sam nie ganz überwunden. Ich glaube, es war nicht richtig von dir, die beiden auseinanderzubringen."

„Das habe ich nicht", widersprach Tanja hastig.
„Sam hat *mich* um ein Date gebeten. Ich habe sie
nicht auseinandergebracht."

Sandra ignorierte ihren Einwand. „Dir scheint Sam
doch noch nicht einmal wichtig zu sein", sagte sie.

„Das ist nicht wahr", protestierte Tanja. „Sam bedeutet mir unheimlich viel. Wir sind ein tolles Paar."

Noch während Tanja es aussprach, merkte sie, dass
sie nicht die Wahrheit sagte. Sam und sie hatten keine

gute Beziehung mehr. Sam hatte sich zurückgezogen und war zu sehr mit seinen eigenen Problemen beschäftigt.

„Hey, es geht mich ja nichts an", fuhr Sandra fort, „aber du und Sam – ihr werdet es nicht schaffen."

„Genau", schnappte Tanja. „Es geht dich wirklich nichts an."

Sie brachten die letzten Meter in unbehaglichem Schweigen hinter sich.

Der Wind, der für den Frühling zu kalt war, blies heftig. Und ein Nebelvorhang verdunkelte den Mond.

Tanja blieb vor ihrem Haus stehen. „Also dann", sagte sie steif, „danke für deine Begleitung."

Sandra nickte und ging wortlos weiter.

Tanja war über die heftige Wut erstaunt, die sie plötzlich überkam. Eine Wut, die sie Sandra gegenüber noch nie empfunden hatte.

„Was ist bloß los?", fragte sie sich. „Sandra ist doch meine Freundin. Sie sagt immer, was sie denkt. Warum bin ich so unglaublich wütend auf sie?"

Als Tanja am nächsten Morgen aufwachte, fühlte sie sich wie gerädert. Sie hatte schlecht geschlafen. Der seltsame Gesang von Sams Kassette hatte sie bis in ihre Träume verfolgt.

In ihre Albträume.

Sie hatte geträumt, dass sie von einer Menschentraube verfolgt wurde, die sie nicht sehen konnte. Hunde bellten. Es war schrecklich laut und überall herrschte Chaos. Sie wusste nur, dass sie sich auf keinen Fall fangen lassen durfte.

Nun war Tanja so erschöpft, als wäre sie die ganze Nacht auf der Flucht gewesen.

„Ich bin nicht mehr ich selber", dachte sie.

Als sie es schließlich schaffte, die Treppe hinunterzuschlurfen, saß ihre Mutter schon am Küchentisch. Wie immer sah sie perfekt aus. „Meine Mutter, die Rechtsanwältin", dachte Tanja. „Nie eine Falte in ihren geschmackvollen Kostümen. Nie ein Haar, das aus der Reihe tanzt."

„Sieh mal", sagte Mrs Blanton, „wer sich dazu entschlossen hat, mich mit ihrer Gegenwart zu beehren."

„Ja", murmelte Tanja. „Wie schön für dich."

Sie machte die Tür des Kühlschranks auf und holte eine Tüte Orangensaft heraus.

„Du kannst Rührei zum Frühstück haben, Tanja", meinte Mrs Blanton. „Oder wie wär's mit Waffeln?"

„Ich möchte nichts", sagte Tanja. „Mir ist heute nicht nach Essen zumute."

„Aber du musst frühstücken", beharrte ihre Mutter. „Das ist die ..."

„Wichtigste Mahlzeit am Tag", unterbrach Tanja ihre Mutter und beendete den Satz. „Ist mir bekannt."

„Ich weiß, dass ich dich damit nerve. Aber ohne Frühstück hast du keinen guten Start in den Tag", sagte Mrs Blanton mit einem sonnigen Lächeln. „Das ist sogar erwiesen."

Also zwang Tanja sich, zwei getoastete Waffeln zu essen. Dann duschte sie und schlüpfte in eine bequeme Jeans und einen großen grünen Pullover. Gewöhnlich zog sie sich für die Schule besser an, doch heute war ihr einfach nicht danach.

Sie schminkte sich und lächelte ihr Spiegelbild an. Ein hübsches, fröhlich wirkendes Mädchen mit seidigem blondem Haar lächelte zurück.

„Na ja", dachte sie, „wenigstens sehe ich nicht so elend aus, wie ich mich fühle."

Wie fast immer redete Tanja während der zehnminütigen Fahrt zur Schule nicht viel mit ihrer Mutter. Sie verstanden sich zwar gut, doch Tanja war ein Morgenmuffel. Sie wurde immer erst gegen Mittag lebendig.

Ihre Mutter wusste das schon lange und überließ Tanja ihren Gedanken. Tanjas Bruder Dave, der seit einem Jahr das College besuchte, war genauso.

Mrs Blanton lächelte, als sie vor dem Haupteingang der Shadyside Highschool anhielt. „Ich wünsche dir einen schönen Tag, Tanja. Ich habe den ganzen Tag Gerichtsverhandlungen und muss dann noch in die Kanzlei. Aber um sechs werde ich wohl zu Hause sein."

„Okay", erwiderte Tanja geistesabwesend. „Ich meine, bis dann."

„Was ist los mit mir?", fragte sie sich, während sie langsam den Weg zum Haupteingang hinaufging. „Warum fühle ich mich so unheimlich erschöpft?"

Als sie das Gebäude betrat, sank ihre Stimmung weiter. „Ich will nicht hier sein", dachte sie. „Ich will nach Hause ins Bett."

Ihr wurde noch unbehaglicher, als sie sah, dass Sam wie ein treuer Hund vor ihrem Spind auf sie wartete.

„Ich kann ihn jetzt nicht ertragen", dachte sie. „Nicht jetzt. Ich will einfach nicht mit ihm reden."

Bevor er Tanja sehen konnte, drehte sie sich um und verschwand hinter einer Ecke. Früher hatte sie sich darauf gefreut, Sam jeden Morgen zu sehen. Doch jetzt war sie sich nicht mehr so sicher.

Wenn Sam nicht gerade verschlossen war, verfolgte er sie wie ein nerviger kleiner Bruder. Sam gab immer entweder zu viel oder zu wenig. Tanja fühlte sich abwechselnd ignoriert oder eingeengt.

Und jetzt brauchte sie einfach mehr Freiheit.

Was sollte sie bloß mit Sam machen? Die Beziehung beenden? Es weiterhin mit ihm versuchen? Sich noch mal mit ihm aussprechen?

Sie konnte sich nicht entscheiden. Es wäre gemein von ihr, sich jetzt von ihm zu trennen, während er so um seinen Vater trauerte. Sie beschloss also, noch eine Weile abzuwarten.

Sie ging zu ihrem Spind zurück. Sam war verschwunden.

Zwei Mädchen riefen ihr etwas zu. Sie winkte zurück, dann machte sie ihren Spind auf. Ihr war einfach nicht danach zumute, mit jemandem zu reden.

Als die erste Stunde vorbei war und sie das Klassenzimmer betrat, fühlte sie sich schon ein wenig besser. Ihre Mutter hatte mit den Waffeln wahrscheinlich recht gehabt. Sie setzte sich auf ihren Platz neben Nora und legte ihr Heft auf den Tisch.

„Hi", sagte Nora freundlich.

Tanja antwortete nicht.

„Was hast du?"

Tanja zuckte die Achseln. „Schlecht geschlafen."

Mr Hanson, der vor der Klasse stand, räusperte sich.

Stühle scharrten. Hefte wurden aufgeklappt. Die Schüler verstummten.

„Tanja", sagte der Lehrer, „ich muss mit dir reden."

„Was?" Tanja war sich nicht sicher, ob sie ihn richtig verstanden hatte.

Sie warf Nora einen schnellen Blick zu. Doch Nora hatte sich zu Maura umgedreht und flüsterte ihr etwas zu. Maura riss ungläubig die Augen auf. „Irgendwas stimmt hier nicht", dachte Tanja und stand unsicher auf.

Auf dem Weg zum Lehrerpult kam Tanja an Rudy und Sam vorbei. Rudy sah sie verständnisvoll an. Sam hielt den Kopf gesenkt und starrte auf seine Hausaufgaben.

Nervös blieb Tanja vor Mr Hanson stehen und lächelte gequält. „Ja?", fragte sie. „Ist was nicht in Ordnung?"

Der Lehrer lächelte nicht zurück. Seine Miene war ernst. Er hatte ein rötliches Gesicht, eine Halbglatze und eine Brille mit Perlmuttgestell.

„Lass uns vor die Tür gehen", sagte Mr Hanson und erhob sich von seinem Stuhl. „Ich muss unter vier Augen mit dir reden."

Als sie auf den Flur traten, reichte er ihr ein Blatt Papier. Es waren die Mathehausaufgaben vom vergangenen Tag.

Tanja zuckte zusammen. Sam hatte die Aufgaben für sie gemacht, während sie ferngesehen hatte. „Nie wieder", schwor sie sich.

„Sei ganz ehrlich", sagte der Lehrer und beobachtete sie misstrauisch, „hast du das selber gemacht?"

„Natürlich!" Tanja bemühte sich, überzeugend zu klingen, doch ihre Stimme zitterte.

Er starrte sie unverwandt an. Seine blaugrauen Augen hatte er hinter den dicken Brillengläsern zusammengekniffen. „Bist du sicher?"

Sie nickte. „Klar bin ich sicher. Ich schreibe nicht ab, Mr Hanson."

Er nahm ihr das Blatt wieder ab. „Du warst immer eine gute Schülerin", sagte er leise. „Enttäusche mich nicht."

Dann machte er die Tür auf und Tanja ging hinter ihm ins Klassenzimmer zurück. Sie spürte, dass sie rot wurde.

Während sie an ihren Platz zurückging, hielt sie den Blick starr nach vorne gerichtet und tat so, als sei alles in Ordnung.

Tanja setzte sich hin und schaute sich nachdenklich im Raum um. Sie fragte sich, ob jemand sie verraten hatte. „Aber warum?", überlegte sie. „Warum sollte mich jemand absichtlich in Schwierigkeiten bringen?"

Rudy sah sie besorgt vom anderen Ende des Klassenzimmers an. Sam hielt den Blick immer noch auf seine Hausaufgaben gerichtet. Maura und Nora flüsterten miteinander.

Und dann blieb Tanjas Blick an Sandra hängen. Sie saß in der dritten Reihe und starrte zurück.

Dabei lächelte sie ganz seltsam.

„Ich bin nicht wütend", hatte Sandra zu ihr gesagt. „Ich räche mich bloß."

7

Nora konnte es einfach nicht verstehen. Es war schon fünf nach sieben und bisher war erst ein einziges Mitglied des Horrorklubs erschienen. Normalerweise kamen höchstens ein oder zwei später – meistens Maura und Tanja –, aber gleich *vier*? Das war äußerst merkwürdig.

„Ich kapiere das einfach nicht", sagte sie zu Rudy. „Wo bleiben die anderen nur?"

Rudy ließ die Zeitschrift sinken, die er gerade vom Couchtisch genommen hatte, und zuckte kurz mit den Schultern. „Dass Maura später kommt, wusste ich", sagte er. „Sie hat mir noch Bescheid gegeben. Aber ich habe keine Ahnung, wo der Rest des Klubs steckt."

„Ich hasse es zu warten", klagte Nora. „Wenn wir um sieben verabredet sind, sollten auch alle um sieben da sein. Schließlich brauche ich hinterher noch mindestens zwei Stunden für meine Hausaufgaben."

„Wem sagst du das", pflichtete Rudy ihr bei und seufzte müde. „Und ich muss noch drei Kapitel im Geschichtsbuch für den Test am Freitag lesen."

„Igitt", sagte Nora und verdrehte angewidert die Augen. „Erinnere mich bloß nicht daran."

Ein paar Minuten vergingen. Nora holte eine Nagelfeile aus ihrer Handtasche und fing an, sich die Nägel zu feilen. Rudy nahm eine andere Zeitschrift in die Hand.

„Vielleicht haben sie geklingelt und wir haben es überhört", meinte er.

Nora schüttelte den Kopf. „Meine Eltern sind oben im Wohnzimmer. Die hätten die Klingel sicher gehört."

Während sie ihre Nägel betrachtete, dachte sie an das Telefongespräch, das sie vor einer halben Stunde mit Sandra geführt hatte. Sandra war aufgeregt gewesen. Sie hatte gesagt, sie hätte ein Geheimnis, das sie Nora unbedingt erzählen müsste. Nora konnte es kaum erwarten, endlich mit ihr zu reden und das Geheimnis zu erfahren.

„Das passt gar nicht zu Sandra", bemerkte Nora. „Sie ist doch immer pünktlich. Sam auch."

„Geben wir ihnen noch ein paar Minuten", schlug Rudy vor. „Wenn dann keiner da ist, rufen wir sie reihum an."

Als es an der Haustür klingelte, war Nora unglaublich erleichtert. „Endlich", dachte sie. „Endlich können wir anfangen!"

Sie rannte die Kellertreppe hinauf und riss die Haustür auf. Maura stand lächelnd auf der Veranda; ihr kurzes rotes Haar glänzte feucht.

„Tut mir leid, dass ich spät dran bin", sagte sie und strubbelte sich durch die Haare. „Ich musste noch duschen."

„Du bist erst die Dritte", meinte Nora.

„Wirklich?" Maura blinzelte erstaunt und trat ein. „Wo sind die anderen?"

„Gute Frage", erwiderte Nora. „Das wüsste ich auch gerne."

Sie gingen die Treppe hinunter zu Rudy in den Keller. Er las jetzt ein Sportmagazin.

Nora kicherte in sich hinein, während sie nach ihrer Nagelfeile griff. Sie neckten ihren Vater immer damit, dass der Hobbykeller wie eine Arztpraxis aussah, weil sich so viele Zeitschriften auf dem Couchtisch stapelten.

„Ich wette, ich weiß, wo Tanja steckt", sagte Maura spöttisch und ließ sich neben Rudy auf die Couch fallen. „Sie ist wahrscheinlich bei Sam und wartet, bis er ihre neueste Geschichte geschrieben hat. Vielleicht ist ihm der Computer abgestürzt oder so was."

„Maura, hör auf damit", sagte Rudy. In seiner Stimme lag ein scharfer Unterton, der Nora von ihren Nägeln aufblicken ließ. „Fang bitte nicht wieder davon an", fügte er hinzu und stöhnte.

„Und warum nicht?", gab Maura lächelnd zurück; ihre grünen Augen funkelten hinterhältig. „Auf welcher Seite bist du eigentlich? Auf meiner oder auf Tanjas?"

Nora, die sich nicht einmischen wollte, senkte den Blick wieder auf ihre Fingernägel.

„Natürlich auf deiner Seite, Maura", versicherte Rudy ihr hastig.

„Gute Antwort", dachte Nora insgeheim.

„Sam lässt zu, dass Tanja ihn total ausnutzt", fuhr Maura ernster fort. „Er macht ihre Hausaufgaben, fährt sie in der Gegend herum und rennt wie ein Schoßhund hinter ihr her. Sie behandelt ihn mies und er bettelt förmlich darum. Manche Typen sind so … lächerlich."

Nora konnte sich nicht länger zurückhalten. Denn sie hielt sich für eine Expertin darin, wie Jungs dachten und fühlten.

„Meiner Meinung nach", sagte sie zu Maura, „kann Tanja Sam nur deshalb so schlecht behandeln, weil *er* es zulässt. Und wenn er es zulässt, muss es ihm gefallen. Was geht es uns also an?"

„Na toll." Maura verdrehte die Augen. „Vielen Dank für die fachmännische Analyse!"

Nora wollte etwas erwidern, doch sie hielt inne, als sich die Kellertür öffnete. Laute Schritte kamen die Treppe hinunter.

Sie wandte sich um und sah, dass Sam den Hobbyraum betrat. Er trug schwarze Jeans und ein olivgrünes T-Shirt – sein Lieblings-Outfit seit dem Tod seines Vaters. Er nickte zur Begrüßung und setzte sich auf einen metallenen Klappstuhl.

„Hey", sagte Nora. „Wer hat dich reingelassen?"

„Dein Vater", antwortete Sam. „Er saß auf der Veranda und rauchte Pfeife. Er hat gesagt, deine Mutter würde ihn im Haus nicht rauchen lassen."

„Das stimmt", bestätigte Nora. „In solchen Sachen ist Mum ziemlich streng."

„Tut mir leid, dass ich zu spät komme", sagte Sam. „Ich musste erst noch abwaschen." Er sah sich im Zimmer um und kniff die Augen zusammen. „Hey, wo sind denn Tanja und Sandra? Es ist schon fast zwanzig nach sieben."

„Wir wundern uns auch schon", sagte Nora. „Sandra ist sonst immer pünktlich. Sie hätte längst anrufen müssen."

Rudy wandte sich an Sam. „Hat Tanja dir gesagt, dass sie später kommt?"

Sam fuhr sich mit der Hand durchs lockige Haar. Er schien nach einer Antwort zu suchen. „Nein", sagte er nach kurzem Zögern. „Ich habe nach der Schule mit ihr geredet und da sagte sie bloß, wir würden uns beim Treffen bei Nora sehen. Sie wollte noch an einer neuen Geschichte arbeiten."

„Ein guter Witz", sagte Maura und lachte.

„Was ist daran so lustig?", wollte Sam wissen.

Ungeduldig stand Nora auf. „Ich ruf Sandra jetzt an", sagte sie. „Ich habe es satt, noch länger zu warten."

Nora wollte sich gerade auf den Weg machen, als die Kellertür sich wieder öffnete. Tanja kam hastig die Stufen hinunter. Ihr Gesicht war angespannt und gerötet.

„Ich bin's", sagte sie atemlos und wischte sich eine blonde Strähne aus der Stirn. „Es tut mir echt leid."

„Was ist passiert?", fragte Nora. „Wo warst du?"

Tanja runzelte die Stirn und starrte Nora an, ohne zu antworten.

„Ich … ich weiß nicht", sagte sie schließlich und schüttelte verwirrt den Kopf. „Ich glaube, ich hab einfach die Zeit vergessen."

Tanja fühlte sich so benommen – wie nach einem langen Mittagsschlaf.

Es war schon fast halb acht! Wo war sie so lange gewesen?

Sie war vor fünfundzwanzig Minuten von zu Hause

losgegangen! Und es dauerte höchstens fünfzehn Minuten, um Noras Haus zu erreichen.

„Was ist los mit mir?", wunderte sie sich.

„Ist alles in Ordnung?", erkundigte sich Nora.

„Ja, klar", antwortete Tanja. „Ich bin bloß etwas außer Atem."

„Komm, gib mir dein Sweatshirt", bot Nora an.

Tanja betrachtete das zusammengeknüllte weiße Sweatshirt in ihrer Hand. Sie konnte sich nicht daran erinnern, es ausgezogen zu haben.

„Warum habe ich es in der Hand?", fragte sie sich verwundert.

„Nein, danke", sagte sie zu Nora und umklammerte das Sweatshirt noch fester. „Ich behalte es hier."

Nora sah sie verwirrt an. „Es ist echt kein Problem, Tanja. Ich hänge dein Sweatshirt zu Mauras Jacke in mein Zimmer. Ich muss sowieso raufgehen, weil ich Sandra anrufen will."

Tanja wachte langsam aus ihrer Benommenheit auf und sah sich im Hobbyraum um. „Ach so, Sandra ist noch nicht da?", fragte sie und übergab Nora zögerlich das Sweatshirt.

Nora schüttelte den Kopf. „Ich verstehe einfach nicht, warum sie nicht angerufen hat", sagte sie besorgt und zwängte sich an Tanja vorbei auf die Kellertreppe. „Normalerweise ist Sandra zuverlässiger."

Tanja fühlte sich wieder etwas besser, als sie merkte, dass sie nicht die Letzte war. Sie setzte sich neben Sam auf einen Klappstuhl.

Sam nahm ihre Hand. Er beugte sich zu ihr und flüsterte: „Wie geht es dir? Ist alles okay?" Seine Stimme klang sanft und beruhigend. „Ich hab mir schon Sorgen um dich gemacht."

„Ich ... ich glaube, es ist alles in Ordnung", flüsterte Tanja zurück.

„Was ist passiert?", fragte er. „Warum kommst du so spät?"

Sie zögerte. „Ich weiß selbst nicht, was passiert ist", dachte sie. Aber wie konnte sie das Sam oder den anderen erklären?

„Nichts", antwortete sie. „Ich war einfach bloß zu spät dran."

Rudy klappte seine Zeitschrift zu und ließ sie auf den Couchtisch fallen. „Ich bin unheimlich gespannt auf deine neue Horrorgeschichte", sagte er zu Tanja.

Bevor sie ihm sagen konnte, dass sie keine Zeit für eine neue Geschichte gehabt hatte, kam Nora die Kellertreppe hinunter. Sie schüttelte besorgt den Kopf.

„Irgendwas stimmt da nicht", erzählte sie den anderen. „Ich habe gerade mit Sandras Mutter telefoniert. Sie sagte, Sandra hätte das Haus vor einer knappen halben Stunde verlassen. Und der Weg ist ja eigentlich nicht weit."

„Ich bin sicher, dass sie jede Minute hier auftauchen wird", sagte Maura. „Vielleicht holt sie unterwegs noch Chips oder so was."

„Warum gehen wir sie nicht suchen?", schlug Rudy vor und stand von der Couch auf.

„Gute Idee", stimmte Sam zu. „Mein Auto steht draußen. Wir passen alle fünf hinein."

Maura sprang von der Couch auf und sah Tanja an.

„Also komm", sagte sie ungeduldig. „Worauf warten wir noch?"

„Okay", murmelte Tanja.

Hintereinander ging die Gruppe die Kellertreppe hinauf in den Flur. Während Tanja die Stufen erklomm, spürte sie Mauras bohrenden Blick im Rücken. „Warum ist sie bloß so giftig?", fragte Tanja sich.

Maura blieb vor der Haustür plötzlich stehen und tippte sich an die Stirn. „Wartet einen Moment auf mich", sagte sie zu den anderen. „Ich muss schnell noch mal raufgehen und meine Jacke holen."

„Könntest du bitte auch mein Sweatshirt mitbringen?", bat Tanja sie. „Nora hat es in ihr Zimmer gehängt."

„Mach ich", sagte Maura und verschwand in den ersten Stock.

Tanja ging hinter den anderen nach draußen. Es war noch nicht dunkel. Eine blasse Mondsichel stand am grauen Himmel und eine frische Brise wehte durch die Baumkronen.

Tanja fror in ihrem dünnen T-Shirt. „Wann wird es endlich Frühling?", dachte sie sehnsüchtig.

„Möchtest du vorne sitzen?", fragte Sam.

„Ach, das muss nicht sein", antwortete Tanja. „Es macht mir nichts aus, mich auf den Rücksitz zu quetschen."

„Ich komm gerne nach vorne", sagte Nora erfreut. Sie machte die Beifahrertür auf und setzte sich. „Sonst muss ich immer hinten sitzen."

Rudy kletterte auf den Rücksitz. Tanja stand allein

auf dem Bürgersteig und rieb sich die Arme. Ein paar Sekunden später kam Maura mit Tanjas weißem Sweatshirt angerannt. „Hier, bitte sehr", sagte sie und warf es Tanja zu.

Tanja zog sich das Shirt über den Kopf und gab acht, dass ihre Frisur nicht in Unordnung geriet. Es war viel angenehmer, etwas Warmes anzuhaben. „Danke", sagte sie zu Maura.

Doch Maura antwortete nicht.

Sie starrte mit weit aufgerissenen Augen auf Tanjas Sweatshirt.

„Was ... was ist los?", stammelte Tanja.

Maura zeigte auf einen großen dunklen Fleck am rechten Ärmel des Sweatshirts.

„Tanja", schrie sie, „dein Pulli ist voller Blut!"

8

Tanja hielt erschrocken den Atem an und starrte auf ihr Sweatshirt.

Ein mysteriöser rötlich brauner Streifen erstreckte sich über die Hälfte ihres Ärmels.

War es wirklich ein Blutfleck?

Woher kam er? Sie schloss kurz die Augen, öffnete sie wieder und untersuchte den Fleck noch einmal.

„Hast du dich geschnitten?", fragte Rudy durch das offene Autofenster.

„Ich glaube nicht", erwiderte sie unsicher.

„Vielleicht hattest du Nasenbluten", meinte er. „Das kriege ich manchmal nachts im Schlaf. Ich merke es immer erst beim Aufwachen, wenn das Kopfkissen beschmutzt ist."

Bei der Vorstellung an blutige Kopfkissen wand Tanja sich vor Ekel. „Kann sein", sagte sie zweifelnd. „Aber wahrscheinlich ist es bloß ein normaler Schmutzfleck."

„Es sieht aber aus wie Blut", sagte Maura und betrachtete den Ärmel mit zusammengekniffenen Augen.

Nora kurbelte das Beifahrerfenster hinunter. „Können wir jetzt endlich losfahren?", rief sie ungeduldig. „Wir sollten Sandra suchen."

Bevor Tanja ins Auto stieg, schob sie die Ärmel ihres Sweatshirts bis hinter die Ellbogen zurück. Sie hatte keine Lust, sich länger mit dem seltsamen

Fleck zu beschäftigen. Dann setzte sie sich zwischen Maura und Rudy auf den Rücksitz.

Sam startete den Motor seines Kombis und sah Tanja durch den Rückspiegel an. Er schien sie genau zu beobachten.

„Auf geht's", sagte er und fuhr los. „Der Horrorklub im Einsatz."

„Wahrscheinlich kommt uns Sandra gleich entgegengelaufen", sagte Maura, die angestrengt aus dem Fenster starrte.

„Hoffentlich", sagte Nora nervös. „Es ist echt komisch, dass wir nichts von ihr gehört haben."

„Ich wette, sie hat ein paar Freunde getroffen und hat sich festgequatscht", vermutete Rudy.

„Das ist das seltsamste Treffen des Horrorklubs, das wir je hatten", sagte Sam und hielt an einer Kreuzung.

„Vielleicht sollten wir das Treffen einfach vertagen und Pizza essen gehen", schlug Rudy vor und rieb sich den Bauch. „Es ist schon mindestens eine Stunde her, seit ich was gegessen habe."

Maura lachte. „Mann, bist du verfressen!"

„Bin ich nicht", entgegnete Rudy. „Ich bin noch im Wachstum, das ist alles."

Den anderen war nicht nach Lachen zumute, sie schwiegen beunruhigt.

Sam bog auf die Canyon Road ab und fuhr an großen Villen mit riesigen Rasenflächen vorbei.

„Wo ist Sandra bloß?", fragte Nora schrill. „Mir gefällt das ganz und gar nicht."

Schweigend fuhren sie weiter und starrten auf die dunklen Häuser, an denen sie vorbeikamen. Weil es noch früh war, parkten nur wenige Autos auf der Straße. Und kein Mensch lief vorbei.

Kurze Zeit später verkündete Sam: „Hier ist es!"

Er hielt den Wagen vor einem großen Backsteinhaus an, in dessen Auffahrt ein silberfarbenes Auto und ein brauner Kleinbus parkten.

Tanja blinzelte erstaunt. Waren sie wirklich schon bei Sandra angekommen?

„Das gefällt mir gar nicht", sagte Nora. „Ich war so sicher, dass wir ihr unterwegs begegnen würden."

„Ich wette, sie hat die Abkürzung über den Friedhof genommen", meinte Tanja. „So sind wir letzte Woche auch nach Hause gegangen."

Nora drehte sich auf dem Vordersitz um und sah Tanja an. „Der Friedhof ist Sandra unheimlich. Sie würde nie allein daran vorbeigehen. Außerdem würde doch irgendwo Licht brennen, wenn sie schon da wäre."

„Vielleicht ist sie jemandem begegnet", sagte Maura.

„Versuchen wir es!", sagte Sam entschlossen. Er wendete vor Sandras Haus und fuhr die Canyon Road zwei Blocks zurück. Dann bog er auf die Fear Street ab und steuerte auf den Friedhof zu.

„Wenn wir sie nicht finden, fahren wir zu mir zurück", sagte Nora besorgt und starrte in die Dunkelheit. „Vielleicht ist sie von jemandem gebracht worden. Vielleicht ist sie ja schon bei mir zu Hause und wartet auf uns."

Tanja wurde es unheimlich, als sie sich dem Friedhof näherten.

„Ich seh sie nirgendwo", sagte Nora, während sie am schwarzen Eisentor vorbeifuhren.

„Haltet den Atem an!", rief Rudy und holte tief Luft.

„Rudy, spinnst du?", erkundigte sich Maura.

„Man muss den Atem anhalten, wenn man an einem Friedhof vorbeikommt", erklärte er. „Sonst hat man Unglück."

Maura sah ihn streng an. „Das ist echt bescheuert. Machst du dir denn wegen Sandra keine Sorgen?"

Tanjas Muskeln krampften sich zusammen, als sie die Grabsteinreihen erblickte, die auf der anderen Seite des Zauns aus dem Hügel ragten.

Plötzlich erstarrte Maura. „Hey, stopp!", schrie sie. „Sam, halt an! Fahr zurück!"

Sam trat heftig auf die Bremse und alle wurden jäh nach vorne geschleudert.

„Was ist los? Was ist denn?", schrie Nora schrill.

„Da drüben!", rief Maura. Sie riss ihre Tür auf und kletterte hinaus.

Erschrocken sah Tanja zu, wie Maura über den Gehweg auf den Friedhof zurannte. Dann stieg sie aus dem Auto und folgte Maura.

Jetzt liefen alle atemlos am Friedhofszaun entlang hinter Maura her.

Als sie Mauras ersten Schrei hörten, blieben sie abrupt stehen.

„Neeeiiin!"

Mauras Schrei durchbohrte die unheimliche Stille.

Dann fing sie an zu schluchzen: „Nein! Bitte nicht! Neeeiiin!"

9

Mauras Schluchzen hörte sich eher wie das verängstigte Heulen eines Tieres an.

„Maura, was ist los?", stieß Sam aus und rannte zu ihr.

Tanja kam mit klopfendem Herzen langsam hinterher. Sie wollte nicht sehen, warum Maura so heulte. Sie wollte es einfach nicht wissen …

Als Tanja die anderen erreicht hatte, lag Maura laut schluchzend in Rudys Armen.

Tanja kam näher und zwang sich, die vertraute menschliche Gestalt anzusehen, die ausgestreckt auf dem Boden lag.

„Oh nein", dachte sie. „Bitte nicht. Nicht Sandra. Nicht meine Freundin Sandra."

„Ruft einen Krankenwagen!", kreischte Maura wild. „Sucht ein Telefon! Schnell, ruft einen Krankenwagen!"

Sandra lag mit dem Gesicht nach unten im Gras; sie hatte die Arme ausgebreitet, als wollte sie den Boden umarmen. Tanja starrte auf die weißen Buchstaben, die auf dem Rücken ihrer Sportjacke leuchteten. Es war das Wort *Tigers*.

Sam kauerte sich neben Sandra auf den Boden, drückte ihre Hand und fühlte ihren Puls.

Als er ihre Hand losließ, seufzte er verzweifelt und sah die anderen an. „Sie ist wirklich tot", murmelte er tonlos.

Maura stieß einen spitzen Schrei aus. Nora schluchzte laut. Rudy atmete schwer.

„Sch…schaut euch ihre Kehle an", stammelte Maura und zeigte geschockt darauf. „Jemand hat ihr die Kehle durchgeschnitten!"

Tanja sprang von Sandras Leiche weg, als wäre sie geschubst worden. Ihr wurde übel. Sie machte den Mund auf, um zu schreien, doch sie brachte keinen Laut heraus.

Als sie wieder auf den Gehweg trat, machten ihre Füße ein komisches Geräusch. Tanja starrte auf den Boden.

Dann stieß sie einen langen lauten Schrei aus.

In ihrer Panik hatte sie gedacht, ihre Turnschuhe wären voller Blut. Doch dann sah sie, dass es nur Schlamm und Dreck waren.

Die nächste halbe Stunde verging wie in einem verschwommenen Nebel. Krankenwagen und Polizeifahrzeuge erreichten den Friedhof.

Doch Tanja konnte nicht aufhören zu weinen. Jeder Gedanke an Sandra – ihr Lachen, die Art, wie sie ihre Haare aus dem Gesicht gestrichen hatte – brachte einen neuen Tränenschwall hervor.

„Wie konnte das passieren?", fragte sie sich. „Wer hatte so etwas Schreckliches getan?"

Der Krankenwagen fuhr davon. Tanja spürte Sams Hand, die sich sanft auf ihre Schulter legte. Als sie sich umdrehte, sah er sie verständnisvoll an. „Die Polizisten wollen, dass wir alle auf die Wache kommen", sagte er.

„Warum?", fragte sie und bemühte sich, ihr Schluchzen unter Kontrolle zu bringen.

„Sie wollen uns ein paar Fragen stellen", sagte er. „Über Sandra – und ihren Tod."

Tanja nickte. „Ich muss mich zusammenreißen", ermahnte sie sich.

„Sie rufen jetzt unsere Eltern an", fuhr Sam fort. „Damit sie auch auf die Polizeiwache kommen."

„Die Polizeiwache?", dachte Tanja. „Was soll ich da?"

„Meine Freundin ist ermordet worden."

Die Worte drangen wie ein scharfes Messer in ihr Bewusstsein.

„Ich muss auf die Polizeiwache, weil meine Freundin ermordet worden ist."

Tanja folgte Sam über die Straße zu seinem Auto. Maura, Rudy und Nora warteten schon auf dem Rücksitz. Ihre Gesichter waren blass und tränenüberströmt.

Sam startete den Wagen und sie folgten einem Polizeiwagen. Keiner sagte etwas, bis sie den Parkplatz hinter der Polizeiwache von Shadyside erreicht hatten.

„Es ist so seltsam", sagte Nora mit zitternder Stimme. „Sandra. Der Friedhof. Es ist genauso wie in Tanjas letzter Horrorgeschichte."

„Ich weiß", stimmte Maura nachdenklich zu. „Es ist wirklich unheimlich."

„So ein schrecklicher Zufall", murmelte Rudy und schüttelte traurig den Kopf.

Tanja rutschte unbehaglich auf dem Beifahrersitz

herum. Die Richtung, die die Unterhaltung nahm, machte sie nervös. Am liebsten hätte sie zugegeben, dass Sam die Geschichte für sie geschrieben hatte. Doch die Blöße wollte sie sich jetzt nicht mehr geben.

„Sandra ist tot", dachte sie. „Darum geht es."

Mit zitternden Beinen und weichen Knien stieg sie aus dem Auto. Ein großer blonder Polizist mit Schnauzbart hielt ihnen die Tür des Kombis auf.

Die Wache war hell und modern eingerichtet. Tanja musste sich schützend die Hand vor die Augen halten, bis sie sich an das grelle Neonlicht gewöhnt hatte.

Dann sah sie ihre Eltern, die zusammen mit Sams Mutter und Mauras Vater vor dem Vernehmungszimmer auf sie warteten. Sie fiel ihnen sofort weinend in die Arme.

Zwei Stunden später fuhren Sam und Tanja von der Wache nach Hause; ihre Eltern fuhren voraus. Sam und Tanja wollten alleine sein, um unterwegs noch einmal ungestört miteinander reden zu können. Doch Tanja brachte kein einziges Wort heraus.

Sam hielt vor ihrem Haus an. Sie sahen zu, wie Tanjas Eltern im Haus verschwanden. Dann stellte er den Motor ab und streckte den Arm nach ihrer Hand aus.

„Schaffst du es?", fragte er sie.

„Ich … ich glaube schon", antwortete Tanja mit schwacher Stimme. Sie hatte ein schlechtes Gewissen, weil sie in den letzten Tagen so abweisend zu ihm gewesen war. Und nun hatte er sich den ganzen Abend über wundervoll verhalten, so ruhig und fürsorglich. „Danke für deine Unterstützung", sagte sie jetzt. „Es war ein schrecklicher Abend. Ohne dich hätte ich ihn nicht überstanden."

Er nickte und unterdrückte ein Schluchzen. „Grauenhaft", murmelte er.

„Ich fand es furchtbar, die vielen Fragen beantworten zu müssen", sagte Tanja. „Ich hatte die ganze Zeit das Gefühl, als wollte mir die Polizei irgendwas in die Schuhe schieben."

„Mir ging es genauso", gestand Sam. „Ich fand es schrecklich, dass sie immer wieder dieselben Fragen gestellt haben."

Tanja nickte. Ein kalter Schauer rann ihr über den Rücken.

Der Beamte hatte gefragt, ob Sandra irgendwelche Feinde gehabt hätte und ob sie jemals von irgendjemandem bedroht worden sei.

Tanja hätte die Vernehmung ohne die Gegenwart und Unterstützung ihrer Eltern nicht ausgehalten. Sie hatte gemerkt, wie vorsichtig der Ermittlungsbeamte seine Fragen formuliert hatte, weil er wusste, dass ihre Mutter Rechtsanwältin war.

„Ich wünschte bloß, Maura hätte die Horrorgeschichte nicht erwähnt, die du für mich geschrieben hast", gab Tanja zu. „Ich glaube, deswegen hatten sie es besonders auf mich abgesehen."

„Hast du ihnen erzählt, dass *ich* sie geschrieben habe?", fragte Sam. Er hatte das Gesicht abgewandt und starrte aus dem Autofenster.

„Ich wollte es ihnen sagen", antwortete Tanja, „aber es erschien mir nicht so wichtig. Hätte ich es erwähnen sollen?"

„Es macht eigentlich keinen Unterschied", erwiderte Sam. „Schließlich war es nicht die Geschichte, die Sandra umgebracht hat. Es war ein lebendiger Mensch mit einem echten Messer. Das wird auch die Polizei verstehen."

Wer hatte Sandra ermordet?
Die Frage drängte sich Tanja auf.
Wer hatte sie umgebracht?
Jemand, der sie gekannt hatte?
Oder ein Fremder?
Jemand aus dem Horrorklub?
Nein!

Wieder fing sie an zu weinen. Sam rückte näher an sie heran und legte die Arme um sie.

„Denk nicht mehr an die Horrorgeschichte", flüsterte er. „Denk einfach nicht dran. Es ist nur ein saudummer Zufall."

Tanja wischte sich die Tränen aus den Augen und nickte. Sie gab Sam einen Gutenachtkuss und fuhr mit der Hand durch seine Locken.

„Ich muss jetzt reingehen", sagte sie. „Meine Eltern warten auf mich."

„Okay", antwortete er. Doch bevor Tanja die Autotür öffnen konnte, umarmte er sie noch einmal und küsste sie auf den Mund.

Zuerst fühlten sich seine Lippen tröstlich und vertraut an, doch bald darauf wurde er leidenschaftlicher. Sein hungriger Kuss steckte sie an.

Doch plötzlich beendete er den Kuss. Dann streckte er die Hand aus und machte die Beifahrertür auf. „Ruf mich morgen an", flüsterte er.

Verwirrt stieg Tanja aus. Sie machte die Autotür von außen zu und ging langsam über den Rasen auf die Haustür zu.

Sie sah Sam nach, während er wegfuhr, und betrat dann das Haus. Ihre Eltern standen angespannt im Wohnzimmer und warteten auf sie. Tanja sah, dass auch ihre Mutter geweint hatte.

„Ist mit dir alles in Ordnung?", fragte ihr Vater und kam auf sie zu.

„Ich glaube, ja", sagte sie unsicher.

Ihre Mutter zeigte auf ihre dreckverkrusteten Turnschuhe. „Warum ziehst du nicht deinen Schlafanzug an?", schlug sie vor. „Und wenn du runterkommst, mache ich heiße Schokolade, und dann können wir reden."

Tanja seufzte müde. „Okay", stimmte sie zu.

Sie trottete hinauf in ihr Zimmer und streifte sich mit den Füßen die Turnschuhe ab.

Dann ging sie an ihre Kommode und zog die mittlere Schublade auf, um ihren Schlafanzug herauszuholen.

Doch ihre Finger fühlten etwas Kaltes, Scharfes, Feuchtes.

„Was ist denn das?" Sie blinzelte und atmete geräuschvoll aus.

Ihr Herz hämmerte laut, das Zimmer drehte sich vor ihren Augen, als sie in die Schublade starrte.

Auf ein Messer starrte.

Auf eine blutige Messerklinge!

10

Zwei Tage lang verschwieg Tanja das Messer. Bis zu dem Tag von Sandras Beerdigung. Als Sam mit dem Auto vorbeikam, um sie abzuholen, erzählte sie es ihm auf dem Weg zur Kirche.

Er hörte aufmerksam und angespannt zu, während er weiterfuhr. „Aber warum würde sich jemand die Mühe machen?", fragte er und hielt vor einer roten Ampel an. „Ich meine, warum sollte jemand ein Messer in deiner Schublade verstecken?"

„Ich weiß es nicht", sagte Tanja kopfschüttelnd. „Ich kann es mir einfach nicht erklären, Sam."

„Und was hast du mit dem Messer gemacht?"

Sie zupfte am Saum ihres schwarzen Kleids. „Ich habe es in eine Zeitung gewickelt und in den Mülleimer geworfen."

Sam sah sie aus den Augenwinkeln an. „Hast du es der Polizei erzählt?"

„Das wollte ich ja", erwiderte Tanja. „Aber ich konnte die Vorstellung nicht ertragen, noch mehr Fragen beantworten zu müssen. Vor allem, weil ich sowieso keine Antworten auf ihre bescheuerten Fragen habe."

Sie stieß einen tiefen Seufzer aus. „Ich habe wirklich keine Ahnung, wie das Messer da reingekommen ist", sagte sie fast flüsternd. „Keinen blassen Schimmer. Ich weiß bloß, dass jemand mir den Mord in die Schuhe schieben will."

„Aber *wie* konnte es in deine Schublade geraten?", fragte Sam.

Tanja verzog nachdenklich das Gesicht. „Vielleicht ist jemand bei uns eingebrochen, als wir alle auf der Polizeiwache waren, und hat das Messer in meine Schublade gelegt."

Die Ampel wurde grün. Sie fuhren weiter. „Gab es denn irgendwelche Anzeichen für einen Einbruch?", fragte Sam.

„Nein", antwortete sie leise. „Aber wir lassen immer einen Ersatzschlüssel unter der Fußmatte liegen. Vielleicht ist derjenige, der mich beschuldigen will, mit diesem Schlüssel ins Haus gekommen."

„Na, dann kann es keiner vom Horrorklub gewesen sein", sagte Sam. „Wir waren ja auch alle auf der Polizeiwache."

Den Rest der Strecke schwieg er. Er sagte erst wieder etwas, als sie auf den überfüllten Parkplatz vor der St.-Paul's-Kirche abbogen.

„Was war es für ein Messer?", fragte er, während er eine der letzten freien Parklücken ergatterte. „War es groß?"

„Das ist das Merkwürdigste von allem", erwiderte Tanja. „Das Messer in meiner Schublade sah fast genauso aus wie das Trickmesser, das ich gekauft hatte. Aber es war echt."

Sie stieg aus dem Auto und blinzelte in die grelle Morgensonne. „Vielleicht will mich jemand in den Wahnsinn treiben. Ich kann es mir sonst echt nicht erklären."

Sam legte einen Arm um ihre Taille, während sie

langsam über den Parkplatz gingen und die breiten Stufen zum Eingang der Kirche hinaufstiegen. „Es macht keinen Sinn", sagte er und blieb vor der schweren Holztür stehen. „Kein Mensch würde auf den Gedanken kommen, dass du Sandra umgebracht hast."

„Ich ... ich weiß nicht mehr, was ich glauben soll", gab Tanja zu und lehnte sich an ihn.

Sam wirkte in seinem blauen Anzug sehr ernst und erwachsen. Es war derselbe Anzug, den er vor etwa einem Monat zur Beerdigung seines Vaters getragen hatte.

„Armer Sam", dachte sie. „Für ihn ist es sicherlich auch nicht leicht."

„Wir stehen das gemeinsam durch", flüsterte er.

Sie wollte ihn umarmen, doch er hatte die Tür schon aufgemacht.

Zitternd und unsicher gingen beide den Gang entlang zu ihren Freunden, die in der fünften Reihe saßen.

Rudy begrüßte sie mit einem Lächeln. Doch Maura ignorierte Tanja. Nora weinte leise vor sich hin und rieb sich mit einem Taschentuch im Gesicht herum.

Wenige Minuten nachdem Tanja und Sam sich gesetzt hatten, betrat der Pfarrer den Altarraum, und die Trauerfeier begann. Vier Männer in dunklen Anzügen trugen den Sarg durch den Mittelgang.

Tanjas Kehle schnürte sich zusammen. Sie unterdrückte einen lauten Schluchzer.

„Liegt Sandra wirklich da drin?", dachte sie und starrte auf den glänzenden Sarg, in dem sich die Kerzen widerspiegelten.

„Warum hatte jemand sie umgebracht? Und aus welchem Grund soll es so aussehen, als hätte ich es getan?"

In Tanjas Kopf schwirrte alles durcheinander. Die vielen Fragen, auf die sie keine Antwort wusste, kehrten immer wieder zurück und drehten sich endlos im Kreis.

Ihre Gedanken wurden von leisem Weinen unterbrochen, das aus der ersten Reihe kam. Sandras Mutter war in den Armen ihres Mannes zusammengebrochen. „Ihre Eltern tun mir so leid", dachte Tanja. „Es muss schrecklich für sie sein."

„Das war die schlimmste Woche meines Lebens", heulte Nora. „Ich kann einfach nicht glauben, dass Sandra tot ist. Ich kann es nicht glauben, dass ich am Montag in die Schule gehe und dann nicht die Pause mit ihr verbringen kann."

Sie schüttelte verzweifelt den Kopf. „Sandra war die beste Freundin, die ich je gehabt habe."

Nach der Beerdigung hatten sich die fünf Mitglieder des Horrorklubs in einem Restaurant versammelt. Tanja war total ausgelaugt und erschöpft. Alles, was sie tun konnte, war, auf ihr Thunfisch-Sandwich zu starren.

Rudy stocherte mit der Gabel lustlos in seinen Pommes frites herum. „Ich kann es auch nicht glauben", murmelte er.

„Und *ich* kann nicht glauben, dass jemand sie umgebracht hat", sagte Maura ruhig. Dann sah sie Tanja an. „Ob es wohl jemand war, der sie gekannt hat?"

Tanja spürte, dass ihr Gesicht zu glühen begann. „Warum sieht sie ausgerechnet mich dabei an?", wunderte sie sich. „Warum hat sie es immer auf mich abgesehen?"

„Seit es passiert ist, kann ich nichts mehr essen", sagte Tanja und starrte auf ihr Sandwich.

„Ich auch nicht", murmelte Nora leise. Sie zerriss eine Papierserviette in lauter kleine Fetzen.

„Es ist so seltsam, dass Sandra genauso gestorben ist, wie Tanja es in ihrer Geschichte beschrieben hat", fügte Maura hinzu.

Tanjas Gesicht brannte, während ihre Freunde sie schweigend anstarrten.

Rudy nahm seinen Cheeseburger in die Hand und machte den Mund auf. Dann ließ er den Burger unangetastet wieder auf den Teller sinken. „Maura und ich haben gestern darüber gesprochen", sagte er. „Wir finden beide, dass es das Beste ist, wenn wir das Treffen nächste Woche absagen."

„Ja, finde ich auch", stimmte Sam zu. Er streckte die Hand aus und spießte ein paar Pommes von Rudys Teller auf seine Gabel. „Vielleicht sollten wir eine Woche aussetzen."

Tanjas Gedanken schweiften ab. Unwillkürlich stiegen die Bilder von Sandras Beerdigung vor ihren Augen hoch. Noch einmal sah sie, wie der Sarg in das Grab gesenkt wurde, wieder hörte sie, wie die feuchte Erde mit einem schrecklichen dumpfen Klatschen auf den glänzenden Sargdeckel fiel.

Als sie den Blick hob, bemerkte sie, dass Maura sie immer noch fixierte.

„Hast du eigentlich dein Sweatshirt gewaschen?",
fragte Maura hinterhältig.

„Wie bitte?"

„Das Sweatshirt, das du am Mordabend angehabt
hast. Hast du den frischen Blutfleck rausbekom-
men?", wiederholte Maura kalt.

11

Tanja war sprachlos.

Jetzt war es eindeutig: Maura beschuldigte sie.

Als Tanja sich in der Runde umsah, merkte sie, dass alle sie anstarrten und auf ihre Antwort warteten. „Lass dir was einfallen", dachte sie voller Panik.

Ihr Blick huschte über den Tisch, über den Serviettenhalter und den Salzstreuer, bis er an den Flaschen hängen blieb.

„Es … es war kein Blut", murmelte Tanja. „Es war Ketchup."

Es war Samstagabend. Tanja starrte auf das Telefon.

„Bitte", flehte sie den Apparat an. „Bitte klingel endlich. Ich will nicht allein hier herumsitzen. Nicht heute Abend."

Sie hatte sich schon den ganzen Tag so komisch gefühlt. Irgendwie abgestorben und kraftlos. Sie brauchte dringend eine Abwechslung, irgendeinen Spaß, bei dem sie ihre Sorgen vergessen konnte.

Den ganzen Tag hatte sie sich darauf gefreut, mit Sam auszugehen. Warum rief er jetzt nicht an? Sonst war er doch sehr zuverlässig.

Tanja wurde klar, dass sich in nur wenigen Tagen vieles zwischen ihnen verändert hatte. Am Anfang der Woche hatte sie sich noch vor ihm versteckt und sich ernsthaft überlegt, ob sie mit ihm Schluss machen sollte. Jetzt merkte sie, dass sie ihn brauchte.

Sehnsüchtig schaute sie auf das Telefon.

„Klingel", flehte sie. „Ich will heute Abend nicht allein sein."

„Ach, was soll's?", dachte sie schließlich. „Dann rufe ich ihn eben selber an." Sie hob den Hörer ab und wählte seine Nummer.

Sam nahm nach dem dritten Klingelton ab. „Hallo?"

„Ich bin's", sagte Tanja und bemühte sich, gelassen zu klingen. „Hast du nicht was vergessen?"

„Äh … was denn?"

„Wir wollten doch heute Abend ins Kino gehen!" Sie krümmte sich innerlich, als sie ihre weinerliche Stimme hörte. „Wann holst du mich ab?"

Sam zögerte. „Ich kann nicht, Tanja. Ich wollte mich gerade bei dir melden."

„Aber Sam", stöhnte sie. „Unsere Verabredung."

„Ich weiß", erwiderte er. „Es ist bloß … na ja, mir ist was dazwischengekommen."

„Was? Dir ist was dazwischengekommen?" Das klang nicht besonders glaubwürdig!

„Meiner … meiner Mutter geht es nicht gut", erklärte er. „Sie ist ziemlich krank. Ich glaube, ich kann sie nicht alleine lassen."

Tanja wusste nicht, was sie sagen sollte. Sie spürte, dass er log, aber traute sich nicht, es ihm zu sagen.

„Oh, das tut mir leid", sagte sie. „Willst du, dass ich vorbeikomme? Wir könnten fernsehen oder so was."

„Ich glaube nicht, dass das eine gute Idee wäre", erwiderte er. „Meine Mutter will nicht, dass jemand sie so sieht."

„Was für ein schlechter Lügner er ist", dachte Tanja. „Ein miserabler Lügner."

Sie schluckte schwer, so verletzt war sie.

Warum wollte er sich nicht mit ihr treffen?

„Okay", sagte sie schließlich. „Rufst du mich morgen an?"

„Klar", antwortete er. „Also bis morgen."

Tanja legte den Hörer auf. Dann lief sie rastlos im Zimmer auf und ab. Sie war vor Nervosität ganz zappelig. „Ich muss irgendwas tun", dachte sie. „Um mich abzulenken. Ich muss Sam vergessen, Sandra vergessen – alles vergessen."

Ihre Augen blieben am Computer hängen.

Warum sollte sie nicht eine Geschichte schreiben? Eine wirklich unheimliche Geschichte für das nächste Treffen des Horrorklubs?

Tanja schaltete den Computer ein und starrte auf den leeren Bildschirm. Der Cursor blinkte ungeduldig. Sie saß still da und konzentrierte sich, so gut sie konnte.

„Warum fällt mir nichts ein?"

Sie war wie blockiert. Jedes Mal, wenn sie versuchte, sich eine Figur auszudenken, sah sie immer nur Sandra vor sich.

Deshalb war sie richtig erleichtert, als es unten an der Haustür klingelte. „Vielleicht ist das Sam", dachte sie. „Vielleicht hat er es sich anders überlegt."

Sie überprüfte ihre Frisur im Spiegel, eilte nach unten und öffnete die Tür.

Dann fuhr sie zusammen.

Vor ihr standen zwei Männer in dunklen Anzügen.

Beide hielten ihr eine Polizeimarke unter die Nase. Einen der Polizisten kannte sie vom Mordabend.

„Tanja Blanton", sagte er. „Ich bin Kommissar Monroe. Wir haben neulich kurz miteinander gesprochen. Dies ist mein Partner – Kommissar Frazier."

„Wir müssen mit dir reden", sagte Kommissar Frazier. „Sind deine Eltern zu Hause?"

„Sie sind zum Essen eingeladen", erwiderte Tanja. „Sie kommen ungefähr in einer Stunde zurück."

„Dürfen wir dir eine Frage stellen?", fragte Kommissar Monroe ruhig.

„Natürlich", sagte Tanja.

Frazier fuhr sich mit der Hand durch sein schütteres Haar.

„Warum starrt er mich so an?", wunderte sich Tanja und wich seinem strengen Blick aus.

„Hast du gerade Sandras Mutter angerufen?", erkundigte sich Frazier.

„Mrs Carter? Nein", antwortete Tanja. „Ich habe sie seit der … der Beerdigung nicht mehr gesprochen."

Monroe kratzte sich am Kopf. Er war anscheinend verwirrt.

„Bist du sicher?", fragte er und sah sie mit zusammengekniffenen Augen an. „Es ist ganz wichtig, dass du uns die Wahrheit sagst."

„Das ist die Wahrheit", entgegnete Tanja.

Die beiden Beamten sahen sich vielsagend an. „Das ist wirklich merkwürdig", sagte Frazier. „Mrs Carter hat gerade auf dem Revier angerufen und uns mitgeteilt, dass du sie vor ein paar Minuten angerufen und gestanden hast, ihre Tochter ermordet zu haben."

12

Am Montag in der Mittagspause trug Tanja ihr Tablett vorsichtig durch die Cafeteria und suchte einen freien Platz. „Warum sehen mich alle so an?", wunderte sie sich. „Können sie mich nicht in Ruhe lassen?"

Maura und Nora saßen an einem Tisch vor dem Fenster. Tanja seufzte erleichtert, als sie sie entdeckte. „Endlich", dachte sie, „vertraute Gesichter, die mich nicht anstarren, als wäre ich eine Zirkusattraktion."

Sie wusste zwar nicht, wie es passiert war, doch das Gerücht über ihren angeblichen Anruf bei Mrs Carter hatte scheinbar schon in der ganzen Schule die Runde gemacht.

Maura und Nora hatten die Köpfe zusammengesteckt und unterhielten sich leise. Sobald sie Tanja bemerkten, verstummten sie jedoch.

„Hi", sagte Tanja etwas zu laut. „Macht es euch was aus, wenn ich mich zu euch setze?"

„Nein, setz dich doch", sagte Nora und machte auf dem Tisch Platz für Tanjas Tablett.

Tanja setzte sich. Aber Maura und Nora nahmen ihre Unterhaltung nicht wieder auf.

„Also", fragte Tanja, „worüber redet ihr gerade?"

„Über Hausaufgaben."

„Über Jungs", platzten Maura und Nora gleichzeitig heraus.

Tanja runzelte die Stirn. „Sie haben über mich geredet", dachte sie. „*Alle* reden über mich. Ich bin das Gesprächsthema der ganzen Schule."

„Eigentlich", gab Nora zu, „haben wir uns gefragt, wie es dir so geht. Wir haben seltsame Gerüchte gehört."

„Ich … na ja, es geht mir ganz gut", murmelte Tanja, obwohl sie wusste, dass die anderen sie den ganzen Tag beobachteten und über sie lästerten.

Was sollte sie auch tun? Sich auf den Tisch stellen, ihre Unschuld verkünden und beteuern, dass sie Sandra nichts getan hatte?

Nora nahm einen Schluck Cola. Tanja sah, dass ihre Augen immer noch gerötet waren. „Es war für alle eine harte Woche", sagte Nora leise. „Ich vermisse Sandra so sehr."

Tanja senkte den Kopf und starrte auf ihren Hamburger. Sie hatte den ganzen Tag zwar noch nichts gegessen, aber ihr Appetit war einfach spurlos verschwunden.

„Ich verstehe nicht, was los ist", sagte sie mit brüchiger Stimme. „Ich glaube, jemand will es so aussehen lassen, als hätte ich … als hätte ich … Sandra umgebracht."

„*Niemand* glaubt, dass du sie umgebracht hast", versicherte Nora ihr.

„Ich wünschte, du hättest recht", dachte Tanja verzweifelt. Doch warum starrten alle sie dann so an?

Und warum hatten die Polizeibeamten darauf bestanden, sie eine geschlagene Stunde lang zu verhören, als ihre Eltern am Samstagabend zurückgekommen waren?

Tanjas Gedankengänge wurden von Nora unterbrochen.

„Was immer geschehen mag, der Horrorklub muss zusammenhalten", sagte sie mit fester Stimme. „Wir müssen wieder ein normales Leben führen. Ich glaube, das hätte Sandra auch gewollt."

Ein normales Leben?

Diese drei Wörter blieben in Tanjas Kopf hängen. „Werde ich jemals wieder ein normales Leben führen? Wird *einer* von uns das je wieder können? Werde ich irgendwann wieder in dieser Cafeteria sitzen können, ohne das Gefühl zu haben, dass alle mich beobachten und sich fragen, ob ich meiner Freundin die Kehle durchgeschnitten habe?"

Plötzlich bemerkte Tanja, dass Mauras grüne Augen sie genau beobachteten. Seit Tanja sich an den Tisch gesetzt hatte, hatte Maura kein einziges nettes Wort zu ihr gesagt.

„Sie glaubt, ich hätte es getan", durchfuhr es Tanja. „Maura hält mich tatsächlich für eine Mörderin."

„Das halte ich nicht aus", dachte sie. „Ich muss hier raus." Sie sprang auf und ließ ihr Essen unberührt auf dem Tisch stehen.

Maura und Nora starrten sie verwirrt an.

„Wir … wir sehen uns später, okay?", sagte Tanja.

Die Unterhaltungen in der Cafeteria schienen augenblicklich zu verstummen, als Tanja aufstand. Während sie zur Tür rannte, spürte sie, dass alle Blicke im Saal auf sie gerichtet waren.

„Ich muss hier raus", dachte sie verzweifelt.

Sobald Tanja die Cafeteria verlassen hatte, ging es

ihr deutlich besser. Im Saal war es so stickig gewesen. Hier draußen auf dem menschenleeren Flur war es viel kühler und ruhiger. Sie konnte endlich wieder atmen.

Am liebsten hätte sie sich ein leeres Klassenzimmer gesucht, sich in einer Ecke zusammengerollt und den Rest des Tages verschlafen.

„Und dann würde ich aufwachen und merken, dass alles nur ein Albtraum gewesen ist. Bloß eine unserer unheimlichen Geschichten. Und Sandra würde darüber lachen."

Aber sie wusste genau, dass es kein Albtraum war.

Sandra würde nie mehr über irgendetwas lachen.

Tanja kam am Musiksaal vorbei. Der Chor der Shadyside Highschool probte gerade. Sie warf einen Blick durch das Fenster. Die Sänger standen in drei ordentlichen Reihen da und schauten konzentriert auf den Dirigenten. Ihre Stimmen verschmolzen zu einem wunderschönen Lied.

Die Musik war irgendwie tröstlich. Tanja fühlte sich schon wieder etwas besser.

Der Klang der Stimmen folgte ihr den Flur entlang bis zum Eingang der Sporthalle. Als sie an der Umkleidekabine der Jungen vorbeikam, trat Rudy auf den Flur.

Er sah sie überrascht an. Er trug eine kurze blaue Sporthose und ein ärmelloses T-Shirt und hatte für das Gewichtheben einen Stützgürtel aus Leder eng um die Taille gewickelt.

„Tanja", sagte er. „Ich hab gerade an dich gedacht."

Sie musste lächeln. „Was für eine beruhigende

Stimme er hat", dachte sie. „Rudy kann ich vertrauen. Und er vertraut mir."

Schritte hallten durch den Flur. Rudy sah sich nervös um. Dann fasste er Tanja am Arm. „Komm, wir gehen in die Sporthalle", sagte er. „Dort können wir ungestört reden."

Er drückte die Tür auf und Tanja folgte ihm in die dunkle Halle. Es fühlte sich seltsam an, in dem düsteren großen Raum mit Rudy allein zu sein. „Als würden wir uns vor den anderen verstecken", dachte Tanja.

„Was ist los?", fragte sie.

Schüchtern senkte Rudy den Blick und starrte auf den Boden. „Ich … ich habe die verrückten Gerüchte über dich gehört, Tanja", sagte er leise. „Ich will dir bloß sagen, dass ich nichts davon glaube."

„Danke, Rudy", sagte sie und seufzte. „Das ist die schrecklichste Woche meines Lebens gewesen. Manchmal denke ich, ich drehe durch."

„Du musst Geduld haben", sagte er sanft. „Und hör zu … wenn ich irgendwas für dich tun kann …" Er verstummte.

„Ach, Rudy", dachte Tanja. „Dafür könnte ich dir glatt einen Kuss geben!" Sie lächelte in die Dunkelheit. „Danke", flüsterte sie.

Sams Gesicht tauchte vor ihren Augen auf. Sie war immer noch wütend auf ihn, weil er sie am Samstagabend sitzen gelassen und sich auch am Sonntag nicht bei ihr gemeldet hatte.

Sam hatte sie in dem Augenblick fallen gelassen, in dem sie ihn am meisten gebraucht hätte.

Und hier war Rudy und er war so verständnisvoll und einfühlsam.

Ja, einfühlsam.

„Er empfindet etwas für mich", dachte sie.

Ohne es zu merken, hatte sie die Arme um seinen Hals gelegt und ihre Lippen sanft auf seine gepresst.

Und Rudy küsste sie zurück.

Tanja schloss die Augen und genoss den Augenblick.

Hinter ihnen öffnete sich knarrend die Tür der Sporthalle.

Jemand keuchte erschrocken.

Tanja und Rudy stoben auseinander und drehten sich um.

Zu spät.

Die Tür hatte sich schon wieder geschlossen.

„Wer … wer hat uns gesehen?", stammelte Tanja.

13

Tanja rannte zur Tür und Rudy folgte ihr.

Doch im Flur war niemand mehr zu sehen.

Sie hörten nur Schritte, die sich schnell von der Sporthalle entfernten.

„Was soll's", sagte Rudy. „Es ist sinnlos, ihm hinterherzurennen."

„Oder ihr", fügte Tanja hinzu.

Sie konnte sehen, dass er rot wurde.

„Es tut mir leid", sagte sie. „Hoffentlich war das gerade nicht Maura. Dann wird sie vor Wut garantiert ausflippen."

„Es kann auch Sam gewesen sein", gab er zu bedenken. „Dann hast *du* jetzt ein Problem."

„Ich weiß", sagte Tanja. „Aber zwischen Sam und mir läuft es zurzeit sowieso nicht mehr besonders gut."

Rudy sagte nichts. Er fuhr sich mit der Hand durch sein kurzes braunes Haar und starrte in den leeren Flur.

Tanja wusste nicht, warum sie Rudy so spontan geküsst hatte. Sie mochte ihn zwar sehr, hatte ihn jedoch bisher immer nur für einen guten Kumpel gehalten.

„Vielleicht war es ein Lehrer", meinte Rudy. „Oder jemand, der uns gar nicht kennt."

„Kann sein", stimmte Tanja halbherzig zu. Sie hatte ein schlechtes Gewissen. Hätte Sam sie besser behandelt, wäre es nie zu diesem Kuss gekommen.

„Was soll's", sagte Rudy und zuckte mit den Schultern. „Es war nur ein Kuss. Was ist daran so
schlimm?"

Am Donnerstagmorgen starrte Tanja missmutig auf
ihre Waffeln. Die wichtigste Mahlzeit am Tag.

„Mum", stöhnte sie, „ich kriege heute früh nichts
runter."

„Liebling …" Die Stimme ihrer Mutter war sanft,
aber bestimmt. „Du musst es wenigstens versuchen.
Du hast seit Tagen kaum was gegessen. Ich weiß ja,
dass du traurig bist. Aber du musst wirklich wieder
anfangen zu essen."

„Es tut mir leid, Mum. Aber es geht einfach nicht."
Tanja konnte nicht anders. Mit ihrem normalen Leben
war auch ihr normaler Appetit verschwunden.

Endlich lenkte ihre Mutter ein. „Also gut", sagte sie
und zwang sich zu einem Lächeln. „Vergiss die Waffeln und hol deine Mappe. Ich fahre dich gleich zur
Schule."

Im Auto schwieg Tanja und strich nervös über ihr
Kleid. Die ganze Woche über hatte sie Jeans angehabt.
Doch an diesem Morgen hatte sie sich dazu gezwungen, schicke Klamotten anzuziehen. Sie trug ein enges Stretchkleid und schwarze Sandalen mit hohen
Absätzen. Wenn die anderen sie schon anstarrten,
dann konnte sie ihnen genauso gut etwas bieten.

Ihre Mutter summte ein Lied aus dem Radio mit und
sah Tanja immer wieder verstohlen aus den Augenwinkeln an. An einer roten Ampel wandte Mrs Blanton sich an ihre Tochter.

„Liebling", sagte sie, „rede mit mir. Manchmal hilft es."

Tanja wusste nicht, was sie sagen sollte. Ihre Eltern hatten sich in den letzten Wochen unheimlich gut verhalten; sie waren verständnisvoll und unterstützend. Und die juristischen Fachkenntnisse ihrer Mutter waren natürlich auch sehr hilfreich. Doch Tanja hatte an diesem Morgen einfach keine Lust auf so ein Gespräch mit ihrer Mutter.

„Ich kann keine Fragen mehr ertragen", dachte sie. „Noch nicht einmal von meiner Mutter. Ich will bloß meine Ruhe haben."

„Es ist alles okay", sagte Tanja abwehrend.

Ihre Mutter nickte, runzelte aber gleichzeitig die Stirn. „Und wie geht es Sam?", fragte sie. „Er hat sich schon seit einer Woche nicht mehr blicken lassen."

„Er hat viel zu tun", erklärte Tanja. „Er muss zu Hause oft mit anpacken."

„Aha, ich verstehe", sagte Mrs Blanton. „Vielleicht hat er ja Lust, heute Abend zum Essen zu uns zu kommen!"

„Okay", erwiderte Tanja. „Ich frage ihn."

„Keine Chance", dachte sie jedoch im Stillen. „Sam hat diese Woche kaum ein Wort mit mir geredet."

Sie fuhren auf den Parkplatz der Highschool und Tanja stieg aus dem Wagen. Als sie sich der Schule näherte, stieg die Angst wieder in ihr hoch.

„Ich will nicht hier sein", dachte sie. „Ich halte es keinen Tag länger aus, von allen angestarrt zu werden."

Sie holte tief Luft und sammelte all ihren Mut. Dann

betrat sie das Gebäude mit erhobenem Kopf und zwang sich zu lächeln.

Tanja rückte ihren Rucksack zurecht und ging langsam den Flur entlang zu ihrem Spind. „Vielleicht lade ich Sam doch heute Abend zu uns ein", dachte sie. „Wir müssen wieder miteinander reden." Erst nachdem sie Rudy in der Sporthalle geküsst hatte, hatte sie gemerkt, wie sehr sie Sam immer noch begehrte.

„Ich vermisse sein Lächeln so. Wie wir stundenlang miteinander telefoniert haben. Ich vermisse es, im Kino seine Hand zu halten. Er fehlt mir einfach!"

Sie nahm ihre Bücher aus dem Spind und beschloss, Sam zu suchen. Sie wollte herausfinden, ob er Lust hatte, die Einladung ihrer Mutter anzunehmen.

Als sie durch den Flur ging, stellte sie fest, dass nur noch ein paar Schüler sie komisch anstarrten. Die anderen kümmerten sich um ihre eigenen Dinge; sie redeten und lachten miteinander und beachteten Tanja kaum.

„Wow", dachte sie erleichtert. „Vielleicht wird langsam alles wieder normal."

Als sie an der Schulbücherei vorbeikam, hörte sie ein vertrautes Lachen. Sie sah Nora, die vor ihrem Spind stand und über etwas lachte, das ein großer schlanker Junge gesagt hatte.

Nora legte den Kopf zurück und lachte wieder. Dann warf sie ihr weiches dunkles Haar zurück. Sie strich dem Jungen über den Arm und fuhr mit ihren Fingern sanft über sein Handgelenk. Ihr Lachen hallte durch den ganzen Flur.

„Nora flirtet so gern", dachte Tanja und schmunzelte in sich hinein. „Letzte Woche mit dem Ringer. Vorletzte Woche war es der Typ aus dem Juniorcollege. Und wer ist diese Woche an der Reihe?"

Als wollte er Tanjas stumme Frage beantworten, drehte der Junge sich plötzlich zu ihr um. Erst jetzt erkannte sie ihn!

Tanja riss vor Schreck den Mund auf. Ihre Bücher fielen ihr aus der Hand.

Sam.

Wie konnte er sie so hintergehen?

Und wie konnte Nora ihr das antun? Sie hatte Nora für eine Freundin gehalten.

Tanja hob die Bücher vom Boden auf und ging, so ruhig sie konnte, auf die beiden zu. Sie legte eine Hand auf Sams Schulter und sah Nora direkt in die Augen.

„Was läuft denn hier?", fragte sie möglichst gelassen. „Ihr scheint euch ja echt zu mögen!"

Sam wurde rot. Nora starrte sie nur mit offenem Mund an.

„Aber ... aber Tanja", stammelte sie schließlich. „Du hast doch gesagt, es sei okay. Du hast mir gestern Abend selber gesagt, dass du mit Sam Schluss gemacht hast."

„Ich?", keuchte Tanja erstaunt. „*Was* habe ich dir gesagt?"

„Am Telefon", beharrte Nora. „Du hast mir doch gesagt, dass du nichts dagegen hättest, wenn ich mich mit Sam treffe. Hast du das schon wieder vergessen, Tanja? Wir haben fast eine Stunde lang miteinander telefoniert."

Tanja wurde schwindlig. Sie hatte das Gefühl, gleich ohnmächtig zu werden.

„Nora", brachte sie schließlich mühsam heraus. „Ich hab dich gestern Abend nicht angerufen. Wir haben nicht miteinander geredet!"

14

„Tanja, warum lügst du mich jetzt an?", fragte Nora empört. „Ich bin doch nicht verrückt. Du hast mich gestern Abend angerufen. Gleich nach dem Essen."

„*Ich* bin auch nicht verrückt!", rief Tanja schrill. „Ich habe nicht mit dir geredet, Nora."

Nora biss sich auf die Unterlippe und sah Tanja wütend an. „Du hast gesagt, du würdest mit Sam Schluss machen und dass es okay sei, wenn ich mich mit ihm verabrede. Maura war bei mir, als wir miteinander telefoniert haben. Sie war genauso verwundert wie ich."

Sam schüttelte Tanjas Arm ab. „Was läuft hier eigentlich, Tanja? Was ist los?"

„Ich habe nie gesagt, dass ich mit dir Schluss machen würde", wiederholte Tanja.

„Und ich lüge nicht", murmelte Nora. „Warum sollte ich das tun?"

Tanja wandte sich an Sam. „Du musst mir glauben, Sam!"

„Ich weiß nicht mehr, was ich glauben soll", erklärte er.

Tanja sah beide nachdenklich an. „Sie sind meine Freunde", dachte sie. „Sie wollen mir nicht wehtun."

Oder etwa doch?

Irgendetwas stimmte hier nicht. Irgendetwas war faul. Erst der Anruf bei Sandras Mutter und nun das angebliche Gespräch mit Nora.

Wer war die Anruferin?

Es musste eine Person sein, die genauso klang wie sie. Jemand, deren Stimme so täuschend echt war, dass sogar Nora darauf hereinfiel.

„Werde ich jetzt verrückt? Oder versucht tatsächlich jemand, mein Leben zu zerstören? Bitte sagt mir doch, was hier vor sich geht!", dachte Tanja verzweifelt.

Tanja war an diesem Abend mal wieder allein zu Hause. Seit ihr Bruder auf dem College war, kam das öfter vor.

Sie fand es zwar einfacher, ihre Hausaufgaben zu machen, ohne von ihrem Bruder geneckt zu werden oder durch seine Heavy-Metal-Musik gestört zu werden, doch es war auch viel langweiliger.

„Ach, was soll's", dachte sie, während sie ihr Mathebuch aufklappte und sich die Aufgaben ansah. „Nächstes Jahr gehe ich selber aufs College. Dann wird das Haus ganz leer sein."

„Ich muss mich konzentrieren", ermahnte sie sich. „Ich muss meine Hausaufgaben anfangen." Denn seit Sandras Tod hatten ihre Leistungen in der Schule sich deutlich verschlechtert.

Vielleicht sollte sie Sam anrufen und ihn um ein paar Tipps bitten. Schließlich war er ein Ass in Mathematik.

Vielleicht wäre das ein guter Anlass, um endlich mit ihm zu reden. Tanja wusste nicht einmal, ob sie überhaupt noch zusammen waren. Vier Tage war es her, seit sie Nora und ihn in der Schule gesehen hatte. Er wusste noch gar nicht, dass sie einen Studienplatz an der Universität Berkeley bekommen hatte.

„Nein", beschloss sie. „Ich kann ihn jetzt nicht anrufen. Ich muss die Matheaufgaben selber machen."

Sie löste die erste Gleichung. Es war ein gutes Gefühl, so, als hätte sie ein Rätsel gelöst. Also fing sie gleich mit der nächsten an.

Vielleicht würde sie im nächsten Mathetest sogar eine Eins bekommen. Und Mr Hansons Vertrauen zurückgewinnen. Das wäre immerhin ein Anfang.

Sie hatte die zweite Aufgabe fast beendet, als es an der Haustür klingelte.

„Oje", dachte sie. „Wer mag das sein?"

Ihr Herz klopfte laut, als sie aufstand und auf die Tür zuging. Die Klingel jagte ihr in letzter Zeit Angst ein.

War das die Polizei? Kamen sie zurück, um wieder Fragen über Sandra zu stellen?

Waren es noch mehr schlechte Nachrichten?

Tanja näherte sich der Haustür. Draußen war es still.

Dann ertönten drei laute Klopfzeichen.

„Wer ist da?", rief sie.

Keine Antwort.

Sie holte tief Luft und machte die Tür auf.

Sie war vor Entsetzen wie gelähmt, als sie das grässliche Gesicht dicht vor sich sah.

„*Tanja …* ", stöhnte es heiser. „*Tanja …* "

„Nein!", schrie sie. „Nein … nicht! Bitte nicht!"

15

Sam zog sich die scheußliche Maske vom Gesicht und grinste Tanja an.

„April, April!", rief er und lachte laut los.

Ein paar Sekunden lang konnte Tanja vor Schreck kein Wort sagen. Sie starrte ihn fassungslos an.

„Sam, du Idiot!", brachte sie schließlich mühsam heraus. „Was fällt dir bloß ein?"

„Tut mir leid", sagte er und versuchte, das Lachen zu unterdrücken. „Ich dachte, du wüsstest, dass ich es bin. Ich konnte ja nicht ahnen, dass ich dich so erschrecken würde! Ich dachte, du würdest sofort erkennen, dass es nur eine Maske war."

Er hielt die Maske hoch. Sie war aus Holz geschnitzt und mit grellen orangefarbenen und grünen Streifen verziert. Der Mund war ein riesiger weißer Kreis – wie ein erstarrter Schrei. Die Augen waren zornige Schlitze.

„Ist die nicht super?", fragte er. „Das ist eine Maske der Ureinwohner von Neuguinea. Mein Vater hat von seiner letzten Reise eine ganze Sammlung von alten Kunstwerken mitgebracht. Vielleicht setze ich die Maske morgen zum Treffen des Horrorklubs bei Rudy auf."

Während Tanja ihn ins Wohnzimmer führte, betrachtete sie die Maske. Sam hatte recht, so unheimlich sah sie gar nicht aus. Durch die grellen Farben hatte sie sogar etwas Lustiges.

„Tut mir leid, dass ich ausgeflippt bin", sagte sie. „Mir ist in letzter Zeit einfach nicht zu Scherzen zumute." Sie zwang sich zu einem Lächeln. „Aber ich freue mich echt, dich zu sehen."

„Ich mich auch." Sam legte die Maske auf den Couchtisch und umarmte Tanja. Und auch sie drückte ihn fest an sich. „Ich will dich nicht verlieren", sagte er.

„Ich hab mir wirklich Sorgen gemacht", flüsterte sie. „Ich dachte schon, du würdest mit *mir* Schluss machen."

„Auf keinen Fall. Ich wollte unbedingt mit dir zusammen bleiben", beharrte er. „Ich dachte, du würdest mit mir Schluss machen."

Tanja drückte ihn noch fester an sich. „Es tut mir leid, Sam. In letzter Zeit war alles so verwirrend für mich. So viele verrückte Dinge sind passiert, die ich vorher nie für möglich gehalten hatte. Manchmal glaube ich, dass ich den Verstand verliere."

„Wir werden es überstehen", sagte er und strich ihr zärtlich das Haar aus der Stirn.

Als sie in die Küche ging, um ihm eine Cola zu holen, merkte sie, wie glücklich sie war. So befreit hatte sie sich schon lange nicht mehr gefühlt. Sie kam ins Wohnzimmer zurück, gab Sam die Coladose und setzte sich neben ihn auf die Couch.

Die Maske grinste sie vom Couchtisch aus an.

„Das ist wirklich das Hässlichste, was ich je gesehen habe", dachte sie.

„Also, was gibt's?", fragte Sam fröhlich und nahm einen Schluck Cola. „Es kommt mir vor, als seien hundert Jahre vergangen, seit wir richtig miteinander geredet haben."

„Oje", dachte sie. „Es ist wohl besser, wenn ich es ihm sofort sage. Ich sollte es nicht länger aufschieben." Sie holte tief Luft. „Ich weiß, dass es in letzter Zeit kaum gute Neuigkeiten gab", begann sie. „Aber rate mal, was ich heute mit der Post bekommen habe?"

„Was denn?"

„Eine Zusage von der Uni in Berkeley! Ist das nicht toll?"

Sam suchte nach einer Antwort. Tanja spürte seine Enttäuschung.

Sam wollte zum Studium in der näheren Umgebung bleiben und hatte schon seit einiger Zeit versucht, Tanja auch dazu zu überreden.

„Kalifornien ist verdammt weit weg", sagte er missmutig.

„So weit ist es gar nicht", erwiderte Tanja. Doch sie wusste es selbst besser. Kalifornien schien eine andere Welt zu sein. Eine Welt voller Sonne und Glück. Eine Welt, in der sie ein neues Leben anfangen und die Vergangenheit hinter sich lassen könnte.

„Außerdem", fügte sie hinzu, „komme ich in den Semesterferien immer nach Hause. Und wir können uns schreiben. Es wird schon klappen."

„Ich weiß nicht", sagte Sam und runzelte die Stirn. „Irgendwie gefällt es mir nicht, wenn du so weit wegziehst."

Tanja war gerührt über seine Traurigkeit. „Ihm liegt wirklich was an mir", dachte sie. „Aber ich war so durcheinander, dass ich es nicht mehr gespürt habe. Ich kann gar nicht glauben, dass ich beinahe mit ihm Schluss gemacht hätte."

Sam griff in seine Jackentasche und holte ein paar zusammengefaltete Blätter heraus. „Übrigens", sagte er. „Fast hätte ich es vergessen. Ich habe dir was mitgebracht."

Tanja nahm die Blätter entgegen.

„Es ist eine Horrorgeschichte", fuhr er fort. „Ich weiß, dass dir noch keine neue Geschichte eingefallen ist, daher habe ich eine für dich geschrieben. Du kannst sie beim Treffen morgen Abend vorlesen."

„Was?", stieß Tanja überrascht aus.

„Was ist los?", fragte Sam gelassen.

„Glaubst du wirklich, dass wir mit den Gruselgeschichten weitermachen sollten?", zweifelte Tanja.

„Warum nicht?", fragte Sam. „Ich bin nicht abergläubisch – bist du es? Außerdem, was spricht schon gegen eine kleine Mutprobe?"

16

Rudy war im Keller und betrachtete die Decke des Hobbyraums. „Die Wasserrohre dort oben eignen sich perfekt", dachte er zufrieden. „Der Horrorklub wird vor Begeisterung ausflippen!"

Es würde der beste Streich des Jahres werden!

Rudy hörte Schritte und wandte sich um. Sein achtjähriger Bruder Peter stand auf der Kellertreppe und beobachtete ihn.

„Hey!", rief Peter. „Was machst du da? Was hast du mit dem Seil vor?"

Rudy stieg auf einen Klappstuhl und warf das eine Ende des Seils über ein Wasserrohr. Dann band er einen Knoten ins Seil und stieg wieder vom Stuhl herunter. Stolz sah er sein Kunstwerk an.

„Das wird so cool! Ich kann es gar nicht erwarten, ihre Gesichter zu sehen!"

„Hey, Peter, hör zu", sagte er aufgeregt zu seinem Bruder. „Du kennst doch die große Bauchrednerpuppe, die Dad auf dem Flohmarkt gekauft hat? Die mit der Fliege und den vielen Sommersprossen?"

Peter nickte, während er fasziniert auf das aufgehängte Seil starrte.

„Na ja", fuhr Rudy fort, „der Horrorklub trifft sich heute Abend hier bei uns. Wenn die anderen kommen, werde ich das Zimmer abdunkeln, sodass man kaum was sieht. Und dann hängt die Puppe von dem Rohr an der Decke. Am Seil aufgeknüpft."

Peter riss die Augen weit auf.

„Nicht schlecht", sagte er und schaute bewundernd zu seinem Bruder auf.

Peter fasste sich an den Hals und tat so, als würde er keine Luft mehr kriegen. „Hilfe, ich ersticke! Hilfe, Hilfe!", rief er.

Rudy lachte. Sein kleiner Bruder war wirklich immer für einen Scherz zu haben.

„Alle werden in der Dunkelheit hier herunterkommen und gegen die Puppe stoßen, die von der Decke hängt", sagte Rudy verschmitzt. „Sie werden einen ziemlichen Schreck bekommen. Ganz sicher."

„Toll." Peter starrte zum Seil hinauf.

„Aber sag Mum und Dad bloß nichts davon", warnte Rudy ihn.

„Kein Problem", versprach Peter. Er trabte wieder die Treppe hinauf und ließ Rudy mit den Vorbereitungen allein.

Rudy machte den Schrank auf und holte die Puppe heraus. Sie wirkte so lebendig. Es kam Rudy fast so vor, als könnte er sich mit ihr unterhalten.

„Hi, Kumpel", sagte er und streckte den Arm aus, um die hölzerne Hand der Puppe zu schütteln. „Wie geht es dir? Gefällt es dir im Schrank? Ist es dort dunkel genug für dich?"

Die Puppe antwortete nicht. Sie schenkte Rudy nur das immer gleiche aufgemalte Lächeln.

„Also gut", dachte Rudy. „Wie du willst."

„Wegen dem Verbrechen der Unhöflichkeit", sagte er zu der Puppe, „verurteile ich dich hiermit zum Tode durch Erhängen."

Der Holzjunge zeigte keine Regung. Er saß in seinem karierten Mäntelchen da und grinste weiter.

Rudy setzte die Puppe auf die Couch.

„Euer Ehren", sagte er zu einem unsichtbaren Richter, „der Angeklagte zeigt keine Reue."

Rudy stieg wieder auf den Klappstuhl, nahm das lose Ende des Seils und fing an, eine Schlinge daraus zu machen. Er war früher bei den Pfadfindern gewesen und hatte dort gelernt, haltbare Knoten zu binden.

Jetzt kam ihm sein Können zugute. Blitzschnell baumelte vom Wasserrohr drohend eine Schlinge herunter.

„Das wird einmalig gut!", dachte Rudy erneut.

Er hob die Puppe hoch und versuchte, die Schlinge über den hölzernen Kopf zu legen. Doch sie passte nicht.

„Mist. Ich habe sie zu eng gemacht."

Er legte die Puppe ab und stieg wieder auf den Stuhl. Vorsichtig knotete er eine neue Schlinge. Diesmal war sie groß genug.

Aus Neugier schlüpfte Rudy mit dem Kopf hindurch. Das Seil hing lose um seinen Hals.

„Siehst du?", rief er der Puppe zu. „Es ist gar nichts dabei."

Die Puppe grinste schweigend vor sich hin.

Plötzlich wackelte der Klappstuhl, während Rudy nach oben griff, um die Schlinge wieder zu entfernen.

„Hey …"

Er erschrak und zog aus Versehen am Knoten.

Die Schlinge wurde enger.

Dann fing er an, das Gleichgewicht zu verlieren.

„Verdammt!"

Die Schlinge wurde immer fester und schnitt tief in seinen Hals.

„Peter?", würgte er. „Peter? Hörst du mich?"

Stille.

„Peter?"

Doch niemand antwortete.

„Hilfe! Helft mir! Ich … kriege keine … Luft!"

Rudy zerrte am Seil und kippelte mit dem Stuhl, um sich zu befreien.

Die Puppe grinste ihn an. Es war ein unheimliches, schadenfrohes Grinsen.

Und dann spürte er, dass der Stuhl unter ihm nachgab.

„Aaaaahhh!"

Es war Rudys letzter keuchender Hilfeschrei. Er schwang quer über den Boden und riss hilflos an der Schlinge, bis ihm schwarz vor Augen wurde.

17

„Fantastisch!", rief Tanja.

Ihr Kompliment ließ ihn strahlen.

„Das ist echt eine tolle Horrorgeschichte!", wiederholte Tanja und schüttelte bewundernd den Kopf. „Sie ist wirklich was ganz Besonderes."

Sam grinste. „Ich weiß ja, dass ich nicht so gut schreiben kann wie du, aber langsam werde ich besser."

Tanja starrte auf die schreckliche Maske auf dem Couchtisch. „Die Story ist toll, aber mir ist trotzdem unwohl dabei", gab sie zu.

„Warum?"

„Ich will dem Horrorklub eigentlich keine Geschichte vorlesen, in der Rudys Name vorkommt. Du weißt schon – nach dem, was Sandra zugestoßen ist."

„Aber Tanja …"

„Können wir den Namen nicht ändern? Wir könnten ihn Rick statt Rudy nennen!", schlug sie vor.

„Aber warum?", fragte Sam. Ihr Vorschlag schien ihn zu überraschen.

„Warum?" Tanja war fassungslos. „Weil alle sich an Sandra erinnern werden. Die meisten glauben sowieso schon, ich hätte sie umgebracht", fügte sie düster hinzu.

Sam zog die Mundwinkel hoch und lächelte nachdenklich. „Gerade deshalb finde ich, dass wir Rudys Namen ruhig benutzen können", sagte er. „Wenn du die Geschichte vorliest, werden die anderen merken, dass du unschuldig bist."

Tanja konnte seinen Gedankengängen nicht folgen.

„Wie denn?", fragte sie. „Wie kann eine Geschichte, in der Rudy sich aus Versehen erhängt, irgendwas beweisen?"

„Ganz einfach", erklärte Sam. „Dadurch, dass du eine neue Geschichte vorliest, in der wieder eine reale Person vorkommt, zeigst du allen, dass du nichts zu verbergen hast. Dass du kein schlechtes Gewissen hast. Dass du mutig bist. Dass alles wie immer ist."

Tanja nickte nachdenklich. Das machte irgendwie Sinn. „Es gibt nur ein Problem", sagte sie.

Fragend hob Sam die Augenbrauen. „Und was wäre das?"

„Rudy wird die Geschichte gar nicht gefallen. Er wird glauben, ich wollte ihn fertigmachen."

Sam schüttelte den Kopf. „Nie im Leben. Rudy hat Humor. Außerdem würde es die ganze Geschichte ruinieren, wenn du den Namen veränderst. Alle wissen, dass Rudy der Typ mit der Schlinge ist. Er ist der Einzige, der vor jedem Treffen in seinem Haus das Henkersseil im Hobbykeller aufhängt. Er wird die Geschichte total cool finden. Ehrlich, Tanja."

Tanja wusste nicht, was sie davon halten sollte. Einerseits wollte sie die Geschichte unbedingt vorlesen. Doch andererseits war der Schluss so grauenhaft. Rudy, der in der Luft baumelte, an der Schlinge riss und nach Luft rang. Die Holzpuppe, die ihn angrinste. Doch sie hatte ja noch bis morgen Abend Zeit, sich zu entscheiden.

Am nächsten Tag starrte Tanja nach dem Unterricht in ihren Spind. „Irgendwas habe ich vergessen", dachte sie. „Was sollte ich mit nach Hause nehmen?"

Eine Hand legte sich von hinten auf ihre Schulter. Sie fuhr zusammen.

Rudy zog seine Hand wieder weg. „Oh, tut mir leid." Er war überrascht von ihrer Reaktion. „Ich wollte dich nicht erschrecken. Ich wollte dich bloß begrüßen."

Tanja kam sich blöd vor. Sie lächelte verlegen. „Ist schon okay, Rudy. Ich bin in letzter Zeit so gestresst, dass ich total verunsichert bin."

Er nickte mitfühlend.

„Er ist so süß", dachte Tanja und errötete, als ihr der Kuss in der Sporthalle wieder einfiel. Keiner von beiden hatte je wieder davon gesprochen.

„Wir sind bloß gute Freunde", erinnerte sie sich. „Und so muss es auch bleiben."

„Auf alle Fälle", unterbrach Rudy ihre Gedanken, „wollte ich mich vergewissern, dass du heute Abend zum Treffen des Horrorklubs kommst. Ohne dich wäre es nicht dasselbe."

„Natürlich komme ich!", versicherte Tanja ihm. „Ich würde es um nichts auf der Welt versäumen." Sie senkte die Stimme. „Brauchst du Hilfe? Kann ich irgendwas mitbringen? Wirst du eigentlich wieder gruselige Dekorationen aufhängen?"

„Na klar", antwortete Rudy und zwinkerte ihr zu, „ich habe mir was Unheimliches einfallen lassen."

„Er hängt bestimmt das Seil mit der Schlinge auf", dachte Tanja.

„Wenn du willst, kann ich schon früher kommen und dir dabei helfen", bot sie an.

„Wirklich?" Rudy war erfreut. „Danke. Ich kann es gar nicht erwarten, deine neueste Geschichte zu hören."

Ihr Herz sank. Die Schlinge tauchte vor ihren Augen auf. Wollte sie die Geschichte wirklich vorlesen?

„Ich bin mir wegen der neuen Geschichte nicht ganz sicher", sagte Tanja ehrlich. „Vielleicht lese ich sie auch nicht vor."

„Doch, das musst du", drängte Rudy sie. „Deine Geschichten sind immer das Beste an unseren Treffen."

„Also gut", gab Tanja widerstrebend nach, „ ich lese sie dir erst alleine vor und du kannst mir dann sagen, wie du sie findest." Sie berührte ihn sanft am Arm. „Wann soll ich zu dir kommen?"

„Wie wär's um sechs?", schlug er vor. „Da haben wir genug Zeit, die Dekorationen aufzuhängen und die Geschichte durchzulesen."

„Super", sagte Tanja und lächelte. „Bis heute Abend."

Endlich wurde es Frühling. Die Sonne schien und in der Luft lag ein süßer, frischer Duft. Die Osterglocken blühten.

„Wie herrlich", dachte Tanja, als sie nach der Schule durch den Park ging. „Ein Neuanfang. Vielleicht renkt sich ja doch alles wieder ein."

Sie hörte eilige Schritte hinter sich und drehte sich um.

Maura rannte hinter ihr her. Als sie Tanja eingeholt hatte, blieb sie stehen. Sie atmete schwer und ihre Wangen waren von der Anstrengung gerötet.

„Tanja", keuchte sie, „du hast ja ein wahnsinniges Tempo drauf: Ich bin dir drei Blocks hinterhergerannt!"

„Ist irgendetwas passiert?", fragte Tanja misstrauisch.

„Nein, eigentlich nicht." Mauras Atem beruhigte sich. „Ich wollte bloß mit dir über … etwas reden."

„Über Rudy", dachte Tanja. „Sie ist es gewesen, die Rudy und mich in der Sporthalle gesehen hat, als wir uns geküsst haben." Sie bereitete sich auf das Schlimmste vor.

„Mit mir reden?", fragte sie ruhig. „Worüber?"

„Tanja", begann Maura, „ich weiß ja, dass wir nicht gerade die besten Freundinnen sind. Und ich weiß auch, dass es mich eigentlich nichts angeht. Aber ich mache mir Sorgen um Sam."

„Um Sam?", fragte Tanja abwehrend. Maura hatte nicht das Recht, sich in ihre Beziehung mit Sam einzumischen. „Was ist mit Sam, Maura?", fragte sie scharf.

Maura zögerte. „Er … äh … na ja, ich glaube, er flippt aus, Tanja. Ich mache mir solche Sorgen um ihn. Ich glaube, er ist dabei, den Verstand zu verlieren!"

18

„Maura, wovon redest du?", fragte Tanja schrill.

Maura holte tief Luft. „Na ja, von meinem Fenster aus kann ich in Sams Zimmer sehen. Er läuft immer nur auf und ab. Andauernd. Auf und ab. Manchmal die ganze Nacht. Irgendetwas scheint ihn unheimlich zu beschäftigen."

Tanja starrte sie mit offenem Mund an. „Er läuft die ganze Nacht in seinem Zimmer auf und ab?"

Maura nickte. „Ja. Und er macht ganz komische Dinge. Er gestikuliert mit den Armen, als würde er Selbstgespräche führen. Und wenn er nicht herumläuft, sitzt er an seinem Schreibtisch und beschäftigt sich stundenlang mit Papieren und Kassetten. Bestimmt sind es Dinge von seinem Vater. Es ist, als wäre er besessen."

„Oh nein", murmelte Tanja bestürzt.

Maura runzelte die Stirn. „Mir liegt echt viel an Sam, Tanja. Ich dachte, du solltest wissen, dass er sich so seltsam benimmt."

Tanja konnte es sich lebhaft vorstellen. Der arme Sam. Er hatte den Tod seines Vaters nicht überwunden.

Doch Maura hatte nicht das Recht, sich einzumischen. Selbst wenn sie seine Nachbarin war und in sein Zimmer sehen konnte.

„Ist das alles?", fauchte Tanja. „Du bist mir drei Blocks nachgelaufen, um mir zu sagen, dass du meinem Freund nachspionierst? Du solltest dich um deinen eigenen Kram kümmern, Maura! Lass Sam in Ruhe."

Mauras Wangen röteten sich wieder. Tanja hatte sie verletzt. „Du verstehst es nicht, Tanja. Ich wollte es dir bloß sagen, damit du ihm helfen kannst. Er ist *dein* Freund. Damit habe ich mich doch längst abgefunden. Aber auch als Kumpel liegt er mir immer noch sehr am Herzen."

Tanja spürte, dass sie kurz davor war, die Beherrschung zu verlieren. „Oh doch, ich verstehe sehr gut!", sagte sie schrill. „Ich verstehe genau, was da läuft. Du beobachtest meinen Freund und verfolgst mich. Lass uns in Ruhe!"

„Es tut mir leid, ich habe es wirklich nur gut gemeint", erwiderte Maura und starrte unglücklich auf den Boden. Dann fuhr sie sich durch ihr rotes Haar. „Ich wollte bloß helfen." Sie blickte auf und sah Tanja mit gerunzelter Stirn an. „Vielleicht sollten wir das Klubtreffen heute ausfallen lassen. Wir sind alle noch ziemlich durcheinander. Ich glaube, wir brauchen eine Pause."

„Jetzt können wir es nicht mehr absagen", antwortete Tanja hastig. „Dabei fällt mir ein, dass ich spät dran bin, Maura. Ich habe Rudy versprochen, dass ich heute früher zu ihm komme, um ihm bei den Vorbereitungen zu helfen."

„Was?" Maura klang geschockt. „Du gehst früher zu Rudy?"

„Oje", dachte Tanja. „Das hätte ich besser nicht erwähnt. Na ja, Mauras Pech. Wenn sie zu Hause bleiben kann, um Sam zu beobachten, dann kann ich Rudy auch bei den Vorbereitungen helfen."

Tanja wandte sich um und ging. Sie spürte Mauras brennenden Blick im Rücken.

Nora konnte das Treffen des Horrorklubs gar nicht erwarten. „Ich brauche dringend etwas Abwechslung", dachte sie. „In letzter Zeit bin ich kaum weggegangen. Ich sitze bloß noch herum und denke an Sandra."

Während sie rasch durch die warme Abendluft lief und die Sonne gerade hinter den Bäumen verschwand, versuchte sie, sich vorzustellen, was Rudy wohl diesmal von der Schlinge an seiner Kellerdecke baumeln lassen würde.

Er hatte ihr gegenüber angedeutet, dass der Scherz des heutigen Abends ein absoluter Höhepunkt sein würde, der sogar noch die lebensgroße Schaufensterpuppe übertrumpfen würde, die er beim letzten Treffen verwendet hatte.

Sie lächelte in sich hinein, als sie sich an den Schock erinnerte: ein Mann im Anzug, der mit dem Ausdruck reinen Entsetzens auf dem Plastikgesicht in der Schlinge hing.

Es hatte wahnsinnig echt ausgesehen. Sie hatten noch den ganzen Abend Witze darüber gerissen.

„Na ja", dachte sie jetzt. „Man sollte Rudy nie unterschätzen. Er hat unheimlich viel Fantasie."

Als Nora Rudys Haus erreichte, standen Maura und Sam mit verwirrten Gesichtern auf der Vorderveranda.

„Hey, was ist los?", begrüßte Nora sie verwundert. „Habt ihr schon geklingelt?"

Sam nickte. Nachdenklich kratzte er sich am Kopf. „Schon drei Mal", antwortete er. „Aber Rudy hat immer noch nicht aufgemacht."

„Was ist denn los?", fragte Maura verärgert. „Rudy weiß doch, dass wir kommen."

„Und wo sind seine Eltern?", wollte Nora wissen.

„Rudy hat mir heute gesagt, dass sie Peter zu einem Pfadfindertreffen bringen", sagte Maura. Sie klingelte Sturm. „Mensch, wo bleibt er denn?"

Sie warteten wieder eine Weile ab. Dann drückte Maura das Gesicht gegen die Glasscheibe und spähte hinein. „Vielleicht gehört das ja zu seinem Streich", dachte sie plötzlich.

„Die Tür ist offen", erklärte sie überrascht, nachdem sie an die Türklinke gefasst hatte. „Warum gehen wir nicht einfach hinein?"

„Geben wir ihm noch ein paar Minuten", schlug Sam vor. „Ich finde es nicht richtig, einfach so reinzuplatzen."

Ungeduldig blieben sie auf der Veranda stehen. Ein blaues Auto fuhr langsam am Haus vorbei; aus den offenen Wagenfenstern ertönte laute Country-Musik. Sie beobachteten, wie es hinter der nächsten Kurve verschwand.

Sam kaute nervös auf seinen Fingernägeln herum. „Hoffentlich kommt Tanja bald."

„Sie wollte eigentlich schon hier sein", informierte Maura die anderen beunruhigt. „Sie wollte früher kommen, um Rudy beim Dekorieren zu helfen. Bestimmt sind beide im Keller. Ich verstehe einfach nicht, warum sie uns so lange warten lassen."

Nora versuchte, ihr Erstaunen zu verbergen. Was machte Tanja allein mit Rudy im Keller, während Maura draußen wartete? Das war doch verdächtig! Hatte Tanja nicht erst neulich bei Maura angerufen, um ihr zu sagen, dass sie mit Sam Schluss machen wollte? Waren sich Tanja und Rudy etwa nähergekommen?

Nora griff nach der Klinke. „Worauf warten wir noch?", fragte sie. „Lasst uns runtergehen und nachsehen!"

Sam hielt die Tür auf, um die Mädchen vorzulassen. Nora zwinkerte, bis ihre Augen sich an die Dunkelheit im Haus gewöhnt hatten.

Eine seltsame Stille hing in der Luft, als sie langsam auf die Treppe zum Keller zugingen. Sie blieben am oberen Treppenabsatz stehen.

„Rudy!", rief Maura. „Tanja? Seid ihr da unten?"
Keine Antwort.

Maura drehte sich verunsichert zu Nora um. „Ich verstehe es einfach nicht", sagte sie. „Sie müssten doch hier sein."

Nora biss sich auf die Unterlippe und versuchte nachzudenken. „Vielleicht sind sie noch einkaufen gegangen oder so was", überlegte sie.

„Jetzt sind wir schon im Haus", sagte Sam entschlossen, „also können wir auch genauso gut im Keller nachsehen."

Sie gingen hintereinander die Treppe hinunter; Nora war die Letzte. Die Holzstufen knarrten unter ihren Schritten. Dann bogen sie nach rechts in den Hobbyraum ab.

Nora hörte die anderen nur erschrocken keuchen, bevor sie etwas sah.

Dann erblickte sie Rudy.

Er hing von einem der Rohre an der Decke; um seinen Hals lag die enge Schlinge eines sauberen weißen Seils.

Sein Gesicht war blau angelaufen.

Maura hielt sich die Hände vor den Mund, um einen Schrei zu unterdrücken. Sie schwankte, als würde sie gleich ohnmächtig werden.

„Er hat sich erhängt", murmelte Sam und konnte sich von dem schrecklichen Anblick nicht abwenden.

Nora spürte, dass ihr schlecht wurde.

„Oh nein!", stöhnte Maura.

Und dann fing Nora ohne jede Vorwarnung an zu lachen.

Es war ein schrilles hysterisches Gelächter und sie konnte gar nicht mehr damit aufhören.

19

Nora lachte so sehr, dass ihr der Bauch wehtat.

Sam und Maura starrten sie geschockt an. „Nora, was ist mit dir los?", schrie Maura.

Nora holte mühsam Luft. Sie schien Mauras Frage überhaupt nicht gehört zu haben. „Okay, Rudy", kicherte sie. „Jetzt kannst du wieder runterkommen."

Eine verzweifelte Stille senkte sich über den Raum.

Sam machte den Mund auf, doch er brachte kein Wort heraus. Maura sah Nora mit zusammengekniffenen Augen an.

„Nora, hör auf zu lachen!", brachte Maura mühsam heraus.

„Versteht ihr denn nicht? Es ist ein Streich!", rief Nora, während ihr vor Lachen die Tränen über die Wangen liefen. „Rudy hat mir doch gesagt, dass er sich für das Treffen heute etwas ganz Besonderes ausgedacht hat."

„Nora … nein …", flüsterte Maura.

Rudys Körper schwang lautlos über dem Teppich.

„Komm runter, Rudy!", sagte Nora. „Es reicht. Komm jetzt runter."

Sie wandte sich an Maura und Sam. „Es ist bloß ein Scherz. Seht ihr das denn nicht?"

„Nora … bitte hör auf. Es ist … es ist kein Scherz", stammelte Maura.

Sam schluckte schwer und starrte den reglosen Körper an.

Noras Magen verkrampfte sich vor Angst. „Doch, das ist es", wiederholte sie. „Es ist ein Streich. Es *muss* ein Streich sein."

Sie ging einen Schritt auf die Leiche zu. „Rudy, wie hast du es geschafft, dass dein Gesicht so blau aussieht?", rief sie. „Wie hast du das gemacht, Rudy? Sag es uns!"

Dann wandte sie sich zu ihren beiden Freunden um. „Es ist bloß ein Scherz. Ich sag euch doch, es ist bloß ein Scherz!", beharrte sie, doch jetzt klang ihre Stimme schrill und ängstlich.

Maura antwortete nicht. Sie ging auf unsicheren Beinen auf den Körper zu. Sie packte Rudys Arm und zog ihn vom Körper weg.

Der Ausdruck auf Rudys Gesicht veränderte sich nicht. Maura ließ seinen Arm los. Er fiel leblos herunter.

„Es ist kein Scherz", wiederholte Maura leise und sah Rudy ins Gesicht. „Ach, Rudy", wimmerte sie. „Wer hat dir das angetan?" Sie ließ sich langsam auf die Knie sinken und bedeckte ihr Gesicht mit beiden Händen.

Nora hatte das Gefühl, keine Luft mehr zu kriegen. Sie stieß einen Schrei aus, der von irgendwoher außerhalb ihres Körpers zu kommen schien. „Er ist tot!", hörte sie sich schreien. „Rudy ist tot! Was ist bloß mit uns passiert?"

Dann gaben Noras Knie nach und sie fing an zu schwanken. Sam konnte sie im letzten Moment auffangen. Sie klammerte sich an seine Schultern und weinte jämmerlich.

Das traurige Schluchzen erfüllte den Kellerraum. Sam klopfte Nora sanft auf den Rücken und versuchte, sie zu trösten.

„Jemand muss die Polizei rufen", flüsterte Maura durch ihren Tränenschleier. „Wir müssen Hilfe holen."

Sam führte Nora langsam zur Couch und half ihr, sich hinzusetzen. „Wo ist das verdammte Telefon?", fragte er dann nervös und sah sich hastig im Kellerraum um.

„Oben", sagte Maura leise. „Bitte, hol Hilfe."

Sam berührte Noras Wange. Sie konnte einfach nicht aufhören zu schluchzen. Heiße Tränen rannen die Wangen herunter.

„Mach die Augen zu und halte durch", bat Sam. „Ich renne schnell nach oben und rufe die Polizei. Ich bin gleich wieder da."

Nora sah durch ihren Tränenschleier, wie Sam mit großen Schritten zur Treppe lief und dort wie erstarrt stehen blieb. Er riss überrascht die Augen auf. „Tanja!"

Nora stockte der Atem, als Tanja aus dem Schatten unter der Treppe hervorstolperte. Ihr blondes Haar hing ihr in wirren Strähnen ins Gesicht.

Sie wirkte benommen und schien nicht zu wissen, wo sie war. Ihr Blick war verschwommen und sie hatte ein seltsames, leeres Lächeln auf dem Gesicht, als sie auf wackeligen Beinen ins Licht trat. Sie streckte die Hände nach vorne und krümmte klauenartig die Finger.

„Tanja!", rief Sam. „Wir haben gedacht …" Er unterbrach sich mitten im Satz und starrte auf ihre Hände.

„Deine Hände", keuchte er. „Was ist mit deinen Händen los? Sie sind ganz rot und aufgerissen. Hast du dich etwa am Seil zu schaffen gemacht?"

20

Die Krankenschwester steckte den Kopf durch die Tür. „Tanja", sagte sie freundlich, „du hast einen Besucher."

Tanja setzte sich im Bett auf und strich ihr Nachthemd glatt. Hastig versuchte sie, ihr Haar zu ordnen, doch dann hielt sie inne.

„Was soll's?", dachte sie. „Nach allem, was ich getan habe, interessiert sich sowieso niemand mehr für meine Frisur! Warum sollte mich überhaupt noch jemand sehen wollen?"

Sie starrte ausdruckslos auf ihre verbundenen Hände und hob erst dann den Kopf, als sie eine Stimme hörte.

„Tanja?" Schüchtern stand Sam im Türrahmen. „Ich bin's."

Tanja musste lächeln. Es war so schön, ihn wiederzusehen.

Ihr kam die Zeit im Krankenhaus schon endlos vor.

Sam blieb wartend im Türrahmen stehen. Er traute sich nicht, näher zu kommen.

Sie klopfte neben sich auf die Matratze. „Komm her", neckte sie ihn. „Ich verspreche dir auch, dass ich nicht beiße."

Er setzte sich auf die Bettkante und nahm ihre Hand. Mit Ausnahme ihrer Eltern war Sam ihr erster Besucher. Sie war schon vor fünf Tagen in die Klinik eingewiesen worden.

„Die Klapsmühle", dachte sie verbittert. „Mein neues Zuhause."

„Wie geht's dir, Tanja?", fragte er und zwang sich zu einem aufmunternden Lächeln. „Wie behandeln sie dich hier?"

„Nicht schlecht", gab Tanja ehrlich zu. „Sie machen haufenweise Tests mit mir. Um zu sehen, ob ich krank oder verwirrt bin. Ich muss mir Tintenkleckse ansehen und ihnen sagen, was ich darin erkennen kann. Lauter so 'n Zeug."

Sam runzelte die Stirn.

„Sie wollen alles über meine Träume und meine Kindheit wissen", fuhr Tanja fort. „Aber ansonsten lassen sie mich in Ruhe. Ich lese, schaue fern und schlafe viel."

Er drückte verständnisvoll ihre Hand.

„Danke, dass du gekommen bist", dachte Tanja. „Du hast mich nicht vergessen. Ich brauche dich, Sam. Du bist der einzige echte Freund, der mir noch geblieben ist. Du weißt, dass ich niemandem wehtun kann."

„Und was passiert jetzt?", fragte er und ließ den Blick durch das Zimmer wandern. „Weißt du schon, wann sie dich entlassen?"

„Vielleicht morgen", sagte sie und zuckte die Schultern. „In drei Wochen findet eine Anhörung vor dem Jugendrichter statt. In der Zwischenzeit entlassen sie mich in die Aufsicht meiner Eltern."

„Das ist ja toll", sagte Sam. „Bedeutet das, dass sie dich für unschuldig halten?"

„Schön wär's!", dachte Tanja. „Keiner hält mich für

unschuldig. Sogar ich glaube nicht an meine Unschuld. Nicht bei all den Beweisen gegen mich."

Sie senkte den Blick auf die Verbände, die um ihre
Hände gewickelt waren. Ihre wunden Hände, die sie
sich an einem Seil verletzt hatte. Die Hände, die auf
irgendeine Weise eine Schlinge um Rudys Hals gezogen hatten.

Wenn sie sich doch bloß erinnern könnte!

Warum waren in ihrem Gedächtnis immer noch
diese großen Lücken? Sogar die Ärzte konnten es sich
nicht erklären.

Sie sah Sam an und schüttelte traurig den Kopf. „Es
ist unser Rechtssystem", erklärte sie. „Ich gelte als unschuldig, bis meine Schuld bewiesen wird. Und
außerdem kennen die Richter meine Mutter. Sie
vertrauen ihr, auch wenn sie mir nicht glauben. Das
Problem ist, dass auch *ich* mich manchmal für schuldig halte."

Sam schüttelte den Kopf. „So darfst du nicht denken", redete er ihr ins Gewissen. „Du darfst nicht auf-
geben."

Tanja war so verwirrt und verunsichert. Jedes Mal,
wenn sie über die letzten Tage nachdachte, drehte sich
alles wie wild in ihrem Kopf. Alles deutete darauf hin,
dass sie eine Mörderin war. Nur erinnerte sie sich
nicht daran.

„Ich hatte nichts gegen Sandra", dachte sie. „Und
Rudy war einer der nettesten Menschen in meinem
Leben. Warum sollte ich auch nur im Traum daran
denken, Rudy umzubringen?"

„Es ist so schrecklich!", stieß sie aus. „Ich kann

mich nicht daran erinnern, Sandra oder Rudy umgebracht zu haben. Aber da war das blutige Messer in meiner Schublade. Und die Wunden an meinen Händen." Sie schloss die Augen.

Jedes Mal, wenn Tanja an ihre Hände dachte, fürchtete sie, den Verstand zu verlieren. „Habe ich meine Freunde wirklich umgebracht?", fragte sie sich. „Bin ich ein krankes, böses Monster?"

„Ich … ich glaube, ich habe es getan, Sam. Ich glaube, ich habe beide umgebracht. Es gibt keine andere Erklärung. Aber warum bloß? Und warum erinnere ich mich nicht mehr daran?"

Wieder schaute Sam sich im Krankenzimmer um. Tanja folgte seinem Blick. Er betrachtete erst den Fernseher in der Ecke. Dann das Fenster an der anderen Wand. Er schien einen Fluchtweg zu suchen. Als würde er befürchten, sie könnte *ihn* als Nächsten angreifen.

„Ach Sam. Bitte habe keine Angst vor mir", flehte sie im Stillen. „Sieh mich an. Bitte, sieh mich an."

Doch er starrte aus dem Fenster.

„Mach dir keine Sorgen", sagte er dann zögernd. „Deine Mutter ist eine gute Anwältin. Und sie kennt sicher noch andere Anwälte. Ihr wird schon was einfallen, um …" Er verstummte.

Um *was*? Um sie davor zu bewahren, den Rest ihres Lebens im Gefängnis zu verbringen? Um sie davor zu schützen, für immer in einer Irrenanstalt zu enden?

Tanja wartete darauf, dass er seinen Satz beendete. Doch stattdessen warf er einen Blick auf seine Armbanduhr.

„Oh nein", stöhnte er. „Ich hab gar nicht gemerkt, wie spät es ist. Ich muss gehen."

„Jetzt schon?", jammerte Tanja. „Aber Sam, du bist doch gerade erst gekommen."

Sam sprang vom Bett auf. Er wich ihrem Blick aus. „Es tut mir leid, Tanja. Es ist bloß, dass ich … ich muss in zehn Minuten woanders sein. Ich muss jemanden treffen."

Woanders? Jemanden? Warum sagte er ihr nicht, worum es wirklich ging? Was verbarg er vor ihr?

„Auf alle Fälle", fuhr Sam mit einem aufgesetzten Lächeln fort, „bist du ja schon bald wieder zu Hause, stimmt's? Dann besuche ich dich auf jeden Fall."

„Na toll", dachte Tanja. Sie fühlte sich plötzlich sehr einsam.

„Gib mir wenigstens einen Kuss zum Abschied", dachte sie inbrünstig. „Zeig mir, dass ich dir noch etwas bedeute."

Doch Sam hob nur cool die Hand und winkte ihr zum Abschied. Tanja musste sich zusammenreißen, um nicht loszuweinen.

„Mach's gut", sagte er und verschwand auf dem Korridor.

Tanja war sich noch nie so verraten und verlassen vorgekommen. „Was soll ich bloß tun?", fragte sie sich. „Sam war der Einzige, der mich noch mochte. Und jetzt hält sogar *er* mich für eine Mörderin."

Sie starrte traurig durch das Fenster hinunter auf den Parkplatz des Krankenhauses. Es war wieder ein herrlicher Frühlingstag. Winzige Schäfchenwolken schwebten am blauen Himmel. So gern würde sie auch da draußen sein und die Sonne und die frische Luft genießen.

„Doch stattdessen sitze ich hier fest", dachte sie. „In einer Klapsmühle."

Als sie den Blick senkte, entdeckte sie plötzlich Sam, der rasch über den Parkplatz lief. Ein rothaariges Mädchen trat hinter einem Kombi hervor und begrüßte ihn.

„Oh nein!", entfuhr es Tanja. Sie blinzelte, um besser sehen zu können. „Das darf doch nicht wahr sein!"

Maura.

Sam und Maura.

Tanja wollte ihren Augen nicht trauen. Sie schloss die Augen für einen Moment.

Doch als sie wieder hinunterspähte, waren die beiden immer noch da.

Maura und Sam standen eng beieinander. Sie wechselten ein paar Worte, dann legte Maura den Arm um seine Schulter.

Zusammen gingen sie zu Sams Auto – wie ein Liebespaar.

Wie das glückliche Paar, das sie und Sam früher gewesen waren.

Tanja wich vom Fenster zurück; sie fühlte sich so entsetzlich hintergangen. „Maura war also doch die ganze Zeit immer noch hinter Sam her", dachte sie bitter.

„Ich hätte es wissen müssen. Ich hätte merken müssen, dass Maura ihn zurückhaben wollte", warf sie sich vor.

Dann kam ihr ein entsetzlicher Gedanke und sie

sank auf ihrem Bett zusammen. *Wie sehr* hatte Maura Sam wiederhaben wollen? *Wie viel* hatte ihr daran gelegen, Tanja aus dem Weg zu räumen?

„Genug, um dafür zu töten – und es so aussehen zu lassen, als sei ich es gewesen?"

21

Später an jenem Abend, lange nach Mitternacht, kämpfte Tanja gegen ihre Müdigkeit an. Sie wollte ihr Buch unbedingt zu Ende lesen, bevor sie einschlief.

Seit sie im Krankenhaus war, hatte sie schon sechs Bücher gelesen. Lesen bewahrte sie vor dem Durchdrehen und war der einzige Zeitvertreib, der sie an ihr früheres Leben erinnerte.

Beim Lesen verschwammen die Buchstaben vor ihren Augen zu einem seltsamen, unsinnigen Muster. Sie blinzelte immer wieder, bis die Buchstaben aufhörten zu verschwimmen.

„So", dachte sie. „Jetzt geht es wieder."

Als sie Schritte im Flur hörte, blickte sie auf. Normalerweise war es im Krankenhaus nachts so still wie in einer Leichenhalle.

Die Schritte blieben vor ihrer Zimmertür stehen.

Sie hörte ein Flüstern.

Das Knarren der Tür.

Dann ihre eigene verschreckte Stimme: „Hey …"

Zwei Jugendliche betraten schweigend Tanjas Zimmer. Es waren ein Junge und ein Mädchen. Beide trugen weiße Krankenhaushemden. Sie tippelten leise durch den Raum, bis sie direkt neben Tanjas Bett stehen blieben.

Sie grinsten Tanja merkwürdig an.

„W…was wollt ihr?", stammelte Tanja. Sie machte ihr Buch zu und setzte sich auf.

Die beiden antworteten nicht. Sie grinsten noch breiter.

Tanja hörte ihren Atem, der inzwischen eher wie ein Stöhnen klang.

„Seid ihr hier auch Patienten?", fragte Tanja und spürte, wie ihr ein kalter Angstschauer den Rücken herunterlief.

Sie antworteten nicht. Der Junge stieß ein hohes, kindisches Kichern aus.

„Habt ihr euch vielleicht im Zimmer geirrt?", fragte Tanja.

Wieder kicherte der Junge.

Das Mädchen streckte den Arm aus und berührte Tanjas Haar.

„Bitte …", murmelte Tanja. „Geht bitte wieder in eure eigenen Zimmer. Oder kann ich euch irgendwie helfen?"

Das Mädchen streichelte über Tanjas Haar. Erst sanft und dann immer stärker.

„Bitte lass das", wiederholte Tanja und spürte, wie sie am ganzen Körper eine Gänsehaut bekam. „Bitte …"

Der Junge lachte. „Willst du spielen? Willst du mit uns spielen?" Er beugte sich zu ihr herunter.

„Nein …", antwortete Tanja.

„Wir können mit deinem Haar spielen", sagte das Mädchen mit überraschend rauer Stimme. Dann griff sie Tanja grob ins Haar.

„Lass los!", schrie Tanja und versuchte, sich zu befreien.

Doch das Mädchen dachte nicht daran.

„Spiel mit ihrem Haar! Spiel mit ihrem Haar!", sang der Junge und sprang aufgeregt auf und ab.

„Schöne Haare", sagte das Mädchen und lächelte abwesend. „Schöne Haare."

„Bitte …", flehte Tanja voller Panik. „Bitte …"

Sie starrte zu den beiden Jugendlichen hinauf, in ihre wilden Augen, auf ihr scheußliches Grinsen.

Und plötzlich erkannte sie sie.

Rudy und Sandra.

„Ihr … ihr seid es!", schrie Tanja, als die beiden noch näher an sie heranrückten.

22

„Verschwindet von hier! Verschwindet!", rief eine strenge Stimme.

Tanja sah zu, wie starke Hände Rudy und Sandra wegzerrten.

Sie wehrten sich nicht. Zwei junge Krankenpfleger führten sie zur Tür.

„Arnold, Mayrose, habt ihr euch verlaufen?", fragte einer der Pfleger sanft. „Seid ihr im falschen Zimmer gelandet?"

Zitternd vor Angst schloss Tanja die Augen, bis die Stimmen auf dem Flur verhallt waren.

Doch sie spürte immer noch, wie das Mädchen sie am Haar gepackt hatte, und hatte immer noch das höhnische Grinsen des Jungen vor Augen.

Arnold? Mayrose?

„Oh nein", stöhnte Tanja leise. Es waren gar nicht Rudy und Sandra gewesen. *Natürlich* waren es nicht Rudy und Sandra gewesen. Die beiden waren Patienten, die sich im Zimmer geirrt hatten.

Tanja schlang die Arme um ihren Körper.

Was ist los mit mir?

Was ist bloß los?

Sam kaute auf seinem Bleistift herum und starrte auf die Mathehausaufgabe. Dann kritzelte er ein paar Zahlen auf einen Zettel und schüttelte den Kopf.

„Nein", dachte er. „Das kann nicht stimmen."

„Denk nach", befahl er sich. „Konzentrier dich."

Das durchdringende Geräusch des Telefons störte seinen Gedankengang. Seine Konzentration zersprang wie eine Glasscheibe in tausend Scherben. Verärgert hob er ab.

„Hallo?"

Es war Tanja. Sie war gerade aus dem Krankenhaus entlassen worden.

„Sam?" Sie klang atemlos und irgendwie aufgeregt. „Was machst du gerade?"

Sam warf einen geknickten Blick auf seine sinnlosen Zahlenreihen. „Nichts", log er. „Jedenfalls nichts Wichtiges."

„Kannst du vorbeikommen?", fragte sie. „Ich muss unbedingt mit dir reden."

„Wir sprechen doch gerade miteinander."

„Aber ich muss dich sehen", beharrte sie. „Es ist ganz wichtig."

„Okay", gab er nach und seufzte. Tanja verlangte manchmal ganz schön viel von ihm. Vor allem in letzter Zeit. „Wann soll ich zu dir kommen?"

„Jetzt", sagte sie. „So schnell wie möglich."

Er nickte müde. „Ich bin gleich da."

Ein paar Minuten später parkte Sam bei ihr vor dem Haus und ging die Stufen zur Haustür hinauf. Er klingelte. „Ich bin ganz schön geladen, wenn es nicht etwas wirklich Wichtiges ist", dachte er.

Tanja machte ihm die Tür auf, ohne ihn zu begrüßen. Sie packte ihn nur am Arm und führte ihn ins Wohnzimmer. Sie war sehr aufgebracht. In ihren blauen Augen lag ein merkwürdiges Glitzern.

Sie setzte sich auf die Couch und deutete auf den Platz neben sich.

„Setz dich", sagte sie. „Du brauchst keine Angst zu haben."

„Angst", dachte Sam. „Sehe ich etwa so aus, als hätte ich Angst?" Er setzte sich auf die Couch und nahm ihre Hand.

„Ich habe keine Angst vor dir", sagte er tröstend. „Ich weiß doch, dass du niemandem wehtust."

„Wahrscheinlich bist du der Einzige, der sich da sicher ist", murmelte sie unglücklich. „Alle anderen halten mich für verrückt. Sie würden mich am liebsten in einem Irrenhaus oder einem Gefängnis sehen, Sam."

„Das stimmt nicht", log Sam. „Du musst einfach Geduld haben. Jetzt sind alle nur aufgebracht und durcheinander. Sie wissen nicht, was sie glauben sollen. Da draußen läuft ein Mörder herum und davor haben die Leute Angst. Aber sie werden sich wieder beruhigen. Früher oder später werden sie merken, dass du unschuldig bist."

Tanja sprang vom Sofa auf. Ihre blondes Haar glänzte im Licht der Wohnzimmerlampe. „Früher oder später?" Sie lachte gereizt. „Und wie lange soll das dauern? Einen Monat? Ein Jahr? Zehn Jahre?"

„Das weiß ich nicht", antwortete Sam ehrlich.

„Ich ertrage es jedenfalls nicht länger", sagte Tanja heftig.

Sam richtete sich auf der Couch auf; plötzlich war er beunruhigt. Irgendetwas in ihrer Stimme hatte ihn erschreckt. Sie war anders als sonst.

„Was meinst du damit?", fragte er.

Tanja antwortete nicht. Sie lachte bloß leise und ging ins andere Ende des Zimmers. Dort kniete sie sich vor einen Wandschrank.

Sie machte die unteren Türen auf und holte zwei geheimnisvolle Gegenstände heraus. Sie waren rund und ungefähr so groß wie Kokosnüsse.

„Was macht sie da?", wunderte sich Sam.

Tanja legte die beiden runden Gegenstände auf den Esstisch und drehte sich zu Sam um.

„Na?", fragte sie stolz. „Wie gefallen sie dir? Das sind meine Souvenirs."

Sam starrte auf die beiden geheimnisvollen Gegenstände.

Es konnte nicht wahr sein.

Ein verzweifeltes Kichern stieg in seiner Kehle hoch. Er sprang auf und machte einen Schritt auf den Tisch zu.

Dann erstarrte er.

Zwei schreckliche Schrumpfköpfe schauten ihm direkt in die Augen.

Sie sahen so abscheulich aus. Doch Sam erkannte sie sofort.

Sandra und Rudy.

Geschockt wandte Sam sich um und starrte Tanja fassungslos an.

„Ich habe sie aufgehoben", erklärte Tanja gelassen. „Als Andenken."

Ein langes silbriges Ding glitzerte in ihrer Hand.

Eine Säge!

Wo kam die Säge plötzlich her?

Sam hielt sich beide Hände schützend über den Kopf.

Tanja kam mit erstaunlicher Schnelligkeit auf ihn zu und schnitt mit dem Sägeblatt durch die Luft.

„Ich brauche noch ein Souvenir", sagte sie kalt.

23

„Niemals", verkündete Tanja. Ihre Stimme klang fest und bestimmt. „Das mache ich nicht, Sam. Ich lese diese Geschichte auf keinen Fall."

„Aber Tanja …", protestierte Sam.

„Vergiss es", unterbrach sie ihn. In ihren Augen standen Tränen. „Das kann ich nicht machen, Sam. Nicht nach alldem, was passiert ist. Ich kann sowieso nicht glauben, dass du für heute Abend ein Treffen des Horrorklubs geplant hast, ohne mir vorher Bescheid zu sagen. Du hast mir noch nicht einmal gesagt, warum ich hierherkommen sollte. Und jetzt werden Maura und Nora in ein paar Minuten hier eintrudeln. Wie kannst du mich darum bitten, ihnen eine so schreckliche Geschichte vorzulesen?"

Sam widersprach ihr nicht. Er legte die beschriebenen Blätter auf den Schreibtisch seines Vaters. „Kein Problem", murmelte er leise. „Wenn du es nicht willst, dann machen wir es eben nicht. Ich dachte bloß, du würdest heute Abend vielleicht etwas vorlesen wollen. Damit jeder weiß, dass mit dir wieder alles in Ordnung ist."

„Wie kommt er bloß darauf?", wunderte sich Tanja. „Wie konnte er auch nur davon *träumen*, dass ich eine Geschichte vorlesen würde, in der ich Sandras und Rudys Köpfe als Andenken aufgehoben habe? Eine Geschichte, in der ich zugebe, eine geisteskranke Mörderin zu sein?"

Manchmal war Sam unglaublich unsensibel.

Und was würde geschehen, wenn die Polizei von der Geschichte erfahren würde? Könnten sie die Story vor Gericht gegen Tanja verwenden?

Es waren nur noch zwei Wochen bis zur Anhörung. Die Horrorgeschichte würde alles bestätigen, was die Leute über sie dachten. Dass sie ein herzloses, eiskaltes Monster war. Eine Person, die kaltblütig ihre Freunde umbrachte.

Tanja ließ sich erschöpft auf die Couch zurücksinken.

Es klingelte und Sam ging zur Tür, um sie zu öffnen.

Tanja blieb ungern allein im Arbeitszimmer seines Vaters zurück. Verunsichert sah sie sich im Raum um. Die Wände waren mit exotischen Dingen aus Neuguinea behängt – Schilden, primitiven Schwertern und Speeren und vielen grotesken Masken, ähnlich wie die, mit der Sam sie neulich erschreckt hatte.

Das war also das Zimmer, in dem Dr. Varner gestorben war. Tanja bekam eine Gänsehaut, als sie daran dachte. Er war unter mysteriösen Umständen an seinem Schreibtisch gestorben.

Dann kam Sam mit Maura und Nora zurück. Von ihren Beobachtungen vom Fenster des Krankenhauses einmal abgesehen, hatte Tanja keine von beiden bisher gesehen.

Sie konnte es ihnen nicht verübeln, dass sie sie anstarrten und herausfinden wollten, ob sie noch dieselbe alte Tanja war oder eine neue, ganz andere Person – eine gefährliche, irre Mörderin.

„Hallo, ich bin es", flehte sie innerlich. „Ich bin es, eure Freundin Tanja. Bitte lasst mich jetzt nicht allein."

„Hi", sagte Nora herzlich. „Es ist schön, dich wiederzusehen."

„Danke, finde ich auch", erwiderte Tanja. Sie hätte Nora am liebsten umarmt, doch sie wusste nicht, ob es sie nervös machen würde. Also blieb sie zurückhaltend auf der Couch sitzen. „Es ist schön, wieder da zu sein."

Maura blieb im Hintergrund stehen und zupfte nervös an ihrem Pullover herum.

„Sie versteckt sich vor mir", dachte Tanja. „Es ist ihr peinlich, mich zu sehen. Vor allem, weil sie sich jetzt hinter meinem Rücken mit Sam getroffen hat."

„Wie war's im Krankenhaus?", fragte Maura. „Haben sie dich gut behandelt?"

„Es war okay", antwortete Tanja. „Sie waren zwar nett zu mir, aber ich habe mich ziemlich gelangweilt."

Niemand antwortete darauf.

„Die Atmosphäre ist total angespannt", dachte Tanja. „Wir sind einander schon völlig fremd."

„Mensch, Kopf hoch!", rief Sam den anderen endlich zu. „Wir sind doch nicht auf einer Beerdigung."

„In letzter Zeit waren wir auf zu vielen Beerdigungen", erinnerte Maura ihn und starrte auf den Boden. „Ich habe genug davon – für den Rest meines Lebens."

Nora steckte sich eine Haarsträhne hinters Ohr. „Wisst ihr", sagte sie düster, „ich bin mir nicht sicher, ob wir uns heute überhaupt treffen sollten. Nach allem, was geschehen ist, sollten wir den Horrorklub vielleicht lieber auflösen."

Maura widersprach ihr. „Nein, der Klub muss bestehen bleiben. Wir müssen doch irgendwie weitermachen, oder?"

Tanja schwieg. Sie war immer noch nicht darüber hinweg, dass es jetzt nur noch vier Klubmitglieder gab. Sie schaute wieder und wieder zur Tür und wartete darauf, dass Sandra und Rudy hereinkommen würden.

Sam rutschte auf der Couch näher an sie heran. Sanft legte er seine Hand auf ihre Schulter. „Tanja", sagte er so laut, dass alle es hören konnten, „lies uns doch deine Geschichte vor!"

Überrascht hob Tanja den Kopf. Für einen Augenblick wusste sie nicht, wovon er redete. „Welche Geschichte?", fragte sie.

Doch dann sah sie die Blätter in seiner Hand. Er musste sie wieder vom Schreibtisch seines Vaters genommen haben. „Die hier. Die Geschichte, die du mir vorhin vorgelesen hast."

Tanja saß in der Falle. Jetzt konnte sie nicht mehr behaupten, keine Geschichte geschrieben zu haben. Und konnte sie sich weigern, sie vorzulesen?

„Warum tut Sam mir das an?", fragte sie sich.

„Mir ist nicht danach", sagte sie ehrlich und hoffte, sich rauszureden.

„Mach schon", ermutigte Nora sie. „Ich habe deine Geschichten echt vermisst. Du schreibst so toll."

Tanja hätte ihnen am liebsten die Wahrheit gesagt. *Ich habe diese Geschichte nicht geschrieben – und die letzte und vorletzte auch nicht. Sam war es. Er kann so toll schreiben, ich nicht.*

Doch wenn sie das zugab, würde sie vor den anderen als Lügnerin dastehen. Und gerade jetzt war es doch besonders wichtig, dass ihre Freundinnen ihr glaubten.

„Wenn du keine Lust hast, sie vorzulesen", bot Sam ihr an, „dann mache ich es für dich." Ungeduldig klopfte er sich mit den aufgerollten Seiten gegen das Knie. „Ich finde, die Geschichte ist echt super gelungen", sagte er zu Maura und Nora. „Es ist eine ihrer besten Geschichten."

„Bitte nicht, Sam", dachte Tanja. „Warum tust du mir das an?"

„Komm schon!", fügte Maura seltsam freundlich hinzu. „Ich habe mal wieder Lust auf eine Mutprobe."

„Was soll ich bloß machen?", fragte Tanja sich verzweifelt. „Verdammt, es muss doch eine Lösung geben."

Und dann fiel sie ihr plötzlich ein. Die perfekte Lösung. Sie würde die Geschichte zwar so beginnen, wie Sam sie geschrieben hatte, doch sie würde den Schluss einfach ändern!

„Statt Sandras und Rudys Köpfe darin vorkommen zu lassen, mache ich einfach Schrumpfköpfe aus Neuguinea daraus. Das wird unheimlich genug sein, ohne jemanden zu schockieren. Sam wird es nicht wagen, sich darüber zu beschweren."

„Okay", dachte sie. „Es geht los."

Tanja nahm Sam die Blätter ab, räusperte sich und fing mit leiser, zitternder Stimme an, laut zu lesen:

„Sam kaute auf seinem Bleistift herum und starrte auf die Mathehausaufgabe."

Nachdem sie mit dem Vorlesen angefangen hatte, verschwand ihre Nervosität. Der Klang ihrer Stimme beruhigte sie.

Sie sah die Szene genau vor sich. Wie Sam zu ihrem Haus fuhr. Wie er sich neben sie auf die Couch setzte. Wie er zusah, als sie sich bückte, um die Schranktüren zu öffnen.

„Sie machte die unteren Türen auf und holte zwei geheimnisvolle Gegenstände heraus. Sie waren rund und ungefähr so groß wie Kokosnüsse."

Tanja hielt inne, um sich zu sammeln. Jetzt musste sie anfangen zu improvisieren.

Sie hob den Blick und sah in die Runde. Maura und Nora hingen wie gebannt an ihren Lippen und warteten ungeduldig auf den nächsten Satz.

Dann schaute sie Sam an und bemerkte etwas Seltsames. Er hörte gar nicht zu! Er hatte sich seinen Walkman aufgesetzt und bewegte die Lippen zu irgendeinem Lied. Er hatte kein einziges Wort der Geschichte gehört.

„Ich kann die Handlung einfach ändern", dachte sie. „Er wird es gar nicht merken."

Doch plötzlich verlor sie für eine Sekunde den Faden. Ein scharfes Summen begann in ihrem Kopf.

„Au!", stieß sie aus.

„Was ist los?", fragte Maura.

„Nichts", erwiderte Tanja unsicher.

„Was geht hier vor?", wunderte sie sich. „Warum dröhnt es so in meinem Kopf?"

„Bitte lies weiter", bat Nora. „Ich kann gar nicht erwarten, wie es weitergeht."

Obwohl sie vorgehabt hatte, ein neues Ende zu erfinden, las Tanja die Geschichte genau so weiter, wie sie auf dem Zettel stand.

„Was ist los mit mir?", fragte sie sich. „Warum kann ich nicht mehr aufhören?"

Während sie die schreckliche Szene vorlas, schaute sie kurz zu Sam auf. Jetzt beobachtete er sie und lächelte.

Ehe sie sich versah, war sie bei dem grausigen Ende der Geschichte angelangt.

„Tanja kam mit erstaunlicher Schnelligkeit auf ihn zu und schnitt drohend mit dem Sägeblatt durch die Luft.

‚Ich brauche noch ein Souvenir', sagte sie kalt."

Zitternd ließ Tanja die Blätter sinken und sah ihre Zuhörer an.

Maura und Nora starrten sie fassungslos an.

„Das ist eine unheimliche Geschichte, Tanja", meinte Nora. „Hast du denn gar kein schlechtes Gewissen, uns so was vorzulesen? Schließlich sind zwei von uns umgekommen und …"

Das Summen in Tanjas Kopf übertönte Noras Stimme.

Doch plötzlich verstummte es – und eine Stimme in ihrem Kopf begann zu sprechen.

Es war eine fremde Stimme. Eine sanfte, aber zugleich fordernde Stimme.

Die Säge, sagte sie. *Geh und hol die Säge. Sie liegt auf dem Schreibtisch.*

Tanja spürte, wie sie sich steif durch das Zimmer bewegte. Sie blieb vor dem Schreibtisch stehen.

Sie steckte die Hand in eine große Einkaufstüte.

Dann zog sie eine Säge heraus.

Sie fuhr mit den Fingerspitzen leicht über das Sägeblatt.

Gut, sagte die Stimme in ihrem Kopf.

Und jetzt hol dir noch ein Andenken!

24

Mit dröhnendem Kopf ging Tanja ungelenk durch das Zimmer und schwenkte die Säge vor sich her.

Maura, befahl die Stimme. *Geh zu Maura!*

Willenlos führte Tanja den Befehl aus.

Sie durchquerte den Raum und blieb vor Maura stehen, die sie angsterfüllt anstarrte.

Tanja hielt die Säge an Mauras Hals.

„Hör auf damit, Tanja", schrie Maura. „Das ist nicht witzig."

Aus dem Augenwinkel sah Tanja, wie Nora aufstand.

Behalte Nora im Auge, drängte die Stimme. *Pass auf, dass sie sich nicht anschleicht.*

Gehorsam drehte Tanja sich um und drohte mit der Säge in ihre Richtung.

„Setz dich, Nora", hörte Tanja sich mit fremder Stimme sagen, „wenn du nicht die Nächste sein willst."

Widerwillig setzte Nora sich wieder hin. Voller Panik wandte sie sich an Sam. „Tu was!", rief sie ihm zu. „Mit Tanja stimmt was nicht!"

Hol dir jetzt, was du brauchst, befahl die Stimme in Tanjas Kopf.

Sie drehte sich wieder zu Maura um, die in ihrem Sessel kauerte und verzweifelt versuchte, sich vor der Säge zu schützen.

Hol dir dein Souvenir – jetzt!, befahl die Stimme.

Tanja hob die Säge hoch über ihren Kopf.

Maura schrie und wand sich.

Wütend griff Tanja in Mauras kurzes rotes Haar und richtete die Säge auf ihre Kehle.

Doch eine Hand riss an ihrem Arm.

Es war Nora.

„Bist du verrückt?", kreischte Nora. „Bist du total durchgedreht?"

Reiß dich los, sagte die Stimme. *Lass dich nicht von Nora stören.*

Mit einem plötzlichen Ruck riss Tanja sich von Noras Hand los. Sie stolperte auf Dr. Varners Schreibtisch zu.

„Tanja, du warst es doch!", hörte sie Nora schreien. Nora stellte sich beschützend vor Maura. „*Du* hast Sandra und Rudy umgebracht!"

Mach Nora unschädlich, befahl die Stimme. *Sie weiß zu viel.*

Gehorsam stürzte Tanja durchs Zimmer, packte Nora am Kragen und setzte die Säge an.

25

Ohne zu zögern, drückte Tanja die spitzen Zacken der Säge an Noras Kehle.

Jetzt!, forderte die Stimme. *Jetzt!*

Nora kreischte, als Tanja den Druck auf das Sägeblatt verstärkte.

Dann schrie auch Tanja. Maura war aufgesprungen und hatte sie hart in die Seite gerammt.

Mit einem lauten Stöhnen stürzte Tanja auf den Boden.

Die Säge flog ihr aus der Hand. Sie schlitterte über den Boden.

Die Säge ist unter dem Schreibtisch, sagte die Stimme in ihrem Kopf. *Reiß dich los und hol sie.*

Dann ging alles blitzschnell, und Maura und Tanja waren in einen wilden Kampf auf dem Boden verwickelt. Tanja griff mit beiden Händen nach Mauras Kehle.

Doch Maura entwand sich aus dem Würgegriff und versuchte, sich zu wehren.

Als Tanja für den Bruchteil einer Sekunde aus dem Kampf aufblickte, sah sie, dass Sam immer noch in seinem Sessel saß. Er hielt den Kopf gesenkt und lauschte den Klängen, die aus dem Kopfhörer kamen.

Wieder redete die Stimme zu Tanja. *Komm schon*, drängte sie. *Das kannst du besser.*

Maura gewann die Oberhand. Sie kniete sich auf Tanjas Oberkörper und drückte ihre Arme auf den Boden. Tanja rang nach Luft. Sie lag flach auf dem Rücken und funkelte Maura durch ihre wirren blonden Haarsträhnen wütend an.

„Hast du jetzt endlich genug?", fragte Maura keuchend.

Stell dich tot, sagte die Stimme.

Tanja gehorchte. Maura dachte, dass Tanja aufgab, und lockerte ihren Griff.

Jetzt!, rief die Stimme.

Blitzschnell befreite Tanja einen ihrer Arme und packte Maura an den Haaren. Maura schrie vor Schmerz, doch sie gab nicht nach. Sie presste ihre Knie noch stärker in Tanjas Schultern, bis Tanjas Griff sich lockerte und ihre Hand Mauras Haarbüschel endlich losließ.

„Hast du genug?", fragte Maura wieder.

Jetzt!, befahl die Stimme. *Tu es jetzt!*

Gehorsam drückte Tanja den Rücken durch und stieß Mauras Knie in die Höhe. Mit einem kraftvollen Schrei verdrehte Tanja den Körper.

Maura kreischte laut, als sie das Gleichgewicht verlor und zu Boden stürzte.

Der Schreibtisch, erinnerte die Stimme Tanja. *Die Säge liegt unter dem Schreibtisch.*

Tanja kroch über den Boden auf den Schreibtisch zu. Ihre Hand war nur noch wenige Zentimeter von der Säge entfernt, als Nora auf sie zustürzte und sich mit voller Kraft auf sie warf.

Auch Maura kam Nora zu Hilfe. Gemeinsam drückten sie Tanja auf den Boden.

Kämpfe!, schrie die Stimme. *Du schaffst es!*

Wieder schlug Tanja wie ein wildes Tier in einer Falle um sich.

Doch Maura und Nora hielten sie fest.

Tanjas Körper erschlaffte.

Das ist schlecht, sagte die Stimme. *Dann muss ich das wohl selbst erledigen.*

26

Tanja blinzelte und sah sich verwirrt um.

„Wo bin ich?", fragte sie sich. „Was ist denn passiert?"

„Maura? Nora? Was soll das?", fragte sie unsicher. „Ihr ... ihr tut mir weh. Lasst mich los."

„Tu bloß nicht so scheinheilig", stieß Maura keuchend aus. „Uns kannst du nicht mehr zum Narren halten."

„Au! Lasst mich los!", protestierte Tanja. „Das tut weh!"

Doch die beiden Mädchen pressten sie weiterhin auf den Boden.

Tanja merkte, dass sie keine Kraft mehr hatte, sich zu wehren. Sie war total erschöpft.

„Wo ist die Säge?", fragte Nora.

„Unter dem Schreibtisch. Sie kommt nicht ran", antwortete Maura.

„Säge?", rief Tanja. „Was für eine Säge? Was ist passiert? Bitte, lasst mich los!"

„Wir lassen dich erst los, wenn die Polizei da ist und sich um dich kümmert", sagte Maura und wandte sich an Nora. „Ich kann sie festhalten. Beeile dich, ruf die Polizei an."

Tanja lag hilflos und entkräftet auf dem Boden, während Nora aufstand und an den Schreibtisch zum Telefon eilte.

Als sie nach dem Hörer griff, wurde Sam plötzlich

lebendig. Er nahm die Kopfhörer ab und sprang auf die Beine.

Während er Nora den Telefonhörer aus der Hand nahm, grinste er hinterhältig.

„Heute Abend entkommt keine von euch", sagte er eiskalt. „Niemand wird entkommen."

27

„Niemand wird entkommen", wiederholte Sam und funkelte die Mädchen böse an.

Tanja spürte, dass Maura ihren Arm losließ. Sie setzte sich auf, doch in ihrem Kopf drehte sich immer noch alles.

„Sam?", schrie Tanja schrill. „Was meinst du damit?"

Sam lachte höhnisch. Seine Augen glitzerten aufgeregt. „Tanja, hast du es nicht längst erraten? Bist du nicht drauf gekommen? Mein Vater ist nicht gestorben. Er ist entkommen!"

Tanja lief ein Schauer über den Rücken.

„Was ist bloß los? Erst wache ich auf dem Fußboden auf und mein ganzer Körper tut weh. Und jetzt dreht Sam total durch!", dachte sie.

„Sam, du redest verrücktes Zeug", sagte sie. „Bitte beruhige dich!"

Aber er hörte ihr nicht zu. „Niemand entkommt", murmelte er wieder. „Niemand!"

„Sam, bitte!", flehte Tanja ihn an. „Das macht doch keinen Sinn." Sie sah, dass auch Maura und Nora ihn mit offenem Mund anstarrten.

„Mein Vater ist entkommen", sagte Sam und ignorierte Tanjas Einwurf. „Aber sonst keiner."

„Was ist dein Vater?", fragte sie.

„Entkommen", wiederholte er ungeduldig. „Er ist nicht gestorben. Er hat uns verlassen."

„Aber Sam", rief Maura verwirrt, „du weißt doch, dass dein Vater tot ist. Wir waren gemeinsam auf seiner Beerdigung. Er ... er liegt auf dem Friedhof an der Fear Street."

Tanja stand unsicher auf, behielt Sam aber die ganze Zeit im Auge.

„Armer Sam", dachte sie. „Er hat den Tod seines Vaters nicht verkraftet. Und jetzt ... jetzt ist er übergeschnappt."

„Keine Bewegung", sagte er zu den Mädchen. Er ging zur Couch und nahm die Kassette aus seinem Walkman. Dann durchquerte er das Zimmer und steckte die Kassette in einen Rekorder.

Ein paar Sekunden später erfüllte ein seltsamer Gesang den Raum.

Tanjas ganzer Körper wurde von einem kalten Schauer erfasst.

Sie konnte sich an das Band erinnern. Es war die Kassette, die Sam ihr neulich in seinem Zimmer vorgespielt hatte.

Ja, sie erinnerte sich daran, wie der Gesang ihren ganzen Kopf ausgefüllt hatte, wie komisch sie sich gefühlt hatte, ganz schwach und schwindlig.

Sam stellte den Gesang leiser. „Mein Vater ist entkommen, das ist kein gewöhnliches Band", erklärte er. „Weißt du denn nicht mehr, was auf der Hülle stand, Tanja? Kannst du dich noch an den Aufkleber erinnern?"

„Ja", antwortete Tanja. „Es stand *Übertragungs-Kassette* drauf."

„Genau. Es ist eine Übertragungs-Kassette", erwiderte Sam und starrte sie an. Die Leere in seinem Blick ließ sie frösteln.

„Es ist eine Kassette, die das Bewusstsein überträgt, Tanja. Mein Vater hat die Musik bei einem Volksstamm in Neuguinea aufgezeichnet, den er dort untersucht hat. Wenn man den Gesang mitsingt, trennt sich das Bewusstsein vom Körper und schwebt frei."

Er stieß einen verbitterten Schluchzer aus. „Mein Vater hat die Gesänge mitgesungen, ist in den Körper einer anderen Person geschlüpft und ist nie mehr zurückgekommen."

Sein Blick wurde immer wilder. „Eines Abends habe ich mir die Kassette angehört. Ich habe herausgefunden, was das Band bewirken kann."

Er kniff die Augen zusammen. Sein Gesicht verzerrte sich. „Ist dir klar, wie sehr es mich verletzt hat, das herauszufinden, Tanja? Kannst du das verstehen?"

Tanja wusste nicht, was sie sagen sollte. Sie hörte den Schmerz in Sams Stimme. Doch wie konnte sie ihm helfen? Sie verstand das alles nicht mehr.

„Sam!", jammerte sie. „Setz dich. Lass uns darüber reden."

„Nein!", brüllte er und schlug mit der Faust auf den Schreibtisch seines Vaters.

Alarmiert schrien Nora und Maura auf.

Tanja merkte, dass Sam total die Beherrschung verloren hatte. Jetzt war er zu allem fähig. Er konnte sie alle umbringen.

Was sollten sie nur tun?

„Also, herzlich willkommen zum letzten Treffen unseres Klubs", sagte Sam bitter.

Die drei Mädchen kauerten sich eng aneinander, als er ein langes Messer seines Vaters von der Wand hinter der Couch riss und sich ihnen näherte.

„Er hat es auf mich abgesehen", dachte Tanja.

Sam hob die Klinge in die Höhe. „Ich war dir immer egal", sagte er zu Tanja. „Du hast mich nur benutzt, mehr nicht. Für deine Mathehausaufgaben. Deine Horrorgeschichten. Ich hätte alles für dich getan. Alles. Aber dich hat nur interessiert, was ich für dich tun konnte. Du wolltest mich verlassen. Genauso wie mein Vater mich verlassen hat!"

Tanja starrte Sam unverwandt an, während er immer näher kam. „Bitte, Sam", flehte sie insgeheim. „Bitte tu mir nicht weh."

„Sam, das stimmt nicht", sagte sie mit zitternder Stimme.

Ungeduldig schüttelte er den Kopf. „Ich weiß, dass du mich für Rudy verlassen wolltest, Tanja. Aber das hätte ich nie zugelassen. Ich wollte, dass du mich genauso brauchst wie ich dich. Ich wollte dich von mir abhängig machen."

Er lächelte eiskalt. „Ich musste leider etwas drastische Mittel anwenden. Also habe ich die Kassette benutzt. Ich habe gesungen und ich bin in dein Bewusstsein eingedrungen. Ich habe dich dazu gebracht, alle möglichen Dinge zu tun!"

Tanjas Herz pochte laut in ihrer Brust. „Welche Dinge?", flüsterte sie. „Wozu hast du mich gebracht?"

„Du hast getötet!", rief Sam erregt aus. „Sandras Tod hat mich auf die Idee gebracht. Obwohl das bloß ein Versehen war. Ich hatte die Macht über deine Gedanken und wollte sie erschrecken. Doch dann haben wir das falsche Messer erwischt. Arme Sandra. Ich dachte, wir hätten das Trickmesser dabei. Was für eine Überraschung!" Er lachte wie besessen.

„Aber Rudy – der hat es verdient", fuhr er fort und zückte das lange Messer. „Rudy wollte sich an dich ranmachen, Tanja. Als ich sah, wie ihr euch in der Sporthalle geküsst habt, war mir klar, dass Rudy daran glauben musste. Ich habe ihm auch alles erklärt, als er am Ersticken war und wild um sich geschlagen hat."

Tanja fror am ganzen Körper. „So war es also", dachte sie geschockt. „Deswegen kann ich mich an nichts erinnern."

Ungläubig starrte sie Sam an. „Du hast mich benutzt, um meine Freunde umzubringen?"

Sam nickte; seine Augen waren ausdruckslos. „Genau. Ich habe *dich* benutzt. Genauso wie du *mich* benutzt hast! Ich bin in deine Gedanken eingedrungen. Ich hatte dich unter Kontrolle und du hast es noch nicht mal gemerkt!"

Tanja brachte kein Wort heraus. Schweigend starrte sie auf ihre Hände. Die Hände, die Sandra und Rudy getötet hatten.

„Aber ich habe es nicht getan", erinnerte sie sich. „Meine *Hände* haben es getan, nicht ich."

Sam hatte es getan.

Nora brach das Schweigen. „Sam", sagte sie sanft, „bitte leg das Messer weg. Tu uns nicht weh. Wir sind deine Freunde."

„Du brauchst Hilfe", fügte Maura hinzu; doch ihre

Stimme war nur noch ein Flüstern. „Wenn du das Messer weglegst, sorgen wir dafür, dass du Hilfe bekommst. Ehrlich."

Sam ignorierte ihre Bitten. Er stellte den Kassettenrekorder lauter. Der rhythmische Gesang erfüllte das ganze Zimmer.

Er fing an, mit leiser Stimme mitzusingen.

Voller Panik wich Tanja zurück und hielt sich die Ohren zu, um die scheußliche Musik nicht hören zu müssen. „Mach es aus!", flehte sie ihn an. „Bitte! Was tust du da?"

„Der Gesang wird uns noch alle umbringen!", schrie Maura.

Auch Nora hielt sich die Ohren zu und schloss die Augen. „Hör auf! Hör auf! Bevor wir alle verrückt werden!"

„Schon zu spät ...", murmelte Sam.

28

Sam fing an, aus voller Kehle mitzusingen.

„Stoppt ihn!", schrie Tanja. „Er muss sofort aufhören!"

Maura stürzte nach vorn und packte Sam am Arm.

Das lange Messer glitt aus seiner Hand und prallte harmlos auf dem Boden auf.

Sam sang laut. Dann verstummte er plötzlich.

Er sah Tanja mit großen Augen an. „Zu spät", wiederholte er. „Schon zu spät."

Als seine Knie nachgaben, rannte sie zu ihm.

Gemeinsam mit Maura ließ sie ihn vorsichtig auf den Teppich sinken. Tanja hielt ihr Gesicht nahe an seine Lippen. Er atmete nicht mehr.

Seine Augen starrten blind zu ihr herauf. Sie waren ohne Leben.

Sein Körper fühlte sich noch warm an, doch sie wusste, dass er ihn schon verlassen hatte.

„Sam ist auch entkommen", murmelte Tanja. „Er kommt nicht mehr zurück. Er ist tot."

Tanja stellte die Blumen in eine Vase und platzierte sie auf der Mitte des Küchentischs. Dann blieb sie einen Augenblick stehen und bewunderte den bunten Strauß.

„Danke", sagte sie. „Die Blumen sind wirklich schön. Aber ich hab dir doch gesagt, dass ich heute nicht Geburtstag habe."

Maura grinste. „Also, was könnten wir sonst noch feiern?"

„Wie wäre es damit, dass die Anklage gegen mich aufgehoben wurde?", schlug Tanja vor. „Ich glaube zwar nicht, dass das Gericht mir geglaubt hat. Aber sie konnten auch nicht beweisen, dass ich jemanden umgebracht habe."

Maura schüttelte den Kopf. „Du hast niemanden umgebracht. Das war Sam. Aber wir sollten das alles vergessen. Lass uns einfach feiern, dass heute Samstag ist", sagte sie nüchtern.

„Also gut", stimmte Tanja fröhlich zu. „Toll, es ist Samstag!" Dann verschwand ihr Lächeln. „Es ist schwer, alles zu verdrängen, was passiert ist."

Maura nickte.

„Armer Sam", sagte Tanja. „Ich vermisse ihn. Ehrlich. Ich weiß, es ist merkwürdig. Aber ich erinnere mich nur noch daran, wie er vor dem Tod seines Vaters war. Bevor er sich veränderte. Er war so klug und liebevoll. Das ist der Sam, den ich vermisse."

Maura stimmte ihr zu. „Ich vermisse ihn auch, Tanja. Wir haben früher oft die ganze Nacht über miteinander geredet. Durch unsere Zimmerfenster. Er konnte so witzig sein."

Ein komisches Schweigen entstand, während beide Mädchen tief in ihre eigenen Gedanken versunken waren.

Dann warf Maura einen Blick auf ihre Uhr. „Oje, ich muss los. Ruf mich heute Abend noch mal an. Vielleicht hat Nora auch Zeit, dann können wir alle ins Kino gehen oder so."

„Klingt gut", sagte Tanja. Sie begleitete ihre Freundin zur Tür.

Maura blieb auf der Türschwelle stehen. „Alles Gute zum Nicht-Geburtstag", sagte sie.

„Alles Gute zum Samstag", antwortete Tanja und lachte. „Und danke für die Blumen."

„Gern geschehen. Aber etwas musst du mir versprechen: keine Mutproben mehr, okay?"

Tanja lächelte. „Einverstanden. Keine Horrorgeschichten und keine Mutproben mehr! Ich glaube, das wird mir wirklich nicht schwerfallen!"

Die Wette

Zu hoch gepokert!

Prolog

Bin ich das wirklich?

Das fragte ich mich immer wieder, während ich durch den Garten ging.

Die Pistole in meiner Hand fühlte sich heiß an, so heiß, als würde sie gleich in Flammen aufgehen.

Bin ich das wirklich?

Habe ich wirklich eine geladene Waffe in der Hand?

Werde ich sie tatsächlich benutzen?

„Johanna, die Mörderin."

Werden sie das in Zukunft von mir sagen?

„Sie war immer ein stilles Mädchen. Eher unscheinbar." So werden die Nachbarn mich in der Zeitung beschreiben. „Johanna lebte bei ihrer geschiedenen Mutter. Sie hatten nicht viel Geld. Johanna schien nur wenige Freunde zu haben. Doch sie hat immer so freundlich gelächelt. Das hätte niemand von ihr gedacht!"

Wer hätte gedacht, dass ich eine Mörderin war?

Vielleicht bin ich gar keine.

Vielleicht ist es doch jemand anders, der sich gerade in den Nachbargarten schleicht, um meinen Lehrer umzubringen.

Ich meine, würde ich meinen Lehrer wirklich nur wegen einer blöden Wette erschießen?

Vielleicht ist es bloß einer meiner Tagträume.

Ich habe in letzter Zeit viele Tagträume. Ich stelle mir so viele schreckliche Dinge vor.

Vielleicht bilde ich es mir wieder bloß ein.

Mein Bauch tut sehr weh. So schlimme Magenschmerzen hatte ich noch nie.

Meine Hand schwitzt.

Ich habe wahnsinnige Angst.

Bin ich das wirklich?

Ja.

Ich hebe die Pistole hoch.

Ich lege den Finger auf den Abzug.

Sobald ich ihn erschossen habe, wird es mir viel besser gehen.

1

Ich glaube, es fing vor einigen Wochen im Supermarkt an.

Es war kurz nach acht und es war ein kalter, klarer Abend. Ich weiß noch, dass die Sterne am Himmel ein bisschen wie Schneeflocken aussahen.

Meine beste Freundin Margaret Rivers und ich fuhren in ihrem kleinen weißen Auto zu dem Supermarkt, um Hot Dogs zu kaufen. Ob ihr es glaubt oder nicht: Das war mein Abendessen.

Ihr müsst wissen, dass meine Mutter seit der Scheidung von meinem Vater zwei verschiedene Jobs hat. Sie arbeitet jeden Abend sehr lange. Manchmal sehe ich sie tagelang nicht. Deshalb ist es wirklich selten, dass wir gemeinsam zu Abend essen.

Margaret und ich standen also vor der Theke und bestellten Hot Dogs. Wir wirken nicht so, als hätten wir irgendwas gemeinsam. Doch vielleicht ist das der Grund, warum wir so gut miteinander befreundet sind. Ich bin klein und dünn. Ich habe dunkelbraune Augen und das Schönste an mir ist mein langes glattes schwarzes Haar. Meine Nase ist zu spitz und ich hasse das Grübchen in meinem Kinn. Aber das gehört nicht hierher.

Margaret ist fast einen ganzen Kopf größer als ich und etwas kräftiger. Sie versucht immer noch, ihren Babyspeck zu verlieren, jedenfalls behauptet sie das ständig. Ihr lockiges Haar ist so rot wie eine Karotte und ihr Gesicht ist voller Sommersprossen. Sie ist zwar nicht besonders hübsch, aber sie ist eine tolle Freundin und kann mich andauernd zum Lachen bringen.

Nach der Scheidung meiner Eltern brauchte ich in diesem Winter dringend eine Freundin, die mich aufheiterte. Ich habe schon immer dazu geneigt, das Leben eher düster zu sehen.

Ihr wisst doch, wenn Leute ein Glas Wasser sehen und manche sagen, es sei halb voll, dass andere sagen, es sei halb leer? Na ja, ich bin der Typ, der sagen würde, dass das Glas halb leer ist und einen Sprung hat. Aber wen kümmert so ein doofes Glas überhaupt, verdammt noch mal?

Ich bin schnell schlecht gelaunt, das gebe ich ja zu.

Deswegen ist es so toll, eine Freundin wie Margaret zu haben.

Margaret und ich tragen vielleicht nicht gerade die teuersten Klamotten und wir fahren auch nicht die coolsten Autos. Meistens sind wir total abgebrannt, aber fast immer haben wir trotzdem unseren Spaß – sogar in einer Kleinstadt wie Shadyside.

„Uns ist der Senf ausgegangen", sagte der Verkäufer, als er mir zwei Hot Dogs über die Ladentheke reichte. Er war ein Mann mittleren Alters mit schütterem Haar und einem Bierbauch unter dem grünen Hemd.

„Dann nehmen wir sie eben ohne", sagte ich zu ihm.

„Okay", murmelte er und gab uns die Hot Dogs. Danach warf er zwei neue Würstchen auf den Grill.

„Hey, Johanna, schau mal dahinten." Margaret hielt den Hot Dog in einer Hand und stieß mich mit der anderen an.

Ich folgte ihrem Blick.

Erst hörte ich hinten im Laden Gelächter und laute Stimmen, und dann erkannte ich eine Gruppe von Schülern aus meiner Schule. „Was machen *die* denn hier?", flüsterte ich Margaret zu.

Hinten am Getränkeautomaten standen fünf Jugendliche. Ich kannte keinen von ihnen näher. Doch ich erkannte sie trotzdem sofort, weil Margaret und ich ein paar Kurse mit ihnen gemeinsam hatten.

Sie waren so ungefähr die reichsten Kids an der Shadyside Highschool. Ich war sicher, dass alle in North Hills, der feinsten Gegend der Stadt, wohnten. Ihr wisst schon: gigantische Häuser, gepflegte Rasenflächen und hohe Hecken.

Ich entdeckte Dennis und seine Freundin Carol. Ich mag Dennis. Wir gehen in denselben Mathekurs und er hat mich in einem Test mal abschreiben lassen.

Dennis ist ein echt netter Typ. Und er sieht super aus. Er hat kurzes schwarzes Haar und grüne Augen. Er ist der Star des Leichtathletikteams unserer Schule und hat die Figur eines Profisportlers.

Auch Melody war dabei. Sie ist total eingebildet und versnobt. Sie alberte mit Lanny und Zack herum.

Zack ist groß und kräftig wie ein Ringer. Er hat rote Locken und trägt Tag und Nacht eine schrille blaue Sonnenbrille. Die meisten an unserer Schule halten ihn deshalb für ziemlich verrückt.

Ich biss hungrig in meinen Hot Dog. Während Margaret und ich so taten, als wären wir tief in ein Gespräch vertieft, beobachteten wir die fünf Jugendlichen.

„Ich wette, *du* traust dich nicht", sagte einer von ihnen. Ich glaube, es war Lanny.

„Ich wette, du traust dich nicht!", zischte ein anderer.

Dennis füllte etwas Kirschsaft in einen Becher und Lanny stieß ihm den Becher aus der Hand. Die rote Flüssigkeit ergoss sich auf Dennis' weiße Turnschuhe.

„Hey du!" Dennis boxte Lanny spielerisch an die Schulter.

Dann goss Lanny sich einen großen Schluck Kirschsaft in die Handfläche und schüttelte Dennis die Hand.

Margaret und ich mussten lachen. Ich meine, es war wirklich witzig. Doch aus dem Augenwinkel sah ich, dass der Verkäufer verärgert das Gesicht verzog. Er kochte vor Wut.

Denn der klebrige Kampf geriet nun etwas außer Kontrolle.

Jetzt bespritzten sich Carol und Melody gegenseitig mit dem Saft. Ein großer Schwall der dunkelroten Flüssigkeit landete auf Melodys Kopf und tropfte an ihrer perfekten blonden Frisur herunter.

Dennis stieß ein heiseres Gelächter aus. Doch er verstummte abrupt, als Zack und Lanny ihre Becher mit dem roten Saft über die Vorderseite seiner Shadyside-Highschool-Jacke schütteten.

Die fünf Jugendlichen schlitterten auf dem glitschigen Boden umher. Lanny stürzte und rutschte auf dem Rücken weiter. Dann fiel Zack mit wild rudernden Armen auf ihn. Dennis brach wieder in schallendes Gelächter aus.

Alle lachten, auch Margaret und ich. Es war ein Bild für die Götter.

„Hört sofort auf damit! Ich hol die Polizei! Das ist kein Scherz!"

Die erbosten Rufe des Verkäufers ließen das Gelächter verstummen. Ich drehte mich um. Sein Gesicht war fast so dunkelrot wie der Kirschsaft und seine Halsschlagadern pulsierten heftig. Es sah wirklich so aus, als würde sein Kopf gleich explodieren.

Hinten im Laden war Lanny aufgestanden. Doch Zack lag immer noch mit ausgebreiteten Armen und Beinen auf dem Fußboden.

Dennis versuchte, Zack auf die Beine zu helfen, doch dann landeten beide auf dem Boden. Und wieder fingen alle an zu lachen.

„Ihr Kids glaubt, ihr könntet machen, was ihr wollt!", schrie der aufgebrachte Verkäufer. Er rannte hinter der Theke hervor und erhob verbittert die Faust.

„Oh nein", dachte ich und warf Margaret einen besorgten Blick zu. „Wird er sich mit ihnen schlagen?"

Der Spaß begann auszuarten.

Margaret packte meinen Arm. Sie merkte nicht einmal, wie sehr sie sich an mir festklammerte.

Nun ging der Verkäufer hinüber zu den anderen. Sein Bauch schwabbelte beim Laufen auf und ab. Er keuchte laut und schüttelte die Faust in die Luft. „Ich hol die Polizei! Jetzt gleich!"

Dennis und Zack erhoben sich. Melody und Carol sahen plötzlich ängstlich aus.

„Nein, das werden Sie nicht tun", sagte Dennis ruhig.

„Wie bitte? Was hast du gesagt?", schrie der Verkäufer aufgebracht.

„Ich habe gesagt, Sie werden nicht die Polizei holen", erwiderte Dennis gelassen.

Und dann erkannte ich, dass er eine Waffe in der Hand hatte.

Margaret muss sie auch gesehen haben, denn plötzlich umklammerte sie meinen Arm noch fester.

Ich hatte keine Zeit, um zu schreien.

„Sie werden niemanden rufen", sagte Dennis eiskalt.

Dann drückte er auf den Abzug.

2

Ein Wasserstrahl schoss aus der Pistole und ergoss sich über das grüne Hemd des Verkäufers.

Die Jugendlichen flippten aus. Sie johlten und klatschten übermütig in die Hände.

„Dennis, du bist super!", kreischte Lanny schrill. „Du bist echt super, Mann!"

Der Verkäufer war jetzt kurz davor, wirklich auszuflippen.

Margaret und ich drückten uns immer noch vorne im Laden in eine Ecke. Aber auch wir schüttelten uns vor Lachen.

An der hinteren Wand hing ein öffentliches Telefon. Zornig ergriff der Verkäufer den Hörer. Er riss ihn so heftig von der Gabel, dass ich schon dachte, das ganze Telefon würde ihm entgegenkommen.

„Ich rufe jetzt die Polizei", knurrte er erbost.

Doch dann zog Zack sein Portemonnaie aus der Hosentasche. Ich sah, wie er ein paar Geldscheine herausnahm und sie dem Verkäufer in die Hand drückte. „Das dürfte für die Getränke reichen", sagte er. „Und für die Unordnung."

Und dann marschierten die fünf wie selbstverständlich an uns vorbei zur Glastür, die zum Parkplatz führte. Alle grinsten frech.

„Bloß weil sie reich sind, glauben sie, sie könnten sich alles erlauben", murmelte der Verkäufer und starrte auf den dreckigen Boden.

„Redet er mit uns oder mit sich selbst?", fragte Margaret flüsternd.

Ich zuckte die Schultern.

Die anderen waren so schnell an Margaret und mir vorbeigelaufen, dass ich nicht sicher war, ob sie uns überhaupt gesehen hatten. Doch als ich durch das Schaufenster nach draußen schaute, merkte ich, dass Dennis mich anstarrte.

„Das ist aber komisch", dachte ich und spürte, wie ich rot wurde. „Warum starrt er mich so seltsam an?"

Ich überlegte, ob ich ihm zuwinken sollte oder nicht. Doch bevor ich mich entscheiden konnte, hatte seine Freundin Carol ihn schon weitergezogen.

Mein Geschichtslehrer Mr Northwood ist sehr groß und dünn. Er läuft immer mit hängenden Schultern und eingezogenem Kopf herum, als wollte er sich kleiner machen. Er hat dichtes, lockiges Haar. Vermutlich war es früher braun, doch jetzt ist es fast ganz grau. Er hat wässrige blaue Augen und ein zerfurchtes Gesicht mit vielen tiefen Falten an den Wangen.

Der Typ ist seltsam.

Erstens trägt er immer Rollkragenpullover. Nie andere Pullis oder Hemden. Dabei sind Rollkragen für ihn nicht gerade schmeichelhaft, weil er einen großen, dicken Adamsapfel hat, der immer genau am Kragenende auf und ab springt.

Mr Northwoods zweite seltsame Eigenart ist, dass er alles auf Kassette aufnimmt. Wirklich alles. Er besitzt einen kleinen silbernen Minirekorder, den er in der Tasche mit sich herumträgt.

Bevor der Unterricht beginnt, stellt er den Kassettenrekorder immer auf sein Pult und schaltet ihn ein. Wenn der Unterricht zu Ende ist, stellt er ihn wieder ab, nimmt die winzige Kassette heraus und steckt beides zurück in seine Tasche.

Seltsam, nicht wahr?

Und drittens ist es ein komisches Gefühl, Mr Northwood als Lehrer zu haben, weil er direkt neben mir wohnt. In der Fear Street. Aber damit will ich mich jetzt lieber nicht beschäftigen.

Am Tag nach dem Erlebnis im Supermarkt saß ich hinten im Klassenzimmer. Ich träumte vor mich hin, während Mr Northwood ununterbrochen redete. Immer wieder warf ich einen Blick auf die Uhr, die über seinem Kopf hing. Der Schultag war fast überstanden.

Draußen war der Himmel grau und es wurde immer dunkler. Ich fragte mich, ob es für Schnee wohl schon kalt genug sei. Hoffentlich nicht. Mir fiel ein, dass ich irgendwo meine roten Wollhandschuhe verloren hatte und gerade nicht genug Geld hatte, um mir neue zu kaufen.

Als Mr Northwood seinen kleinen Kassettenrekorder ausschaltete und in der Tasche verschwinden ließ, richtete ich mich auf und fing schon an, meine Schulsachen in den Rucksack zu packen.

„Unterricht beendet", verkündete er mit monotoner, dünner Stimme.

Ich sprang auf und zog meinen weißen Pullover zurecht. Den Rucksack ließ ich auf dem Boden stehen. Ich sagte Margaret, dass sie auf dem Flur warten sollte, und ging nach vorne ans Lehrerpult.

Ich musste Mr Northwood noch etwas über eine Hausarbeit fragen, die ich gerade schrieb.

Als ich nach vorne ging, sah ich, dass Dennis schon vor dem Pult stand. Mr Northwood sagte gerade etwas zu ihm und Dennis reagierte wütend darauf.

Eine heftige Auseinandersetzung begann.

Mittlerweile hatte sich das Klassenzimmer geleert. Ich trat ein paar Schritte zurück und lehnte mich abwartend an die Wand.

„Ich habe Ihnen doch gesagt, warum ich die Zwischenprüfung nicht machen kann!", schrie Dennis schrill und fuchtelte wild mit den Händen in der Luft herum. Sogar vom anderen Ende des Raums aus konnte ich sehen, dass seine grünen Augen wütend blitzten. Er war sehr aufgebracht.

„Im Februar ist meine Familie immer auf den Bahamas", sagte Dennis und verschränkte die Arme vor seiner Brust. „Was soll ich denn tun, Mr Northwood? Etwa zu Hause bleiben, damit ich Ihre Klausur mitschreiben kann?"

Mr Northwood schüttelte den Kopf. Die Furchen in seinem Gesicht schienen sich zu vertiefen. „Dann wünsche ich dir eine gute Reise", sagte er trocken. „Und schreib mir eine Postkarte, Dennis."

„Ich verstehe einfach nicht, warum Sie mich nicht nachschreiben lassen", sagte Dennis hartnäckig und beugte sich herausfordernd über das Lehrerpult. „Oder mir stattdessen eine besondere Hausarbeit geben."

Mr Northwood schüttelte wieder den Kopf. Sein Mund formte lautlos das Wort *nein*.

„Warum nicht?", beharrte Dennis.

„Weil es deinen Klassenkameraden gegenüber unfair wäre", erwiderte der Lehrer gelassen. Dann begann er, seine Bücher und Unterlagen einzusammeln.

Es war mir peinlich, das Gespräch mitzuhören. Schließlich wollte ich nicht, dass Dennis glaubte, ich würde ihn absichtlich belauschen.

Doch ich glaube, in seiner Wut merkte er gar nicht, dass ich noch im Klassenzimmer war. Und ich musste dringend mit Mr Northwood wegen meiner Hausarbeit sprechen.

Also blieb ich an die Wand gelehnt stehen und dachte insgeheim darüber nach, wie toll Dennis aussah. Und ich stellte mir vor, wie es wohl wäre, seine Freundin zu sein. Dabei hörte ich, wie die Auseinandersetzung immer heftiger wurde.

„Ist Ihnen klar, was passiert, wenn ich eine Sechs kriege?", brüllte Dennis. Er wartete Mr Northwoods Antwort nicht ab. „Dann fliege ich aus dem Leichtathletikteam!"

„Das tut mir wirklich leid", erwiderte Mr Northwood. Je lauter Dennis schrie, desto leiser wurde seine Stimme. „Ehrlich, Dennis."

„Aber alle anderen Lehrer machen eine Ausnahme!", stieß Dennis zornig aus. „Sie wissen, dass ich dieses Jahr auf bundesweiter Ebene dabei sein werde. Sie wissen, dass ich wahrscheinlich sogar für die Olympischen Spiele getestet werde. Vielleicht wird aus mir mal ein Profisportler, Mr Northwood! Das kann gut sein."

„Ich hoffe es für dich", gab Mr Northwood zurück.

Dann wandte er den Kopf ab und warf einen Blick auf die Wanduhr.

„Na toll! Dann lassen Sie mich nachschreiben. Machen Sie eine Ausnahme, okay?", flehte Dennis und starrte den Lehrer hartnäckig an.

„Meiner Meinung nach machen die Leute für dich schon viel zu viele Ausnahmen", erwiderte der Lehrer leise. Er begann, seine Bücher in seinen alten Aktenkoffer zu stecken. Nach einer kurzen Weile hielt er inne und hob den Blick. „Nenne mir einen guten Grund, warum ich bei dir eine Ausnahme machen sollte."

„Weil ich Sie darum gebeten habe!", gab Dennis wie aus der Pistole geschossen zurück.

Plötzlich wurde es dunkler im Klassenzimmer. Sturmwolken zogen über den Himmel. Eine der Neonröhren an der Decke begann zu flackern.

„Unsere Diskussion ist beendet. Ich mache keine Ausnahme", sagte Mr Northwood zu Dennis und klappte seinen Aktenkoffer zu.

Wortlos starrte Dennis ihn an. Er machte den Mund auf, ohne etwas zu sagen. Dann riss er entgeistert die Arme hoch. „Ich … ich glaube es einfach nicht!", brüllte er unbeherrscht.

In dem Augenblick rief mich jemand.

Ich drehte mich zur Tür und sah, dass Margaret mich zu sich winkte.

Während ich zu ihr ging, hörte ich Dennis weiter herumschreien.

„Was ist los, Margaret?", flüsterte ich und stellte mich in den Türrahmen.

Dann hörte ich ein dumpfes Geräusch.

Mr Northwood stieß einen Schrei aus.

Eine düstere Vorahnung überkam mich.

Ohne mich umzudrehen, wusste ich, dass Dennis Mr Northwood zu Boden geschlagen hatte.

3

Vor Schreck hielt ich den Atem an und wandte mich schnell wieder dem Klassenzimmer zu.

Voller Erleichterung sah ich, dass Dennis Mr Northwood doch nicht geschlagen hatte. Er hatte nur ein dickes Schulbuch auf den Boden geschleudert.

Bisher war Mr Northwood ruhig und gelassen gewesen, doch jetzt verlor er die Beherrschung. Er wurde ganz weiß im Gesicht und zeigte mit zitterndem Finger auf Dennis. Dann brüllte er herum, dass man mit Schuleigentum vorsichtig und verantwortungsbewusst umgehen müsste.

Dennis wirkte wie betäubt. Ich glaube, er war wütend über sich selbst, weil er so ausgerastet war. Er atmete schwer und starrte Mr Northwood an. Während der Lehrer ihn weiter anschrie, ballte er immer wieder die Fäuste.

„Was passiert denn hier?", flüsterte Margaret ängstlich und schaute verstohlen ins Klassenzimmer.

„Der Dritte Weltkrieg ist ausgebrochen", flüsterte ich zurück. Ich hob meinen Rucksack auf und schlich mich aus dem Zimmer.

„Und wer wird der Sieger sein?", fragte Margaret, als ich bei ihr auf dem leeren Flur stand.

„Ich glaube, Mr Northwood", antwortete ich und ging über den Flur zu meinem Spind.

Ich hörte, wie Dennis und Mr Northwood sich immer noch laut im Klassenzimmer stritten. Meine Knie zitterten. „Warum rege ich mich auf?", fragte ich mich. „Schließlich geht es ja gar nicht um mich!"

„Niemand hat mich im Februar auf die Bahamas eingeladen", dachte ich verbittert. „Warum sollte es mir wichtig sein, ob Dennis den Test nachholen darf oder nicht?"

„Ich bin spät dran", sagte Margaret und rückte ihren Rucksack über ihrer roten Daunenjacke zurecht. „Meine Schicht im Café fängt gleich an." Margaret kellnerte jeden Tag nach Schulschluss ein paar Stunden in *Alma's Coffeeshop*. „Ich wollte bloß fragen, ob du heute Abend zum Essen kommen möchtest."

„Warum nicht", sagte ich, während ich das Kombinationsschloss an meinem Spind drehte und die Tür aufzog. „Meine Mutter kommt heute erst nach neun nach Hause. Danke, Margaret."

„Also bis dann", rief sie und rannte mit fliegendem rotem Haar davon.

Ich bückte mich und begann, Bücher aus dem Spind zu nehmen und in meinen Rucksack zu stopfen. Ein paar Sekunden später hörte ich, wie Dennis wütend aus dem Klassenzimmer stapfte.

Während er über den Flur lief, schüttelte er den Kopf und murmelte in sich hinein. „Ich könnte den Typen echt umbringen", sagte er atemlos zu mir, als er die Spinde erreicht hatte. „Ganz im Ernst."

Ich lachte. Ich wusste nicht, was ich sonst tun sollte.

Mein Herz fing an zu klopfen. Ich meine, Dennis' Spind war zwar fast direkt neben meinem, aber bisher hatte er noch nie was zu mir gesagt.

Ich stand auf und versuchte, ihn aufmunternd anzulächeln. Ich glaube nicht, dass er es bemerkt hat. Er schlug mit der Faust gegen die Tür seines Spinds. Der Schlag hallte blechern durch den Flur.

„Au", sagte ich. „Hat das nicht wehgetan?"

„Doch", gab Dennis zu und grinste mich an. „Sogar ziemlich. Blöd von mir, oder?"

„Na ja …" Mir fiel keine coole Antwort ein. Mein Mund war ganz trocken. Dennis sah einfach zu gut aus. Wahrscheinlich war ich schon lange in ihn verknallt gewesen, doch bisher hatte ich mir nicht erlaubt, darüber nachzudenken.

„Ich hasse den Typen", knurrte Dennis und bewegte vorsichtig seine schmerzende Hand.

„Er ist nicht besonders fair zu dir", sagte ich.

„Er ist ein fieser Hund", erwiderte Dennis wütend. „Ein gemeiner Mistkerl." Seine grünen Augen schauten mir direkt ins Gesicht. Es schien, als würde er mich zum allerersten Mal wahrnehmen.

„Ich könnte ihn echt umbringen", wiederholte Dennis leise. Dann wandte er sich von mir ab und fummelte an seinem Kombinationsschloss herum. „Und weißt du wie?"

„Wie denn?", fragte ich neugierig.

„Ich weiß auch nicht", meinte Dennis mit düsterer Miene.

„Hm, lass mich mal überlegen", sagte ich und dachte fieberhaft nach. „Du könntest ihm seinen kleinen Kassettenrekorder ans Ohr kleben und ihn zwingen, sich alle Unterrichtsstunden anzuhören, die er gegeben hat. Das würde ihn zu Tode *langweilen*." Ich kicherte.

Doch das brachte Dennis nicht zum Lächeln. „Nicht schmerzhaft genug", knurrte er und zog an der Tür seines Spinds, doch sie klemmte. Er stöhnte frustriert und fing wieder damit an, wütend am Schloss herumzudrehen.

Plötzlich hielt er inne und wandte sich zu mir. „Ich würde ihn gern in den Aktenkoffer stopfen, den er immer dabeihat", sagte er. „Und den Koffer dann abschließen und in den Müll werfen."

„Er ist zu groß", gab ich zu bedenken. „Er würde nicht reinpassen."

„Ich würde ihn vorher zusammenfalten", erwiderte Dennis. „Es würde mir echt Spaß machen, ihn zusammenzufalten."

„Igitt!" Angeekelt verzog ich das Gesicht. „Du bist ja krank."

„Nein, bloß stinksauer", seufzte Dennis. „Er wird mein Leben ruinieren. Wirklich!"

„Na ja, vielleicht solltest du ihn einfach erschießen", scherzte ich.

„Das macht nicht halb so viel Spaß, wie ihn zuerst zusammenzufalten." Dennis lächelte nicht. Ich starrte ihn an und versuchte herauszufinden, wie ernst er das meinte. Schließlich wusste ich, dass er nicht *wirklich* ernsthaft daran denken konnte, Mr Northwood umzubringen.

„Du könntest ihn auch erst zusammenfalten und dann erschießen", schlug ich vor.

Seine Augen fingen an zu strahlen.

„Ich glaube, Dennis mag mich", dachte ich. „Er sieht mich ständig so seltsam an."

„Ich könnte ihn zusammenfalten, erschießen und dann *ertränken*!", rief er.

„Du könntest ihn zusammenfalten, erschießen, ertränken und dann *aufknüpfen*!", fügte ich hinzu. Das Spiel fing an, mir Spaß zu machen.

Jetzt lachte Dennis.

„Hey, ich hab ihn zum Lachen gebracht!", jubelte ich innerlich.

Doch meine Hochstimmung verschwand schlagartig, als ich Mr Northwood erblickte, der im Türrahmen des Klassenzimmers stand und zu uns herüberstarrte.

„Oh Gott!", dachte ich und spürte, wie mir das Herz bis zum Hals schlug.

Wie lange hatte er dort schon gestanden?

Hatte er etwa alles gehört?

4

Böse funkelte Mr Northwood uns an.

Ich stieß einen erstickten Schrei aus. Ich war sicher, dass er unsere Unterhaltung gehört hatte. Mein Gesicht wurde ganz heiß. Ich wusste, dass ich knallrot anlief.

Doch dann wandte Mr Northwood sich schweigend um und ging in die entgegengesetzte Richtung davon.

Wie betäubt blieb ich stehen und sah zu, wie sein Kopf und seine Schultern auf und ab wippten, während er sich mit langen Schritten entfernte. Ich hielt den Atem an, bis er außer Sichtweite war.

„Ich muss nett zu ihm sein", flüsterte ich Dennis zu. „Er wohnt direkt neben mir. In der Fear Street."

Dennis sah mich mit offenem Mund an. „Was? Du wohnst direkt neben Northwood?"

Ich nickte. „Kannst du es glauben? Ich sehe ihn ständig. Er hängt dauernd in seinem Garten herum, sogar im Winter. Es ist … es ist, als hätte man einen Spitzel aus der Schule als Nachbarn. Ich habe immer das Gefühl, von ihm beobachtet zu werden. Klar weiß ich, dass das nicht sein kann. Aber trotzdem …"

Ich merkte, dass ich ins Schwafeln geriet. Wahrscheinlich war ich einfach zu erleichtert darüber, dass Mr Northwood unsere teuflischen Pläne, wie wir ihn um die Ecke bringen könnten, nicht gehört hatte.

Und außerdem fühlte es sich gut an, sich Dennis anzuvertrauen.

175

Normalerweise bin ich Jungs gegenüber eher schüchtern. Aber plötzlich hatte ich das Gefühl, offen mit Dennis reden zu können. Es war, als hätten wir dieselbe Wellenlänge.

„Northwoods Nachbarin. Seltsam", murmelte Dennis, während er den Reißverschluss seiner graubraunen Schuljacke hochzog. „Echt seltsam." Krachend schlug er die Tür seines Spinds zu und schulterte seinen Rucksack.

„Es ist schon seltsam genug, in der Fear Street zu wohnen", murmelte ich.

Er kicherte. „Glaubst du diese Geschichten etwa? Die Gerüchte über Gespenster und unheimliche Gestalten, die sich in der Fear Street herumtreiben sollen?"

„Mr Northwood ist die unheimlichste Gestalt, die ich jemals dort gesehen habe!", witzelte ich.

Wir lachten beide.

Jetzt gingen wir nebeneinander auf den Ausgang zu, der zum Parkplatz führte. Ein paarmal berührten sich sogar unsere Schultern.

Es war ein kribbelndes Gefühl für mich. Sehr aufregend.

„Dennis ist echt ein Supertyp", dachte ich mit wildem Herzklopfen. „Er sieht so gut aus mit dem schwarzen Haar über der breiten Stirn und den funkelnden grünen Augen."

Ich muss zugeben, dass es toll war, mit einem der beliebtesten Jungs den Flur der Schule entlangzugehen. Plötzlich wünschte ich mir, dass der Gang nicht leer wäre. Es wäre mir viel lieber gewesen, wenn alle mitgekriegt hätten, dass Dennis und ich zusammen die Schule verließen.

Wir traten aus dem Gebäude hinaus in den düsteren grauen Nachmittag. Die Luft war feucht und schwer.

Dennis betrachtete die tief hängenden Wolken. „Sieht nach Schnee aus. Ich bin froh, dass der Coach das Training für heute abgesagt hat." Er steuerte den Parkplatz an und ich folgte ihm.

„Vielleicht trinkt er noch eine Cola mit mir", dachte ich hoffnungsvoll.

Vor meinen träumerischen Augen tauchte folgendes Bild auf: Dennis und ich sitzen uns in einem Café in einer Nische gegenüber, halten Händchen und schauen uns tief in die Augen.

Was für ein Wunschbild!

Ich holte tief Luft und nahm all meinen Mut zusammen, um ihn zu fragen, ob er noch Lust auf eine Cola hätte. „Äh … Dennis …?"

Als ich sah, in welche Richtung Dennis ging, brach ich jedoch ab.

Er lief direkt auf das kleine rote Auto zu, das am Parkplatzausgang mit laufendem Motor wartete.

Auf Carols kleinen roten Zweisitzer.

Ich konnte sie hinter dem Steuer erkennen. Sie lächelte und winkte Dennis zu, während wir uns dem Wagen näherten.

Schließlich drehte Dennis sich zu mir um. „Sorry", sagte er. „Ich würde dir ja gern anbieten, dich nach Hause zu fahren, aber es ist leider kein Platz mehr." Er zuckte die Schultern und ging zur Beifahrertür, um einzusteigen.

„Das macht nichts, Dennis", erwiderte ich mit einem teuflischen Grinsen. „Ich werde schon genügend Platz schaffen."

Ich riss die Fahrertür auf und packte Carol mit einer Hand am Arm. „Raus hier", befahl ich ihr.

„Spinnst du?" Carols dunkle Augen weiteten sich vor Schreck. „Was?"

„Verschwinde!", schrie ich.

Ich umklammerte ihren Arm noch fester. Dann griff ich mit der anderen Hand in ihr dunkelbraunes Haar und packte ein dickes Büschel.

Sie wehrte sich, als ich anfing, an ihren Haaren zu zerren.

Doch ich war zu stark für sie.

Ich zog sie an den Haaren aus dem Auto, stieß sie zu Boden und verpasste ihr einen so heftigen Fußtritt, dass sie bewusstlos wurde.

Dann setzte ich mich ans Steuer, schlug die Autotür zu und fuhr mit Dennis an meiner Seite davon.

Er starrte mich voller Staunen und Bewunderung an.

5

Danach wurde Dennis klar, dass wir zusammengehörten. Er ließ Carol wie eine heiße Kartoffel fallen und wir lebten glücklich und zufrieden bis ans Ende unserer Tage.

Könnt ihr das glauben?

Nie im Leben.

Natürlich zerrte ich Carol nicht wirklich aus ihrem Auto heraus.

Natürlich spielte sich diese kleine wilde Szene nur in meinem Kopf ab.

In Wirklichkeit stand ich da und schaute zu, während Dennis in das Auto stieg. Carol tat so, als würde ich nicht existieren.

Dann fuhr sie mit Dennis weg. Dennis drehte sich noch nicht einmal um.

Und ich blieb allein zurück. Nur in meiner Fantasie rächte ich mich an Carol.

Warum habe ich bloß solche gewalttätigen Tagträume?

Warum stelle ich mir dauernd vor, ich würde anderen einen Kinnhaken verpassen und sie Treppen oder Felsvorsprünge hinunterstoßen?

Warum male ich mir ständig aus, wie ich die allerschrecklichsten Schandtaten begehe?

Wahrscheinlich, weil ich im wahren Leben so ein erbärmlicher Feigling bin.

Eine Woche später blieb im Geschichtsunterricht ein Stuhl frei. Dennis war mit seiner Familie auf die Bahamas gereist.

„Armer Dennis", dachte ich verbittert. „Er versäumt morgen die Zwischenprüfung. Das wird hart für ihn, wenn Mr Northwood seine Meinung nicht ändert."

Ich saß in der hintersten Reihe neben Melody. Sie hielt einen Taschenspiegel hoch und bürstete ihr perfektes blondes Haar.

Ich hatte das ganze Schuljahr über neben Melody gesessen und dennoch hatte sie kaum zwei Worte mit mir geredet. Jeden Nachmittag setzte sie sich auf ihren Stuhl, legte ihr Heft auf den Tisch und kämmte sich das Haar.

Was für eine arrogante Zicke! Melody war immer perfekt gestylt. Sie trug französische Designer-Jeans, die stets frisch aus der Reinigung kamen. Und auch fast all ihre T-Shirts und Pullover waren von irgendwelchen teuren Marken.

Einmal sah ich, wie sie sich weiße Socken für den Sportunterricht anzog, und sogar ihre *Socken* waren von einem Designer! Designer-Tennissocken!

Melody hatte einen perfekten kleinen Kussmund, eine perfekte kleine Stupsnase und eine perfekte reine Haut. Alle Jungs standen voll auf sie. Ich hielt sie nur für eine eingebildete Kuh.

Jedenfalls saßen wir an diesem trüben grauen Nachmittag in der hintersten Reihe. Ich dachte an Dennis. Wahrscheinlich war er in diesem Augenblick bei strahlendem Sonnenschein am Strand und schwamm im glitzernd blauen Meer.

Vorne im Klassenzimmer schaltete Mr Northwood seinen kleinen Kassettenrekorder an und stellte ihn auf die Ecke seines Pults. „Wisst ihr, warum ich den Unterricht aufnehme?", fragte er. „Weil ich ihn mir hinterher noch mal zu Hause anhöre."

Dann räusperte er sich und sein großer Adamsapfel hüpfte unter dem grauen Rollkragenpullover auf und ab. „Durch die Kassetten kann ich mir merken, worüber wir im Unterricht gesprochen haben", fuhr er mit dünner, hoher Stimme fort. „Zu Hause nehme ich mich auch manchmal auf. So was kann sehr lehrreich sein."

Melody blickte von ihrem Spiegel auf. „Hat er zu Hause nichts Besseres zu tun?", fragte sie leise.

Mehrere Mitschüler kicherten.

Mr Northwood wandte sich in ihre Richtung. „Das habe ich gehört, Melody."

Trotzig starrte Melody ihn an.

Ich an ihrer Stelle wäre knallrot geworden und kleinlaut auf meinem Sitz zusammengeschrumpft. Ich hätte richtig Angst vor seiner Reaktion gehabt.

Doch Melody starrte ihn bloß wortlos an, als wollte sie ihn herausfordern.

„Melody, ich möchte dich nach dem Unterricht sprechen", sagte Mr Northwood streng und kratzte sich an seiner stoppeligen Wange. „Wir müssen uns dringend unterhalten."

„Ich habe keine Zeit", gab Melody eiskalt zurück.

Mr Northwood richtete seine wässrigen blauen Augen auf sie. „Was hast du gerade gesagt? Ich habe dich wohl nicht richtig verstanden."

„Ich habe keine Zeit", wiederholte Melody. „Ich habe nach der Schule eine Tennisstunde."

Der Lehrer trommelte mit seinen langen knochigen Fingern auf dem Tisch herum. „Ich befürchte, du wirst deine Tennisstunde heute verschieben müssen", sagte er ruhig.

„Ich glaube nicht, dass ich das tun werde!", murmelte Melody trotzig.

Und sobald der Unterricht zu Ende war, sprang sie tatsächlich auf und rannte, ohne sich noch einmal nach Mr Northwood umzudrehen, zur Tür hinaus, um rechtzeitig zur Tennisstunde zu kommen.

„Wow", dachte ich bewundernd. „Die hat Nerven."

Wenn Mr Northwood *mich* aufgefordert hätte, nach dem Unterricht zu bleiben, wäre ich bestimmt dageblieben, egal was ich dadurch versäumen würde. Ich hätte viel zu viel Angst vor ihm gehabt.

Doch Melody lief einfach davon.

Ich mochte Melody nicht. Ich hatte sie noch nie gemocht. Aber ich stellte erstaunt fest, dass ich mir wünschte, so cool wie sie zu sein.

Ich stand auf und sammelte meine Bücher und Hefte ein. Ein paar Schüler gingen hinaus zu ihren Spinden. Zack und Carol standen jedoch noch vor dem Lehrerpult und redeten auf Mr Northwood ein.

Dann sah ich Mr Northwoods wütenden Gesichtsausdruck. „Es ist mir egal, wie viele Banken Melodys Vater leitet", sagte er aufgebracht. „Für mich ist sie nur eine Schülerin wie alle anderen!"

Zack und Carol lachten.

Erbost kam Mr Northwood einen Schritt auf sie zu.

„Was findet ihr beide so lustig?", fragte er wütend. „Wollt ihr vielleicht noch eine Stunde nachsitzen und es mit mir ausdiskutieren?"

Nach dem Abendessen, das aus einem Erdnussbutter-sandwich und einer kleinen Tüte Kartoffelchips be-stand, saß ich im Schneidersitz auf dem Fußboden meines Zimmers und telefonierte mit Margaret.

Meine Hausaufgaben waren auf dem Schreibtisch ausgebreitet, aber ich hatte überhaupt keine Lust, da-mit anzufangen.

Ich fühlte mich etwas seltsam und nervös. Manch-mal graute es mir, ganz allein in unserem alten Haus in der Fear Street zu sein. Vor allem wenn es draußen so ungemütlich war. Der Wind heulte, zerrte an dem alten Fenster und brachte die Scheibe zum Klirren. Immer wieder spürte ich einen eiskalten Luftzug im Nacken.

„Ich muss dauernd an Dennis denken", sagte ich zu Margaret. „Du weißt schon. Der lässt es sich jetzt auf den Bahamas gut gehen, während wir hier fast erfrie-ren."

„Ja", erwiderte Margaret und seufzte. „Wir dürfen uns nichts vormachen, Johanna. Unser Leben ist ganz schön langweilig. Ich meine, für mich ist es doch schon aufregend, wenn ich im Café einen ganzen Dollar Trinkgeld bekomme."

„Eigentlich müsste ich jetzt an meiner Geschichts-arbeit sitzen", murmelte ich und gähnte.

„Also Mr Northwood wird echt immer durchge-knallter", meinte Margaret. „Jetzt macht er alle fertig."

„Nicht alle", korrigierte ich sie.

„Wie meinst du das?", fragte sie.

„Hast du denn nicht gemerkt, dass er es nur auf Dennis und seine Freunde abgesehen hat? Du weißt schon, die Leute aus North Hills. Alle, die letzte Woche auch im Supermarkt waren."

Margaret schwieg einen Augenblick. „Na ja", sagte sie schließlich, „wenn er nur auf den reichen Schülern herumhackt, dann haben wir beide ja nichts zu befürchten!"

Ich kicherte. „Stimmt. Ich glaube, wir werden seine besten Schüler werden."

„Verstehst du, warum Mr Northwood so sauer auf die anderen ist?"

Ich wollte antworten, doch etwas ließ mich aufhorchen.

Ich hörte, wie eine Autotür zugeschlagen wurde. Dann klirrte irgendwo etwas.

Zerbrochenes Glas? Eine eingeschlagene Fensterscheibe?

„Margaret, ich muss runter!", schrie ich in den Hörer. „Ich … ich glaube, jemand will hier einbrechen!"

6

Als ich aufsprang und ans Fenster rannte, spürte ich, wie mir ein kalter Schauer über den Rücken lief. Ob das Klirren wohl von einem Fenster auf der Vorderseite des Hauses gekommen war?

Ich starrte hinunter in unseren Vorgarten. Auf unserer Seite der Fear Street standen keine Straßenlaternen. Doch das Licht über unserer Veranda brannte und warf einen schwachen gelben Lichtkegel auf den Eingangsbereich.

Ich drückte die Stirn an die kalte Fensterscheibe und schaute angestrengt hinunter. Niemand war auf der Türschwelle oder vor dem Haus zu sehen. Keiner im Vorgarten.

Doch dann nahm ich huschende dunkle Schatten wahr. Sie waren auf Mr Northwoods Auffahrt. Am Straßenrand parkte ein Auto und ich sah drei oder vier Jugendliche, die sich hinter Mr Northwoods alten Chevy duckten.

Erst erkannte ich Zack. Dann Melody und Carol. Und schließlich sah ich Lannys blonden Haarschopf. Tatsächlich. Da unten kauerten vier meiner Mitschüler hinter dem Wagen meines Nachbarn.

„Was ist da los?", wunderte ich mich. „Was haben sie vor?"

Plötzlich hatte ich eine Vision, wie sie Mr Northwoods Haus anzünden und dann mit dem Auto davonrasen würden.

Aber das war zu viel. So was würden sie nicht tun. Doch was hatten sie vor?

Schnell holte ich einen dicken Pullover aus dem Schrank, zog ihn an und eilte die Treppe hinunter. Dann rannte ich durch die Kälte zu ihnen.

„Hey!", stieß Zack verblüfft aus. „Johanna? Was machst *du* denn hier?"

Alle vier starrten mich an, als wäre ich von einem anderen Stern.

„Ich wohne hier", sagte ich und kauerte mich neben Melody hinter Mr Northwoods Auto. Mit einer kurzen Handbewegung zeigte ich auf unser Haus. Ich hatte die Haustür weit offen gelassen. Bestimmt würde es drinnen eiskalt werden, doch ich wollte nicht zurücklaufen. Ich war viel zu neugierig, was hier draußen passierte.

„Du wohnst neben Mr Northwood?", fragte Melody. Das war mehr, als sie je zuvor mit mir geredet hatte.

„Ja", sagte ich und nickte. „Toll, oder?"

„Ich finde es hier total gruselig", jammerte Carol.

Zack trug eine Wollmütze. Jetzt zog er sie sich so tief in die Stirn, bis sie fast seine blaue Sonnenbrille verdeckte. „Northwood passt in die Fear Street", murmelte er. „Zu all den anderen gespenstischen Gestalten."

Wahrscheinlich hätte ich wegen dieser doofen Bemerkung beleidigt sein sollen. Doch ich war viel zu aufgeregt, um Zack zu widersprechen.

Außerdem brannte ich darauf zu erfahren, warum die vier von North Hills hergefahren waren. Wollten sie unserem geliebten Geschichtslehrer einen nächtlichen Besuch abstatten?

Ich hatte das dumpfe Gefühl, dass sie wahrscheinlich nicht gekommen waren, um ihm einen Blumenstrauß zu überreichen.

„Beeilt euch", drängte Melody die anderen und klatschte ungeduldig ihre Lederhandschuhe gegeneinander. „Ich friere und es ist spät. Und ihr macht genug Lärm, um die Toten auf dem Friedhof aufzuwecken." Sie zeigte in Richtung des Friedhofs, der ungefähr anderthalb Blöcke weit entfernt war.

„Es brennt kein Licht", flüsterte Lanny und starrte auf das zweistöckige Steinhaus, das völlig in Dunkelheit getaucht war. „Er schläft schon."

„Am liebsten würde *ich* ihm die Lichter ausblasen", murmelte Zack.

„Was habt ihr vor?", fragte ich.

Lanny hob bedeutungsvoll den Zeigefinger an seine Lippen. „Du hast uns nicht gesehen, Johanna", sagte er mit ernster Miene.

Dann drehte Zack sich zu mir um. Mit der dunklen Sonnenbrille und der Mütze, die er sich tief in die Stirn gezogen hatte, wirkte er irgendwie unheimlich. „Schwöre, dass du Northwood nichts sagen wirst."

„Okay, okay", antwortete ich ungeduldig. „Ich bin doch keine Petze!"

„Na ja, er ist immerhin dein Nachbar", sagte Melody herablassend. „Vielleicht willst du dich bei ihm beliebt machen, indem du uns verrätst."

„Niemals", widersprach ich.

Ich war ziemlich aufgeregt und hatte gleichzeitig

ein wenig Angst. Außerdem wollte ich einfach nur von ihnen akzeptiert werden, um in gewisser Weise dazuzugehören.

Deswegen verletzte mich Melodys kalte Bemerkung besonders. Sie zeigte mir ganz deutlich, dass sie mir nicht über den Weg traute.

Ich fragte mich, ob die anderen genauso dachten.

„Wahrscheinlich", sagte ich unglücklich zu mir selbst. „Vielleicht sollte ich einfach zurück ins Haus gehen und sie ihren doofen Streich allein machen lassen, was immer es auch ist."

„Mir ist kalt", beschwerte sich Carol und verschränkte die Arme. „Ich setz mich wieder ins Auto." Sie überquerte die Straße. Im schwachen Lichtschein sah ich, dass das Auto ein dunkler Mercedes war.

„Memme!", rief Zack ihr hinterher.

„Verdammt, sei leise!", wies Melody ihn zurecht.

Zack wandte sich Lanny zu. „Los, mach schon. Ich wette, du traust dich nicht!", flüsterte er.

„Du glaubst, ich trau mich nicht? Hey, ich wette, dass *du* dich nicht traust!", gab Lanny sofort zurück.

„Ich hab dich zuerst herausgefordert", erwiderte Zack. „Komm schon, Mann. Eine Wette ist eine Wette. Du musst sie annehmen. Das sind die Regeln."

„Ist ja schon gut", sagte Lanny. Vorsichtig schlich er um Mr Northwoods Auto. Er hatte eine braune Papiertüte in seiner Hand.

„Was ist da drin?", fragte ich Zack flüsternd.

„Sand", antwortete er, ohne die Augen von Lanny abzuwenden.

Wir alle kauerten hinter dem Wagen und beobachteten, wie Lanny die Klappe des Benzintanks öffnete und die Tankkappe aufdrehte. Dann schüttete er den Sand in Mr Northwoods Tank.

Zack und Melody lachten hämisch, als Lanny die Tüte zusammenknüllte und sie auf den Rasen warf.

„Ist das alles?", flüsterte Melody. „Können wir jetzt gehen?"

„Wartet", sagte Zack. In seiner Hand blitzte etwas auf. Nach ein paar Sekunden erkannte ich, dass es eine Messerklinge war.

„Ohne mein Taschenmesser gehe ich nirgendwohin", flüsterte er und zwinkerte mir zu.

Das Messer jagte mir Angst ein. Was wollte er damit machen?

„Ich finde, Mr Northwoods Auto sollte eine persönliche Note bekommen", sagte Zack und grinste. „Ihr wisst schon, mit Autogramm." Er ließ die Klinge über den hinteren Kotflügel gleiten.

„Wessen Namen willst du einritzen?", wollte Lanny wissen.

„Warum nicht gleich *all* unsere Namen?", schlug Melody genervt vor. „Dann weiß Northwood wenigstens, wem er in diesem Halbjahr eine Eins geben soll."

Wütend drehte Zack sich zu Melody um. „Hey, glaubst du, ich bin bescheuert?"

„Also dann? Wessen Namen?", fragte Lanny wieder.

„Den Namen von Mr Northwoods absolutem Liebling", antwortete Zack mit einem gemeinen Grinsen auf dem Gesicht. „Wetten, ich trau mich?"

„Okay, die Wette gilt", antwortete Lanny.

Zack beugte sich über das Auto und fing an, fette Blockbuchstaben in den Lack zu kratzen.

Aufgeregt trat ich näher, um zu sehen, welchen Namen er in den Kotflügel ritzte.

D–E–N–N–

Er hatte gerade mit dem nächsten Buchstaben begonnen, als Mr Northwoods Verandaleuchte anging.

„Weg hier!", schrie Melody erschrocken. Panisch rannte sie über die Straße auf das Auto zu.

Zack und Lanny folgten ihr dicht auf den Fersen.

„Los! Wir müssen abhauen!", rief Lanny.

Ich sah, wie die beiden Jungen auf die Rückbank des Autos stürzten, während Melody sich hinter das Steuer setzte. Die hintere Tür des Mercedes stand noch offen, als das Auto mit heulendem Motor davonraste.

Ich blieb hinter Mr Northwoods Wagen stehen. Mein Herz klopfte so heftig, dass ich das Gefühl hatte, mein Brustkörper würde gleich explodieren.

„Ich muss auch von hier verschwinden!", wurde mir blitzartig klar.

Ich lief gerade mitten durch unseren Vorgarten und meine Turnschuhe schlitterten über das vereiste Gras, als Mr Northwood auf seiner Türschwelle auftauchte.

„Johanna, was machst du denn hier?", rief er.

7

Erstarrt blieb ich mitten auf unserem Rasen stehen.

„Johanna, was ist hier los?", fragte Mr Northwood aufgebracht.

Er trug einen grauen Rollkragenpullover und eine schlabberige dunkle Cordhose. Die grauen Haare standen fast senkrecht von seinem Kopf ab.

Ich warf einen Blick auf meine Haustür, die weit offen stand. Warum war ich nicht weggerannt, als die anderen sich davongemacht hatten?

Warum hatte ich erst so spät reagiert?

Mr Northwood kam mit langen eiligen Schritten auf mich zu. Sein Atem stieg in kleinen Wolken vor ihm auf. „Johanna?"

„Ich … äh …" Ich bin keine gute Lügnerin. Und auch keine Schnelldenkerin. Doch mir war klar, dass ich mir dringend *irgendwas* einfallen lassen musste.

„Ich … ich habe ein Geräusch gehört", stammelte ich und bemühte mich, ruhig und echt zu klingen. „Stimmen. Ich dachte, dass jemand einbrechen will oder so. Deswegen bin ich rausgegangen …"

„Klingt ziemlich unglaubwürdig", dachte ich.

Ich starrte in seine Augen und versuchte zu sehen, ob er mir meine Geschichte abnahm.

„Ich habe gesehen, wer es war", erwiderte Mr Northwood mit gerunzelter Stirn und strengem Blick.

Das Herz rutschte mir in die Hose und ich merkte, dass mein Gesicht ganz heiß wurde.

Ein starker, eiskalter Windstoß erfasste mich. Ich spürte die Kälte sogar durch meinen dicken Pullover. Irgendwo am anderen Ende des Straßenblocks stürzte krachend eine Mülltonne um.

„Seit wann treibst du dich mit dieser Bande herum, Johanna?", fragte Mr Northwood streng. Er kam mir so nahe, dass ich seinen Zwiebelatem riechen konnte.

„Das … das tue ich nicht", erwiderte ich und wich seinem harten Blick aus. „Ich hab bloß Stimmen gehört, das war alles. Ich bin rausgegangen und dann habe ich versucht, sie zu überreden, dass sie verschwinden sollten."

„Ob er mir das glaubt?", fragte ich mich.

Mann, war ich wütend, weil mir keine bessere Ausrede einfiel!

Mr Northwood wandte sich ohne ein weiteres Wort von mir ab. Er steckte die Hände in die Hosentaschen und schlurfte gebückt zu seinem Auto.

Ich hoffte verzweifelt, dass es zu dunkel war, um die Buchstaben zu sehen, die Lanny in den hinteren Kotflügel gekratzt hatte.

Aber dann sah ich, wie Mr Northwood sich vorbeugte und mit der Hand über den Lack strich. Seine Miene veränderte sich zwar nicht, doch er starrte eine ganze Weile auf die Kratzer.

Dann sagte er etwas mit leiser Stimme. Sie war so leise, dass ich seine Worte im tosenden Wind kaum verstehen konnte. „Ich werde die Polizei rufen", sagte er.

8

Mein Herz klopfte wie wild. Ich rannte ins Haus zurück und schlug die Tür hinter mir zu. Ich zitterte am ganzen Körper, nicht wegen der Kälte.

Ich lehnte mich an das Treppengeländer und wartete, bis ich wieder ruhig atmen konnte. Dann rieb ich mir die Arme, um das Frösteln zu vertreiben.

Würde die Polizei in wenigen Minuten an unsere Haustür klopfen?

Würde ich wegen Sachbeschädigung an Mr Northwoods altem Auto verhaftet werden?

„Dann kriegt meine Mutter einen Herzinfarkt!", dachte ich.

Mum war selten zu Hause, weil sie so viel arbeiten musste. Aber wenn sie mal da war, verhielt sie sich ziemlich streng.

„Ich werde für den Rest meines Lebens Hausarrest kriegen!", stöhnte ich innerlich. „Mum wird mir nie wieder vertrauen."

Dabei hatte ich gar nichts verbrochen! Ich hatte doch nur zugesehen!

Eine ganze Weile lang ging ich im Wohnzimmer auf und ab und wartete auf das Geräusch einer Polizeisirene oder eines näherkommenden Autos. Immer wieder starrte ich aus dem Fenster. Doch draußen blieb alles dunkel.

Als ein Auto vorfuhr, wusste ich, dass die Polizei jetzt da war.

Doch es war nur Mum, die endlich von der Arbeit nach Hause kam.

Erschöpft schlurfte sie ins Haus und ließ ihre Tasche mit einem müden Seufzer auf den Boden fallen. „Was ist denn mit dir los?", fragte sie und sah mich argwöhnisch an.

Anscheinend konnte ich meine Angst nicht besonders gut verbergen. „Nichts", antwortete ich hastig. „Ich bin bloß müde."

„Wem sagst du das", gab Mum zurück und verdrehte die Augen.

Die Polizei tauchte nicht mehr auf.

Ich ging mit der Hoffnung ins Bett, dass Mr Northwood vielleicht doch nichts unternommen hatte.

Doch am nächsten Nachmittag blieben im Geschichtsunterricht vier Stühle frei. Es waren Lannys, Zacks, Carols und Melodys Plätze.

Während des Unterrichts musste ich dauernd auf die leeren Stühle starren.

Als die Glocke läutete, stellte Mr Northwood seinen kleinen Kassettenrekorder ab und entließ die Klasse. Nur mich winkte er an sein Pult heran.

„Was will er von mir?", wunderte ich mich. Prüfend schaute ich ihn an, doch sein Gesicht verriet nichts.

Also holte ich tief Luft und ging nach vorne.

„Sicher fragst du dich, wo die anderen sind", sagte Mr Northwood und zeigte auf die Plätze, an denen die vier normalerweise saßen. „Oder wird in der Schule schon darüber gesprochen?"

„Ich habe nichts gehört", antwortete ich nervös.

Er beugte sich vor und legte seine Hände mit den langen Spinnenfingern vor sich auf das Pult. „Ich habe deinen vier Freunden Schulverbot erteilen lassen", sagte er mit einer Stimme, die kaum mehr als ein Flüstern war.

„Sie sind nicht wirklich meine Freunde", widersprach ich zaghaft.

Schließlich war das die Wahrheit.

Seine Miene blieb ausdruckslos. Das Neonlicht an der Decke ließ die tiefen Falten in seinem Gesicht wie dunkle Schnitte aussehen.

„Wird er mir auch ein Schulverbot einbrocken?", fragte ich mich.

„Die Polizei hat den Vorfall nicht ernst genommen", erklärte Mr Northwood und schüttelte ungläubig den Kopf. Seine blauen Augen bohrten sich in meine. „Die Beamten kamen erst zwei Stunden später. Sie sagten, es sei bloß ein Streich gewesen."

Er räusperte sich. „Vielleicht war es nur ein Streich, aber es war ein *böser* Streich", fuhr er fort und beugte sich über sein Pult. „Er durfte nicht ohne Folgen bleiben. Deswegen habe ich mit Mr Hernandez darüber gesprochen. Er hat den Übeltätern heute Vormittag Schulverbot erteilt."

„Wird er den Rektor dazu bringen, dass es mir genauso ergeht?", fragte ich mich und starrte ihn an. „Hat er das vor?"

Warum hatte er es dann nicht längst getan?

Und was erwartete er von mir?

Mr Northwood schluckte schwer. Sein großer Adamsapfel hüpfte unter seinem grünen Rollkragenpullover auf und ab. Er hob die Hände vom Pult und richtete sich zu seiner vollen Größe auf.

„Ich glaube dir deine Geschichte von gestern Abend", sagte er schließlich. „Ich weiß, dass du mit dieser Clique nichts zu tun hast. Du bist ein nettes Mädchen und eine gute Schülerin."

„Danke", murmelte ich verwirrt.

„Ich glaube dir zwar, Johanna", wiederholte Mr Northwood und leckte sich über seine farblosen Lippen, „aber ich werde dich im Auge behalten." Dann durfte ich gehen.

Ich holte meine Bücher und eilte aus dem Klassenzimmer. Während ich mich quer durch den überfüllten Flur zu meinem Spind vorkämpfte, wurde ich immer wütender.

„Ich werde dich im Auge behalten." Seine dünne schmierige Stimme klang mir noch in den Ohren.

„Für wen hält der sich eigentlich?", dachte ich aufgebracht.

An diesem Abend kämpfte ich in meinem Zimmer mit einer komplizierten Chemie-Gleichung, bis die Buchstaben und Zahlen vor meinen Augen verschwammen.

Als das Telefon läutete, war ich so glücklich über die willkommene Unterbrechung, dass ich schon nach dem ersten Klingeln abnahm. Ich dachte, es sei Margaret, die die Chemie-Aufgabe mit mir besprechen wollte. Doch sie war es nicht.

„Hallo Johanna?", fragte eine Jungenstimme.

„Ja? Wer ist da?" Ich erkannte die Stimme nicht.

„Hier ist Dennis."

Fast hätte ich vor Überraschung laut aufgeschrien. Dennis rief *mich* an?

„Hi Dennis", brachte ich mühsam heraus. „Bist du von den Bahamas zurück?"

„Ja. Heute Vormittag", antwortete er. Dann senkte er seine Stimme. „Hey Johanna", murmelte er, „bist du bereit, Mr Northwood umzubringen?"

9

Ich lachte. „Das sollte ein Witz sein, stimmt's?"

Ich hörte Dennis am anderen Ende der Leitung kichern. „Ja, ich glaub schon", gab er zurück. „Oder Wunschdenken."

Eine seltsame Pause entstand.

„Du hattest halt so gute Ideen, als wir neulich miteinander geredet haben", sagte Dennis schließlich.

„Ich habe viele gute Ideen", sagte ich und versuchte, möglichst geheimnisvoll zu klingen.

„Warum ruft er mich an?", wunderte ich mich im Stillen. „Er ist heute erst aus dem Urlaub zurückgekommen. Warum ruft er mich sofort an?"

„Wie war es auf den Bahamas?", fragte ich aber nur cool.

„Super", erwiderte Dennis. „Wir hatten tolles Wetter. Es hat nur ein einziges Mal geregnet. Und der Strand war ideal fürs Lauftraining."

„Du Glückspilz!", rief ich aus.

„Ich bin meilenweit am Strand gerannt. Und ich habe wahnsinnig viel mit meinem Vater geschnorchelt", fuhr Dennis fort. „Das Riff war echt gigantisch. Schnorchelst du auch?"

„Äh … nein", antwortete ich.

„Am letzten Tag bin ich allein unterwegs gewesen und habe aus Versehen eine Feuerkoralle gestreift", erzählte Dennis. „Mann, hat das gebrannt! Ich habe immer noch einen riesigen roten Fleck am Bein."

„Du Ärmster", murmelte ich und bemühte mich, mitfühlend zu klingen.

In *meinem* letzten Urlaub haben Mum und ich ihre Schwester in Cleveland besucht. Weiter sind wir nicht gekommen.

Während ich mir von Dennis anhören musste, wie toll der Strand auf den Bahamas war, wurde ich immer neidischer. Und ich platzte fast vor Neugier, den wahren Grund für seinen Anruf zu erfahren.

Schließlich rückte er damit heraus. „Hast du am Freitagabend Zeit?", fragte er und sprach weiter, ohne meine Antwort abzuwarten. „Ich hab oft an dich gedacht. Im Urlaub, meine ich. Am Freitag steigt eine Party bei Melody. Es kommen bloß ein paar Leute. Ich dachte, ob du vielleicht …"

Ich konnte es kaum glauben! Dennis wollte sich mit mir verabreden. Der schönste und beliebteste Junge der ganzen Shadyside Highschool lud mich zu einer coolen Party in North Hills ein!

Am liebsten hätte ich sofort zugesagt.

Doch stattdessen platzte es aus mir heraus: „Und was ist mit Carol?"

Ich weiß nicht genau, warum ich das fragte. Es passierte irgendwie automatisch. Danach hätte ich mir am liebsten auf die Zunge gebissen und die Frage zurückgenommen. Doch dafür war es natürlich schon zu spät.

Dennis zögerte einen Augenblick. „Carol und ich treffen uns manchmal auch mit anderen Leuten. Das ist schon okay."

„Ach wirklich?" Wieder rutschten mir die Worte

einfach heraus. Ich war einfach viel zu überrascht. „Ich meine, wird Carol auch auf der Party sein?"

„Nein. Sie ist am Freitag zu Besuch bei ihrer Cousine in Waynesbridge", antwortete Dennis. „Mach dir wegen Carol keine Sorgen", fügte er dann hinzu. „Das geht schon klar. Ehrlich. Es ist bloß eine kleine Party. Wir treffen uns fast jeden Freitagabend bei einem von uns. Also, kommst du mit?"

„Ja, klar!", sagte ich, als mein Hirn und mein Mund endlich wieder zusammenarbeiteten. „Sehr gern, Dennis."

„Gut", sagte er. „Dann sehen wir uns auf jeden Fall morgen wieder in der Schule."

„Du hast nicht viel verpasst", sagte ich.

„Hast du das mit Zack und den anderen mitgekriegt?", fragte er. „Du weißt schon, der Stress mit Mr Northwood?"

„Ja, ich weiß alles darüber", erzählte ich ihm. „Ich war an dem Abend dabei, als sie …"

„Ja, das habe ich gehört", unterbrach er mich. „Du wohnst gleich nebenan, stimmt's? Hat es sich schon herumgesprochen, dass sie alle wieder in die Schule gehen?"

„Was?" Ich war nicht sicher, ob ich ihn richtig verstanden hatte. „Willst du damit sagen, dass das Schulverbot aufgehoben wurde?"

„Genau", erwiderte er. „Die Eltern der vier sind heute Nachmittag beim Rektor gewesen. Und sie haben ihn ganz schön zusammengestaucht. Als sie mit ihm fertig waren, zitterte er wie Espenlaub. Das hat jedenfalls Melodys Mutter mir erzählt."

„Wow", murmelte ich. „Wahnsinn."

„Der Rektor sagte, dass alle morgen früh wieder zur Schule gehen dürfen", sagte Dennis und kicherte. „Und dann hat er sich sogar dafür entschuldigt, dass er sie rausgeschmissen hat!"

„Wow", wiederholte ich. Ich war so erstaunt, dass mir nichts anderes einfiel.

„Sieht so aus, als wäre Northwood der große Loser", fuhr Dennis hämisch fort.

Mit einem Murmeln stimmte ich ihm zu.

„Reichtum macht wirklich einen Unterschied", dachte ich etwas verbittert.

Die Eltern der vier marschierten in die Schule und sofort gab der Rektor nach. Und entschuldigte sich sogar noch bei ihnen!

Wenn meine Mutter sich beim Rektor beschweren würde, würde er sich nicht entschuldigen, das wusste ich genau. Vor ihr hätte er keine Angst, denn wir sind viel zu unwichtig für ihn.

„Also bis morgen", sagte Dennis.

„Bis morgen", erwiderte ich. „Und vielen Dank."

Ich legte auf und musste lächeln.

„Vielleicht ist dies der Anfang von etwas ganz Großem", dachte ich.

Vielleicht würde sich mein Leben ab diesem Tag ändern.

Vielleicht würde ich Teil einer neuen Clique werden.

Ich würde alles tun, um zu Dennis' Clique dazuzugehören.

Alles!

Als ich am nächsten Morgen in die Schule kam, stand Dennis vor seinem Spind. Ich ging auf meinen Spind zu, öffnete ihn, ließ meinen Rucksack auf den Boden fallen und kramte in meinen Büchern herum.

Dennis lächelte mir zu. Seine grünen Augen schienen regelrecht aufzuleuchten. Er hatte sein schwarzes Haar nicht gekämmt, aber es sah auch verstrubbelt unglaublich toll aus.

„Mann, ist er hübsch!", dachte ich. Plötzlich hatte ich Schmetterlinge im Bauch.

Dennis kam auf mich zu.

Erst jetzt wurde mir klar, dass er fast einen Kopf größer war als ich.

Verschwommen sah ich, dass er mir einen weißen Gegenstand hinhielt. „Die ist für dich", sagte er schüchtern. „Von den Bahamas."

Ich schaute genauer hin. Es war eine große glänzende rosa-weiße Muschel.

„Die ist ja wunderschön!", flüsterte ich fassungslos und griff danach.

Mir summte der Kopf. Dennis hatte mir ein Souvenir mitgebracht!

„Vorsicht, sie hat scharfe Kanten", warnte er mich.

Ich nahm ihm die Muschel vorsichtig ab. Da er von draußen kam, war sie ganz kalt.

„Sie ist toll", sagte ich zu Dennis. „Danke."

„Ich bin am Strand spazieren gegangen", fing er an zu erzählen. Doch er verstummte abrupt, als Carol neben ihm auftauchte.

Sie trug einen ganz engen weißen Pullover und eine elegante schwarze Jeans. Von ihren Ohren baumelten lange silberne Ohrringe. Ihr kurzes braunes Haar war streng zurückgekämmt.

Als sie die Muschel zwischen meinen Händen entdeckte, verschwand das Lächeln aus ihrem Gesicht. „Hey!", stieß sie wütend aus.

„Hi", begrüßte Dennis sie verunsichert. „Ich hab dich schon gesucht."

Carol ignorierte ihn. Sie starrte mir zuerst ins Gesicht und richtete dann den Blick wieder auf die Muschel. „Das ist doch die Muschel, die du *mir* versprochen hast, oder?", fragte sie Dennis erbost.

Dennis riss den Mund auf. „Was?", stieß er aus. Seine Wangen wurden knallrot. „Ich hab dir nicht …"

„Was läuft hier eigentlich, Dennis?", zischte Carol aufgebracht.

„Wie bitte? Was meinst du damit?", erwiderte er schwach.

„Ich will wissen, was hier läuft!", wiederholte Carol und starrte auf die Muschel. „Ich meine, warum bist du mit Johanna …"

„Nichts!", beharrte Dennis.

„Also gut, dann …" Sie drehte sich zu mir um. „Dann gib mir meine Muschel."

Sie streckte fordernd beide Hände danach aus, doch ich wich zurück und drückte die Muschel schützend an mich.

„Das ist meine Muschel, Johanna", fauchte Carol mich an. „Dennis hat sie mir mitgebracht. Also gib sie mir endlich!"

Ich sah erst Dennis und dann Carol an.

Er war immer noch so rot wie eine Tomate. Und er

wich meinem Blick aus. Carol war kurz davor, wirklich zu explodieren.

„Das ist nicht fair", dachte ich. „Das ist wirklich gemein."

„Du willst also die Muschel, Carol?", fragte ich mit hoher, zitternder Stimme.

„Ja. Gib mir die Muschel. Sie gehört mir!", antwortete Carol.

„Okay", sagte ich. „Da hast du sie."

Und dann presste ich Carol die Muschel, so hart ich konnte, ins Gesicht.

Ich hörte, wie die Muschel gegen ihre Zähne stieß.

Blut rann aus ihrem Mund.

Die spitze Muschel schnitt eine tiefe Wunde in ihre Wange, sodass das Blut nun auch an ihrem Gesicht heruntertropfte.

Die Muschel fiel auf den Boden und zerbrach.

Carol stolperte rückwärts gegen die Spinde und fasste sich mit der Hand an die blutende Wange.

Sie versuchte, etwas zu sagen. Doch das Blut erstickte ihre Worte.

Ich hob den Blick und sah Dennis an. Er lächelte zufrieden.

10

Doch so war es nicht wirklich.

Natürlich hatte ich Carol nicht mit der Muschel verletzt.

Es war wieder nur einer meiner kranken, grausamen Tagträume gewesen.

Es ist unglaublich, was ich mir manchmal so vorstelle. Ich verstehe selbst nicht, warum ich das tue.

In Wirklichkeit beachtete Carol weder mich noch die Muschel.

Sie tauchte neben Dennis auf, nahm seine Hand und dann gingen sie zusammen weg. Dennis drehte sich noch mal verstohlen nach mir um und rief mir ein tonloses *Tschüss* zu. Dann verschwand er Hand in Hand mit Carol im Klassenzimmer.

Und ließ mich wie gelähmt allein zurück.

Nach ein paar Minuten riss mich die Schulglocke aus meiner Erstarrung. Ich legte die Muschel auf das oberste Regal meines Spinds und rannte zur nächsten Unterrichtsstunde.

In der Mittagspause saßen Margaret und ich einander in der Cafeteria gegenüber und löffelten Heidelbeerjoghurt. Margaret erzählte mir gerade eine witzige Geschichte über ihre Zwillingscousinen. Doch dann brach sie plötzlich ab.

Sie starrte auf die Tür der Cafeteria. „Was ist los?", fragte ich, ohne mich umzudrehen.

„Ach, nichts", sagte sie zwar, doch ihr Blick war immer noch auf die Tür gerichtet. „Hast du nicht gesagt, Dennis hätte sich mit dir für Freitag verabredet?"

„Ja", antwortete ich. „Wieso fragst du?"

Schließlich drehte ich mich um, um zu sehen, was Margaret hinter mir so interessant fand.

Es dauerte nur ein paar Sekunden, bis mir klar wurde, auf was meine Freundin starrte.

Auf der anderen Seite des Raumes erblickte ich Dennis und Carol. Er stand zwar mit dem Rücken zu mir, doch ich erkannte ihn sofort. Er drückte Carol gegen die Wand und küsste sie.

Buchstäblich vor den Augen der ganzen Schule!

Ich drehte mich sofort wieder um. Mir war ganz elend zumute. Margaret starrte mich an und zupfte an einer karottenfarbenen Haarsträhne.

„Sieh mich nicht so an", knurrte ich.

„Bist du sicher, dass er dich angerufen hat?", erkundigte sie sich leise. „Bist du ganz sicher, dass es wirklich Dennis war?"

„Haha, wie witzig", sagte ich verbittert. Ich hielt den Blick auf Margaret gerichtet. „Knutschen sie immer noch herum?"

Sie nickte. „Ich frag mich echt, warum er sich mit dir verabredet hat", murmelte Margaret nachdenklich.

„Du hast Joghurt auf der Oberlippe", sagte ich.

Doch insgeheim fragte ich mich genau dasselbe.

Nach unserer nächsten Geschichtsstunde geriet Dennis wieder in einen Streit mit Mr Northwood. Und wieder wartete ich hinten im Klassenzimmer, hörte alles mit an und wünschte, Mr Northwood würde für Dennis eine Ausnahme machen.

„Sie *müssen* mich den Test nachschreiben lassen!", flehte Dennis. Sein Gesicht war knallrot angelaufen und er schwitzte, obwohl es im Klassenzimmer nicht besonders heiß war.

„Ich *muss* gar nichts", erwiderte Mr Northwood ruhig. Er starrte Dennis mit einem seltsam verkniffenen Lächeln an.

„Es macht ihm Spaß, Dennis betteln und zappeln zu lassen", dachte ich plötzlich. „Er fühlt sich gut dabei, ist das nicht grausam."

„Sie werden mein Leben ruinieren!", brüllte Dennis. Er stützte sich mit beiden Händen auf das Lehrerpult und beugte sich hinunter, sodass ihre Köpfe fast auf gleicher Höhe waren.

„Ich möchte dein Leben nicht ruinieren. Ich möchte dir nur etwas über Gerechtigkeit beibringen", erwiderte Mr Northwood. Er sprach immer noch sanft und gelassen. „Das haben wir doch längst ausdiskutiert, Dennis."

„Aber wenn ich in Geschichte durchfalle, werde ich nicht in das Leichtathletikteam auf Bundesebene aufgenommen! Und dann kann ich nicht an den Wettkämpfen für die Olympiade teilnehmen!", schrie Dennis.

„Dann hoffen wir, dass du nicht durchfällst", gab Mr Northwood kalt zurück. Er klappte ein Notizbuch auf und fing an, darin herumzublättern.

Dennis stöhnte frustriert. „Sie lassen mich also wirklich nicht nachschreiben?"

Mr Northwood schüttelte den Kopf. „Ich muss deinen Mitschülern gegenüber fair bleiben."

„Aber Sie sind *mir* gegenüber nicht fair!", brüllte Dennis und verlor langsam die Beherrschung.

„Das finde ich nicht", erwiderte der Lehrer mit versteinerter Miene, während er weiter in dem Notizbuch blätterte.

„Könnte ich dann ein Projekt oder eine Zusatzaufgabe machen?", fragte Dennis.

Mr Northwood schüttelte den Kopf. „Ich verstehe deine Situation", sagte er. „Aber ich kann wirklich keine Ausnahme für einen einzigen Schüler machen."

Dennis hob verzweifelt beide Hände über den Kopf. Dann drehte er sich mit lautem Seufzen vom Lehrerpult weg. Mit langen wütenden Schritten lief er zur Tür.

Ich verließ meinen Platz an der Wand und ging auf ihn zu. Ich wollte unbedingt mit ihm reden und ihn aufmuntern.

Ich dachte, er käme auf mich zu.

„Dennis …", begann ich.

Doch er lief an mir vorbei und sagte kein Wort zu mir.

Dann sah ich Carol. Sie wartete vor der Tür des Klassenzimmers auf ihn.

Er ging auf sie zu. Sie beugte sich zu ihm vor und flüsterte ihm etwas zu. Dann verschwanden sie aus meinem Blickfeld.

„Was ist hier los?", fragte ich mich unglücklich.

Ich starrte auf den leeren Türrahmen.

War Dennis an mir interessiert oder nicht?

Und wenn er so an Carol hing, warum hatte er sich dann überhaupt mit mir verabredet?

Dennis hatte gesagt, er würde mich am Freitagabend um acht abholen. Ständig musste ich auf die Uhr schauen.

Ich war so nervös, dass meine Hände kalt und feucht wie Fische waren. Ich war sicher, er würde mich versetzen.

Alle möglichen Gedanken kamen mir in den Sinn. Vielleicht war sein Anruf ja nur ein fieser Scherz gewesen. Wahrscheinlich hatte er bloß mit den anderen gewettet. Sie forderten einander dauernd zu irgendwelchen komischen Dingen heraus. Vermutlich hatten Lanny oder Zack ihn dazu gebracht, mich anzurufen. Und danach hatten sie sich auf meine Kosten vor Lachen ausgeschüttet.

Oder ich hatte mir das Ganze nur eingebildet. Vielleicht hatte er sich gar nicht mit mir verabredet. Vielleicht war es wieder nur eine meiner seltsamen Fantasien gewesen.

Ich zog mich dreimal um. Warum, weiß ich nicht.

Im Einkaufszentrum hatte ich Ohrringe gekauft, die wie kleine Muscheln aussahen. Ich steckte sie an, sah mich prüfend im Spiegel an, nahm sie wieder ab und steckte sie wieder an.

Jetzt war es schon drei Minuten nach acht, doch meine Uhr ging ein bisschen vor.

Eilig bürstete ich mein Haar. „Vielleicht sollte ich es kurz schneiden lassen", dachte ich.

Während ich immer noch unglücklich in den Spiegel starrte, klingelte es an der Haustür. Ich hörte die Schritte meiner Mutter unten im Flur. Dann erklang Dennis' Stimme.

„Er ist wirklich gekommen!", dachte ich erstaunt. „Es war kein Scherz!"

Ich warf einen letzten Blick in den Spiegel und eilte dann die Treppe hinunter, um ihn zu begrüßen.

„Wie geht's?", fragte Melody mich, als sie uns die Tür öffnete. Sie warf einen kurzen Seitenblick auf meinen gelben Pulli und schon fühlte ich mich verunsichert.

„Meine Eltern sind ins Kino gegangen", sagte Melody zu Dennis, ohne meine Antwort abzuwarten. „Wir haben also das ganze Haus für uns!" Sie wirkte kein bisschen überrascht, dass ich Dennis heute Abend begleitete.

Das Haus, in dem Melody wohnte, war groß und supermodern. Die Möbel im Wohnzimmer waren alle aus Chrom und weichem weißem Leder. An den Wänden hingen gerahmte Filmposter. Deckenstrahler warfen schwache Lichtdreiecke in die Höhe.

Als wir ihr ins Wohnzimmer folgten, sah ich acht oder neun Jugendliche. Es waren alles Schüler aus unserer Highschool, doch ich kannte nur wenige von ihnen. Die meisten waren älter als ich.

Lanny und Zack standen vor einem Fernseher in der Ecke. Sie sahen sich ein Basketballspiel an und tranken Bier dabei. Ein fremdes rothaariges Mädchen bat sie immer wieder, den Fernseher leiser zu stellen, da-

mit sie Musik auflegen konnte, doch die beiden ignorierten sie.

Zwei Paare hatten sich auf das Sofa gezwängt und
lachten laut über irgendwas. Die beiden Jungs
klatschten einander ab.

Vor einem Tisch, der an eine Wand gerückt war,
standen zwei Mädchen und nahmen sich kleine Sand-
wiches von einem Tablett. Beide hatten langes, dauer-
gewelltes blondes Haar, das im Licht der Deckenstrahler glänzte.

„Hast du bei Northwood was erreichen können?",
fragte Melody Dennis. Doch es klingelte schon wieder an der Haustür und sie rannte hinaus auf den Flur.

„Kennst du die Leute hier?", fragte Dennis mich.

„Ein paar kenne ich", antwortete ich.

„Die meisten wohnen in North Hills", erklärte Dennis. Er zeigte auf das rothaarige Mädchen, das gerade
mit Melody ins Wohnzimmer kam. „Sie zum Beispiel, das ist Reva. Ihren Eltern gehört die Kaufhaus-
kette."

„Hey, wie geht's?", rief Dennis Reva zu. Sie unterhielten sich kurz über einen gemeinsamen Tennislehrer. Ich stand verloren daneben, weil Reva mich wie
Luft behandelte.

Als Nächstes holten Dennis und ich uns Coladosen
und gingen zu Lanny und Zack, die immer noch vor
dem Fernseher standen. Dennis ärgerte Lanny wegen
der roten Jeans, die er anhatte. „Ich wette, du traust
dich nicht, die zum Klubball zu tragen", sagte Dennis.

„Hey, keine Wetten heute Abend", protestierte Lanny.

„Weichei", murmelte Dennis.

Lanny spielte den Beleidigten. Sie fingen an zu lachen und sich zu schubsen, und Lanny verschüttete ein paar Tropfen Bier auf dem weißen Teppich.

„Das macht nichts", sagte er zwar, vergewisserte sich aber, dass Melody es nicht gesehen hatte. „Bier ist gut für den Teppich."

Dann kamen noch mehr Leute. Sie schienen sich alle zu kennen. Melody machte ihren CD-Spieler an und übertönte das Basketballspiel mit Musik.

Da Dennis damit beschäftigt war, mit Lanny und Zack herumzualbern, ging ich zum Büfett und nahm mir ein Sandwich. Dann unterhielt ich mich mit ein paar Mitschülern aus meiner Englischklasse. „Du bist die Freundin von Margaret Rivers, nicht wahr?", sagte jemand zu mir. „Sie ist echt witzig."

Ich fragte mich, was Margaret heute Abend wohl machte. Und ich fragte mich auch, was ich ihr am nächsten Tag über diese Party und mein Date mit Dennis erzählen würde.

Bisher gab es nicht viel zu erzählen.

Gegen elf gingen ein paar Leute nach Hause. Der Rest saß im Wohnzimmer herum, aß Tortilla-Chips mit Salsa-Dip und trank Cola.

Melody hatte die Musik abgestellt und die anderen fingen an, sich über die Schule zu unterhalten.

Dennis und ich saßen eng nebeneinander auf dem Sofa. Er beugte sich vor und nahm sich eine Hand voll Chips aus der Schüssel, die auf dem Glastisch stand. Ich lehnte mich zurück ins weiche Kissen.

Insgeheim fragte ich mich, ob Dennis mich überhaupt mochte. Er war zwar nicht unfreundlich zu mir gewesen, aber er hatte auch nicht viel mit mir geredet. Und auch als unsere Beine sich berührten, schien er es nicht zu merken. Oder tat er bloß so?

Die ganze Zeit hatte ich versucht, locker zu sein und Spaß zu haben. Aber es war nicht leicht gewesen. Ich passte einfach nicht zu diesen Leuten. Ich spielte nicht Tennis, also konnte ich nicht über die Tennislehrer mitreden. Und ich konnte auch keine ausgefallenen Ferienorte miteinander vergleichen.

Außerdem war Melodys Zuhause so elegant im Vergleich zu unserem kleinen Haus in der Fear Street. Auch wenn ich mir immer wieder sagte, dass es nichts ausmachte, konnte ich mich hier einfach nicht entspannen.

Ich hörte der Unterhaltung schon gar nicht mehr richtig zu. Doch als Dennis plötzlich den Arm um mich legte, wurde ich sofort hellwach.

Und dann überraschte er mich total, indem er allen im Raum verkündete: „Johanna und ich werden Mr Northwood umbringen!" Er wandte sich mit einem breiten Grinsen zu mir. „Stimmt's?"

11

„Äh … genau", stimmte ich widerstrebend zu.

„Wir werden es *wirklich* tun!", rief Dennis aus und drückte mich an sich.

Alle lachten und jubelten.

„Was ist nur los?", fragte ich mich verwundert. „Übertreibt Dennis es nicht ein wenig?"

„Ich will auch mitmachen!", sagte jemand.

„Ich auch!"

„Genau, wir bringen ihn alle gemeinsam um!"

„Noch heute Abend!", fügte ein anderer hinzu.

„Ich wette, ihr traut euch nicht!", schrie Lanny.

„Tut es!", rief jemand.

Lanny wandte sich mir zu. „Wie werdet ihr es tun?"

Ich formte mit dem Daumen und dem Zeigefinger eine Pistole und richtete sie auf Lanny.

Wieder wurde Gelächter laut.

Zack stand auf und fuhr sich mit den Fingern durchs Haar, bis es wirr vom Kopf abstand. Dann ließ er die Schultern hängen und machte Mr Northwood nach: „Euer Lächeln gefällt mir nicht. Ihr werdet dafür bis zum Ende des Jahrhunderts nachsitzen. Wir schreiben jetzt einen kleinen Test. Holt ein Blatt Papier heraus und nummeriert es von eins bis dreitausend durch."

Wir schüttelten uns vor Lachen. Zack war total witzig. Er klang genau wie Mr Northwood und mit der seltsamen Frisur sah er ihm auch irgendwie ähnlich.

„Habt ihr gehört, was Northwood mit Kim gemacht hat?", fragte Lanny kopfschüttelnd. „Er hat ihr fünf Punkte von der Abschlussklausur abgezogen, nur weil sie vergessen hatte, ihren Namen draufzuschreiben. Dadurch hat sie bloß eine Drei statt einer Zwei bekommen!"

Alle stöhnten.

„An meinem Geburtstag hat er mich eine ganze Stunde nachsitzen lassen!", warf ein Mädchen ein.

„Was für ein gemeiner Kerl!", sagte jemand.

„Der hasst uns alle", murmelte Melody.

„Aber nicht so sehr, wie wir ihn hassen", gab Lanny zurück.

„Macht euch keine Sorgen", sagte Dennis und grinste. „Johanna und ich werden ihn uns vorknöpfen. Wir haben schon alles geplant."

„Wann wollt ihr es machen?", wollte jemand wissen. „Vor dem nächsten Test?"

Dennis lächelte mir zu und legte den Arm fester um mich. „Das ist unser Geheimnis", sagte er und seine grünen Augen funkelten aufgeregt. „Schließlich wollen wir euch doch nicht die Überraschung verderben!"

Ich stimmte in das Lachen der anderen ein.

Aber mir lief auch ein kalter Schauer über den Rücken.

Meinte Dennis das etwa ernst?

Bisher war es ein Scherz gewesen, Mr Northwood umzubringen.

Es war doch immer noch ein Scherz, oder?

Als Dennis mich küsste, war ich sehr überrascht.

Auf der Fahrt nach Hause hatte er das Radio so laut gestellt, dass wir uns nicht unterhalten konnten. Er parkte auf unserer Auffahrt, stellte den Motor ab und machte die Scheinwerfer aus.

Dann beugte er sich über den Sitz und zog mich an sich.

Zuerst war es komisch, von ihm geküsst zu werden.

Doch dann legte ich meine Arme um seinen Kopf, fuhr mit den Fingern durch sein seidiges dunkles Haar und küsste ihn zurück.

Der Kuss dauerte eine ganze Weile. Als wir einander losließen, war ich atemlos.

„Er mag mich", dachte ich. „Ich merke es deutlich. Er mag mich wirklich."

Ich wartete ab, bis mein Atem sich wieder beruhigt hatte, und warf dann einen Blick auf unser Haus. Außer dem Licht über der Eingangstür war alles dunkel.

Die nackten Zweige der beiden Ahornbäume mitten in unserem Vorgarten bebten in der kalten Brise. Dicke braune Blätter lagen wie düstere Schatten über dem frostigen Rasen.

„Ich bin froh, mit dir ausgegangen zu sein", sagte Dennis leise.

„Ich auch", murmelte ich.

Wieder streckte er die Arme nach mir aus. Diesmal kuschelte ich mich wie selbstverständlich an ihn und wir küssten uns sehr lange.

Ohne es zu wollen, musste ich an Carol denken. Doch dann machte ich die Augen zu und verdrängte jeden Gedanken an sie. Weit, weit weg.

Als der Kuss endete, öffnete ich die Augen.

Was hatte das unangenehme Prickeln in meinem Nacken zu bedeuten?

Plötzlich hatte ich das Gefühl, beobachtet zu werden.

Ich wich zurück.

„Johanna, was ist los?", flüsterte Dennis.

Ich starrte aus dem Fenster und suchte hektisch die Dunkelheit ab.

Dann keuchte ich vor Schreck.

12

Mr Northwood!

Regungslos wie eine Statue stand er in seinem Vorgarten.

In einer Hand hielt er einen langen Stock. Es war ein heruntergefallener Ast. Er stützte sich darauf wie auf einen Gehstock.

Er stand bloß da, stützte sich auf den Stock und starrte uns an.

Dennis drehte sich langsam um und folgte meinem Blick. „Hey!", schrie er dann wütend. „Was macht *der* denn da?"

„Ich … ich weiß nicht", stammelte ich. „Ich glaube, er beobachtet uns."

Hinter uns fuhr ein Auto langsam die Fear Street entlang. Als die Scheinwerfer Mr Northwoods starre Gestalt erfassten, sah ich den strengen, missbilligenden Ausdruck auf seinem Gesicht.

„Was für ein Ekel!", schimpfte Dennis. „Was für ein scheußlicher Mistkerl."

„Komm, wir ignorieren ihn einfach", schlug ich vor und wandte mich mit einem aufmunternden Lächeln wieder Dennis zu.

Er sah aber immer noch zu Mr Northwood hinüber und verzog das Gesicht. „Nein, ich sollte jetzt besser gehen, Johanna."

„Möchtest du nicht noch kurz mit reinkommen?", bot ich ihm an.

Er schüttelte den Kopf. „Ich muss jetzt gehen. Also bis Montag, okay?"

„Okay." Sobald ich die Beifahrertür aufstieß, kam mir eiskalte Luft entgegen. Ich stieg aus, winkte Dennis zum Abschied zu und rannte zu unserer Haustür.

Aus den Augenwinkeln sah ich, dass Mr Northwood immer noch auf derselben Stelle stand. In seinem langen grauen Mantel sah er aus wie ein erfrorener Schneemann.

„Warum steht er da?", dachte ich aufgebracht. „Spioniert er mir etwa nach?"

Ich war so wütend auf Mr Northwood, dass meine Hand zitterte, als ich versuchte, den Haustürschlüssel ins Schloss zu stecken.

Wer gab ihm das Recht, mich auszuspionieren?

Was ging es ihn an?

Was machte er da draußen?

Schließlich kriegte ich den Schlüssel ins Schloss, drehte ihn um und drückte die Tür auf.

Im Haus war es warm und es roch noch nach dem gegrillten Hähnchen, das wir heute Abend gegessen hatten. Doch ich zitterte immer noch am ganzen Körper.

„Mr Northwood hat mir mein Date verdorben", dachte ich verbittert.

Dennis und ich waren uns so nahegekommen und dann hatte dieser schreckliche Kerl alles kaputtgemacht.

Ich kochte vor Wut.

Wie automatisch ballten sich meine beiden Hände zu Fäusten.

Ohne das Licht anzumachen, ging ich zu dem kleinen grünen Beistelltisch, der im Wohnzimmer an der Wand stand. Ich öffnete die Schublade des Tischs. Mit den Händen tastete ich darin umher, bis ich gefunden hatte, was ich suchte.

Die Pistole.

Die Pistole, die mein Vater uns dagelassen hatte, als er auszog.

In meiner erhitzten Hand fühlte sie sich angenehm kühl und glatt an.

Ich konnte nicht mehr klar denken, dazu war ich viel zu wütend.

„Warum spioniert er mir hinterher?"

„Warum?"

Ohne zu merken, was ich tat, näherte ich mich dem Fenster. Ich hielt die Waffe fest in der Hand.

Dann spähte ich hinaus in die Dunkelheit.

Da drüben stand er. Mr Northwood hatte sich immer noch nicht bewegt. Er stützte sich auf den Ast und rauchte eine Pfeife. Ich sah den grauen Rauch, der kräuselnd in den Himmel aufstieg.

„Warum haben Sie mir meine Verabredung verdorben, Mr Northwood? Welches Recht haben Sie, mein Leben zu zerstören? Wissen Sie denn nicht, wie viel dieser Abend mir bedeutet hat?"

Ich bebte vor Wut. Mit zitternder Hand öffnete ich das Fenster. Die kalte Luft streichelte angenehm über mein heißes Gesicht.

Den Blick auf meinen Nachbarn gerichtet, zog ich den Kolben zurück, wie mein Vater es mir gezeigt hatte.

„Es ist nicht schwer, Mr Northwood zu töten", redete ich mir ein. „Es ist sogar verdammt leicht."

Ich lehnte mich auf das Fensterbrett, um Halt zu haben, und hob die Pistole hoch.

Ich zielte auf Mr Northwood.

„Ruhig, ganz ruhig."

Ich legte den Finger an den Abzug.

„Verdammt leicht. Es ist so leicht, ihn zu töten."

Ich zielte auf sein Herz.

Und dann ging plötzlich das Licht im Wohnzimmer an.

„Johanna!", schrie meine Mutter und kam auf mich zugestürzt. „Um Gottes willen, was machst du da mit der Waffe?"

Zu spät.

Ich hatte auf den Abzug gedrückt.

13

Aber die Pistole war nicht geladen. Die Munition lag noch in der Schublade.

Ich ließ die Pistole sinken und drehte mich zu Mum um. „Ich ... ich dachte, ich hätte draußen einen Einbrecher gehört", log ich.

„Einen Einbrecher!", schrie Mum mit weit aufgerissenen Augen. „Ich ruf die Polizei!"

„Nein ... warte", sagte ich. „Da draußen ist niemand. Es war bloß der Wind oder so was. Du weißt doch, wie ängstlich ich nachts manchmal bin."

„Mach das Fenster zu", sagte meine Mutter und sah mich misstrauisch an. „Das zugige alte Haus ist auch so schon kalt genug."

Ich schloss das Fenster und spähte verstohlen hinaus in den dunklen Vorgarten. Zu meiner Überraschung war Mr Northwood verschwunden.

Wahrscheinlich war er endlich in sein Haus zurückgegangen.

Ich zitterte immer noch leicht. „Ich wünschte, ich könnte dich *für immer* verschwinden lassen", dachte ich.

„Ich habe dir doch verboten, die Pistole aus der Schublade zu nehmen", schimpfte meine Mutter und band den Gürtel ihres rosa Bademantels enger. „Ich will sie eigentlich gar nicht mehr im Haus haben. Sie ist nur ein weiteres Beispiel für die Dummheit deines Vaters." Sie seufzte.

„Die ist nicht geladen", sagte ich leise und ließ sie in die Schublade fallen.

„Wie war dein Date?" Die dunklen Augen meiner Mutter sahen mich forschend an.

„Toll", sagte ich kurz angebunden. Meine Mutter war wirklich die Letzte, mit der ich jetzt darüber reden wollte.

Während ich hinauf in mein Zimmer ging, fragte ich mich, ob Dennis sich wohl jemals wieder mit mir verabreden würde.

Am Montagmorgen baute Melody sich nach der Sportstunde in der Umkleidekabine vor mir auf.

Wir hatten gerade Volleyball in der Turnhalle gespielt. Melodys Frisur, die sonst immer perfekt saß, war dieses Mal tatsächlich ein bisschen zerstrubbelt. „Ich muss dir was sagen", verkündete sie mit zusammengekniffenen blauen Augen.

„Wir kommen zu spät in den Unterricht", sagte ich verunsichert. „Gleich klingelt es."

„Es dauert nicht lange", erwiderte sie mit leiser Stimme. „Carol hat herausgefunden, dass du mit Dennis ausgegangen bist."

Ich reagierte kaum auf ihre Bemerkung. Ich machte zwar überrascht den Mund auf, doch ich sagte nichts.

„*Ich* habe es ihr nicht gesagt", erklärte Melody und ließ ihr Handtuch auf die Bank fallen. „Aber sie hat es trotzdem erfahren. Auf meiner Party waren einfach zu viele Leute. Ich meine, sie *musste* es von irgendjemandem erfahren."

„Na und?", fragte ich und schaute auf die Uhr.

„Na ja, jetzt ist sie total sauer", fuhr Melody fort. „Ich weiß zwar nicht, was Dennis dir erzählt hat. Aber Carol kann sehr eifersüchtig werden. Ich will dich bloß warnen. Carol will nicht, dass Dennis mit einer anderen ausgeht."

„Ich finde, das hat Dennis zu entscheiden, nicht wahr?", fragte ich schrill, obwohl ich eigentlich möglichst cool klingen wollte.

„Hey, reg dich nicht so auf!", zischte Melody giftig. „Ich wollte dir doch bloß Bescheid sagen."

Die Pausenglocke klingelte und wir fuhren erschrocken zusammen. Von einem Moment auf den nächsten war Melody verschwunden.

„Was geht hier vor?", fragte ich mich.

Mir war klar, dass Carol und Melody Freundinnen waren. Hatte Carol Melody also zu mir geschickt, um mich zu warnen? Hatte Dennis mich angelogen, als er behauptete, Carol und er würden manchmal auch mit anderen ausgehen? Oder war Melody einfach nur eine giftige Zicke, die mir Angst einjagen wollte?

Noch Stunden später tauchten die Fragen immer wieder in meinem Kopf auf. Doch ich fand keine Antwort.

Nach der Schule kämpfte ich mich durch das überfüllte Treppenhaus hinauf in die Bücherei im zweiten Stock. Ich musste für ein Biologieprojekt, an dem Margaret und ich gemeinsam arbeiteten, Material zum Thema Klonen finden.

Auf der Treppe begegnete ich Carol. Ich war ziemlich sicher, dass sie mich gesehen hatte, doch sie unterhielt sich mit einem anderen Mädchen und tat so, als hätte sie mich nicht bemerkt.

Ich ging weiter und wandte mich auf dem oberen Treppenabsatz in Richtung der Schulbücherei. Erst als eine vertraute Stimme meinen Namen rief, blieb ich stehen.

„Ach, hallo Dennis", sagte ich mit einem freundlichen Lächeln. „Wie geht's?"

Er hatte seine rotgraue Highschool-Jacke und verwaschene weite Jeans an. In der Hand hielt er einen angebissenen Müsliriegel. Lächelnd bot er mir an, einen Bissen zu nehmen.

Ich schüttelte den Kopf. „Nein, danke."

Er zupfte einen Fussel von meinem blauen Pullover. „Wollen wir heute Abend zusammen lernen?", fragte er. „Ich könnte nach dem Leichtathletiktraining vorbeikommen."

„Er mag mich wirklich!", durchfuhr es mich glücklich. Doch andererseits musste ich immer noch an das Gespräch mit Melody und an ihre Warnung über Carol nachdenken.

Dennis biss in seinen Müsliriegel und wartete auf meine Antwort.

„Das wäre toll!", sagte ich freudestrahlend. Wahrscheinlich hätte ich lieber nicht ganz so begeistert klingen sollen. Es wäre sicher besser gewesen, viel cooler zu bleiben. Aber ich konnte einfach nicht anders.

„Tut mir leid, Carol", dachte ich. „Aber ich mag Dennis wirklich. Und wenn Dennis mich auch mag, dann hast du halt Pech."

„Also bis später", sagte Dennis und winkte mir noch einmal zu.

„Bis später", erwiderte ich glücklich.

Als ich unser Haus betrat, kamen mir Zweifel.

Schließlich sieht es ganz schön schäbig und verwohnt aus. Es ist echt peinlich.

Im Vergleich zu unserem Haus wohnt Melody in einem Palast. Bei uns ist viel weniger Platz und unser enges Wohnzimmer wird nur von einem abgewetzten Cordsofa und zwei schäbigen Sesseln ausgefüllt. Irgendwie war mir das wirklich unangenehm.

Ich warf einen unglücklichen Blick in unser Wohnzimmer. Am liebsten hätte ich Dennis angerufen und einen Vorwand erfunden, um ihn wieder auszuladen. Ich wollte so sehr, dass er mich mochte. Und ich hatte große Angst, dass er mich nicht mehr in seiner Clique akzeptieren würde, wenn er unser Haus sah.

Total durchgeknallt, ich weiß.

Aber dieser Abend mit Dennis hatte mich etwas aus dem Gleichgewicht gebracht. Ich gebe es ja zu.

Zum Abendessen machte ich mir ein Thunfisch-Sandwich und häufte eine große Portion Kartoffelchips auf meinen Teller.

Ich war gerade fertig, als das Telefon klingelte.

„Das ist sicher Dennis, um mir abzusagen", dachte ich.

„Hallo?" Ich schluckte aufgeregt.

„Hi Johanna, ich bin's", sagte Margaret. „Um wie viel Uhr soll ich zu dir kommen?"

„Was?" Margarets Frage überraschte mich total.

„Du hast doch gesagt, wir würden heute Abend bei dir arbeiten, hast du das vergessen?", sagte Margaret. „Du weißt doch, an unserem Bio-Projekt?"

„Ach ja." Dennis brachte mich so durcheinander, dass ich meine Verabredung mit Margaret völlig vergessen hatte. „Äh … ich kann heute Abend nicht, Margaret. Ich … äh …"

Sie sollte nicht merken, dass ich sie wegen Dennis sitzen ließ. Außerdem mussten wir wirklich an dem Projekt arbeiten, denn wir sollten es schon am nächsten Freitag abgeben.

„Ich glaube, ich kriege eine Grippe", sagte ich, ohne zu überlegen.

„Heute in der Schule ging es dir aber doch noch gut", meinte Margaret. Ich merkte, dass sie mir diese Erklärung nicht ganz abnahm.

„Es hat erst hinterher angefangen", sagte ich mit schlechtem Gewissen. „Ich werde heute früh ins Bett gehen. Vielleicht ist es morgen wieder vorbei. Können wir unser Treffen auf morgen Abend verschieben?"

„Also gut", antwortete Margaret. „Gute Besserung, okay?"

Dann legte sie auf.

Ich stand da und dachte darüber nach, was für eine gute Freundin Margaret war.

Warum hatte ich sie angelogen? Warum hatte ich ihr nicht einfach gesagt, dass Dennis heute Abend zum Lernen vorbeikommen würde?

„Margaret würde sich für mich freuen", dachte ich zuerst.

„Nein, das würde sie nicht", dachte ich dann. „Sie wäre sauer und verletzt, weil ich ihr wegen Dennis abgesagt habe. Ich musste sie anlügen."

Es klingelte an der Haustür. Ich rannte hin, um aufzumachen.

„Dennis, hallo!", rief ich freudig.

Ich machte die Tür auf und erstarrte vor Schreck.

14

„Hey, wie geht's?", fragte Dennis und grinste.

Hinter ihm sahen mich vier Gesichter an. Dennis hatte seine ganze Truppe mitgebracht: Melody, Zack, Lanny und sogar Carol!

Sie zwängten sich an mir vorbei in den Flur und redeten plötzlich alle gleichzeitig. Ich warf Dennis einen fragenden Blick zu, doch er wich mir aus.

Nachdem alle ihre Jacken und Mäntel auf einen Stuhl geworfen hatten, breiteten sie sich in unserem Wohnzimmer aus. Sie redeten und lachten und ließen ihre Rucksäcke auf den Boden fallen. Mich ignorierten sie ziemlich.

Melody legte ihre Beine auf eine Sessellehne. Sie trug einen kurzen roten Pullover und eine schwarze enge Stretchhose. Ihr blondes Haar war kompliziert hochgesteckt. „Warum sind wir eigentlich hier?", fragte sie Dennis. „Wollen wir etwa tatsächlich lernen?"

„Zum Partyfeiern", antwortete Zack an Dennis' Stelle. Er hatte sich auf dem Boden ausgestreckt und trug wie immer seine blaue Sonnenbrille. „Hey, gibt's hier auch was zu trinken?", fragte er mich.

„Ich glaube, im Kühlschrank sind ein paar Coladosen", antwortete ich.

„Es gefällt mir hier bei dir", verkündete Lanny und klopfte auf das schäbige Cordsofa. „Es ist so … so gemütlich."

„Ist sonst noch jemand da?", fragte Carol und sah sich suchend um. Sie stand dicht neben Dennis, hatte wie selbstverständlich die Hand auf seine Schulter gelegt.

Carol trug eine dunkelblaue Baseball-Kappe auf ihrem kurzen braunen Haar. Ihre Wangen waren von der Kälte draußen gerötet.

Ich sagte ihr, dass meine Mutter noch bei der Arbeit war. Dann ging ich in die Küche, um die Getränke zu holen.

„Warum hat Dennis mich nicht vorgewarnt?", wunderte ich mich. „Warum hat er mir nicht gesagt, dass er all seine Freunde mitbringt?"

Ich war enttäuscht, dass er nicht allein gekommen war. Doch ich war gleichzeitig glücklich, dass auch die anderen sich für mich zu interessieren schienen. Ich meine, vielleicht bedeutete das, dass sie mich in ihre Clique aufnehmen würden! Vielleicht würden wir alle Freunde werden.

Als ich mich bückte, um die Coladosen aus dem Kühlschrank zu holen, hörte ich, wie Carol im Wohnzimmer über etwas lachte.

Es war ein komisches Gefühl, dass Carol hier war. Vor allem nach dem, was Melody über sie gesagt hatte. Doch Carol wirkte gar nicht wütend auf mich. Sie schien sogar in einer besonders guten Stimmung zu sein.

Hatte sie Melody wirklich gebeten, mir zu sagen, dass ich mich von ihm fernhalten sollte? War es ihr überhaupt wichtig? Oder hatte Melody sich das alles nur ausgedacht?

Die letzten Tage waren viel zu verwirrend. Ich beschloss, cool zu bleiben und mich einfach über meine neuen Freunde zu freuen.

Dann tauchte Dennis im Türrahmen der Küche auf. „Hoffentlich macht es dir nichts aus, dass ich die ganze Clique mitgebracht habe." Er lächelte mich entschuldigend an.

„Kein Problem." Ich lächelte zurück. Ich verspürte ein plötzliches Verlangen, zu ihm zu laufen und die Arme um ihn zu legen. Er sah einfach fantastisch aus.

„Oje, Johanna", dachte ich erschrocken. „Pass auf! Du verknallst dich ja total in ihn. Sei vorsichtig!"

Dennis half mir, die Coladosen ins Wohnzimmer zu tragen. Doch als wir den Raum betraten, hatte sich die allgemeine Stimmung plötzlich verändert.

Dafür war Zack vom Boden aufgestanden und lief unruhig vor dem Fenster auf und ab. „Habt ihr gehört, was der gemeine Kerl gemacht hat?", fragte er und kratzte sich an seinem roten Lockenschopf. „Könnt ihr es glauben?"

„Von wem redest du?", fragte Dennis, während er sich neben Carol auf den Boden setzte.

„Von Northwood natürlich", erwiderte Zack verbittert. „Hast du es denn nicht mitgekriegt, Dennis? Es ist doch in der ganzen Schule herumgegangen."

„Was?", fragte Dennis. Er nahm einen großen Schluck aus seiner Coladose und starrte Zack mit seinen grünen Augen neugierig an.

„Northwood hat Zack aus dem Klassenzimmer geworfen, weil er ihn beim Abschreiben erwischt hat", sagte Lanny mit einem amüsierten Grinsen.

„Ich habe nicht abgeschrieben!", schrie Zack und funkelte Lanny zornig an.

„Und warum hast du dich dann über Deenas Schulter gebeugt?", wollte Melody wissen.

„Ich hab sie bloß nach der Uhrzeit gefragt", gab Zack zurück. „Das war alles. Ich wollte nur wissen, wie spät es ist."

Melody und Lanny lachten verächtlich und Carol verdrehte die Augen.

„Wir glauben dir nicht", sagte Dennis übertrieben sanft und kicherte.

Zack verlor die Fassung und fing an, laut herumzufluchen. Ich konnte seine Augen hinter der blauen Sonnenbrille zwar nicht erkennen, doch ich wusste auch so, dass er wirklich wütend war.

Einen Augenblick lang hatte ich eine Vision, in der Zack alles in unserem Wohnzimmer kurz und klein schlug. Ich stellte mir vor, wie meine Mutter hereinkommen und nichts außer Trümmern vorfinden würde.

„Das ist keine Lüge", zischte Zack aufgebracht. „Ich sage die Wahrheit. Ich habe nicht abgeschrieben. Aber Northwood hat mich am Arm gepackt und aus dem Klassenzimmer gezogen. Er sagte, er könnte mir wieder Schulverbot erteilen lassen – und dieses Mal für immer."

„Hast du ihm erklärt, dass du sie bloß nach der Uhrzeit gefragt hast?", fragte Dennis.

„Natürlich", gab Zack wütend zurück. „Aber Northwood wollte es nicht wissen. Er hat mir gar nicht zugehört!"

„Er hört uns nie zu", warf Lanny ein. Seine Züge verhärteten sich. „Und er gibt nie nach. Wisst ihr auch, warum? Ist euch klar, warum Northwood immer so gemein zu uns ist?"

„Weil er einfach fies ist?", schlug Zack vor.

„Nein. Weil wir reich sind", sagte Lanny erhitzt. „Wir sind reich und er ist arm. Das ist der Grund, warum er seine Wut immer an uns auslässt."

„Ja, du hast recht", murmelte Melody.

Plötzlich bückte sich Zack und hob seinen Rucksack auf. „Moment mal, da habe ich doch etwas für Northwood", murmelte er. Dann machte er den Reißverschluss seines Rucksacks auf und steckte seine fleischige Hand hinein. Er stöberte in seinen Sachen herum und schien nach einigen Augenblicken endlich das gefunden zu haben, was er gesucht hatte.

Als er sich uns wieder zuwandte, änderte sich seine Miene schlagartig. Er grinste teuflisch.

„Hey, Mann, was hast du da?", wollte Dennis wissen.

„Ich mach ihn fertig", erwiderte Zack. Sein Grinsen wurde breiter und hasserfüllter zugleich. „Ich mache Northwood fertig, noch heute Nacht."

15

Dennis und Lanny fingen an zu lachen. Doch irgendetwas an Zacks Miene ließ sie rasch wieder verstummen.

Alle starrten Zack an.

Er ließ den Rucksack vor seinen Füßen auf den Boden fallen. Es dauerte eine Weile, bis ich erkennen konnte, was er in seiner großen kräftigen Hand hielt.

Es war ein Reagenzglas.

Zack grinste immer noch und hielt das Röhrchen hoch, damit wir alle es sehen konnten.

„Was ... was ist das?", stammelte ich.

„Zack wird es trinken und sich in einen Werwolf verwandeln", bemerkte Melody nüchtern.

Die gelbe Flüssigkeit im Reagenzglas glitzerte im Licht der Deckenlampe.

„Es ist Nitroglyzerin!", sagte Lanny scherzhaft und sprang auf. „Er wird uns damit alle in die Luft sprengen!"

Zack ließ ein grauenhaftes Gelächter erklingen und hielt sich das dünne Röhrchen über den Kopf.

„Spann uns nicht länger auf die Folter!", bat Carol. „Was ist das, Zack?"

„Eine Stinkbombe", flüsterte er.

„Was?" Erschrocken schrien wir auf.

„Es ist eine Stinkbombe", wiederholte Zack. Er kam auf uns zu und streckte uns das Gläschen hin. „Ich weiß, dass die normalerweise anders aussehen.

Aber das ist eine ganz besondere Stinkbombe. Hier. Wollt ihr mal daran schnuppern?" Er griff nach dem Korken.

„Iiiih!"

„Nie im Leben!"

„Hau bloß ab damit!"

„Wo hast du das Zeug her?", fragte ich und starrte wie gebannt auf die gelbe Flüssigkeit.

Zack lachte. „Mein Bruder hat es mir besorgt. Es ist eine Spezialmischung aus einem Labor an der Uni."

„Das ist echt eklig", murmelte Carol und verzog das Gesicht.

„Willst du einen Schluck?" Zack hielt ihr das Glas hin.

„Geh weg!", schrie Carol und vergrub ihr Gesicht in Dennis' Sweatshirt.

Ich spürte einen schmerzhaften Stich in der Brust. Ich wollte, dass Dennis für *mich* da war, nicht für Carol.

Doch ich hatte keine Zeit, weiter darüber nachzudenken. Plötzlich standen alle auf und folgten Zack zur Haustür.

„Was willst du damit machen?", fragte Carol, während sie ihren Parka anzog.

„Er wird die Flüssigkeit austrinken und dann Northwood anhauchen", gab Dennis zurück.

Alle lachten.

„Du bist der Größte, Mann!" Lanny schlug Zack so hart auf den Rücken, dass dieser fast das Reagenzglas fallen gelassen hätte.

„Huch!", schrie ich erschrocken auf. Mir graute vor

der Vorstellung, unser ganzes Haus würde nach der Stinkbombe riechen.

„Komm schon, Zack, was hast du vor? Wohin gehen wir?", fragte Melody. Sie drehte sich in der Haustür um und blockierte den anderen den Weg. „Ich komme nicht mit, solange ich nicht weiß, was du vorhast."

Zack grinste sie an. „Ganz einfach", sagte er, während er das Röhrchen wieder in die Höhe hielt. „Einer von uns wird Northwood das Zeug vor die Tür gießen. Das ist alles. Mein Bruder hat gesagt, es dauert Monate, bis der Gestank wieder vergeht."

„Einer von uns?", hakte Dennis nach. „Wie meinst du das, *einer* von uns?"

„Na ja, ich habe die Flüssigkeit schließlich organisiert", entgegnete Zack. „Also sollte jemand anders sie an den richtigen Ort bringen. Hier, Dennis. Traust du dich?"

Er versuchte, Dennis das Glas zu geben, doch Dennis hob beide Arme hoch und wich zurück. „Niemals, Mann!", rief er. „Ich bin bei Northwood ohnehin schon unten durch!"

„Es ist unsere Rache, Dennis!", versuchte Zack, ihn zu ermutigen. „Rache! Du weißt, dass du es tun willst! Also tu es. Ich fordere dich heraus!"

„Niemals", wiederholte Dennis und legte eine Hand auf Carols Schulter.

„Es ist doch deine Stinkbombe. Schütte *du* sie aus", sagte Melody zu Zack.

„Ich bin zu groß. Northwood würde mich sehen …", begann Zack.

„*Ich* tue es!", rief ich spontan aus.

Fragt mich bloß nicht, warum ich mich dazu bereit erklärt habe. Die Worte kamen von ganz allein aus meinem Mund.

Ich glaube, es hatte etwas damit zu tun, dass Dennis die Hand auf Carols Schulter gelegt hatte. Wahrscheinlich wollte ich Dennis unbedingt beeindrucken. Und ich musste allen zeigen, dass ich eine von ihnen war, dass ich zur Clique gehörte. Außerdem wollte ich Dennis beweisen, dass er mit mir mehr Spaß haben konnte als mit Carol.

Aber all das wurde mir erst viel später klar.

„Echt stark, Johanna!", rief Lanny begeistert.

Zack ließ das Reagenzglas in meine Hand gleiten. Es fühlte sich von seinem festen Griff schon ganz warm an. „Johanna ist so klein und zierlich", erklärte Zack den anderen. „Sie kann sich hinschleichen, das Zeug auskippen und sich wieder davonstehlen, ohne gesehen zu werden."

„Du Angsthase", beschimpfte Dennis Zack.

Scherzhaft hielt Zack Dennis seine Faust unter die Nase. „Sag das noch einmal. Dann mach ich dich fertig, Mann."

Dennis verzog angewidert das Gesicht. „Hey, Zack, deine Hand riecht ja schon nach der Stinkbombe. Puh!"

„Was?" Zack stieß einen entsetzten Schrei aus und fing an, wie ein Verrückter seine Hand zu beschnüffeln.

Dennis lachte. „Reingefallen!"

Zack verpasste ihm einen harten Schlag auf die Schulter.

„Hey, wollen wir den ganzen Abend hier herumstehen? Kommt schon, es geht los!", rief Lanny ungeduldig.

Wir traten in die klare, kalte Nacht hinaus. Über den kahlen Bäumen hing ein tiefer heller Halbmond. Nichts rührte sich, kein Blatt raschelte. Die Stille war unheimlich.

Ich führte die anderen auf das Nachbargrundstück und war erleichtert, als ich sah, dass es in Mr Northwoods Haus völlig dunkel war. „Vielleicht ist er gar nicht da", dachte ich. „Oder er ist schon früh ins Bett gegangen."

Wir blieben seitlich neben Mr Northwoods Haus stehen und duckten uns hinter zwei ziemlich mickrige Büsche.

„Sein Auto steht nicht in der Auffahrt", flüsterte Dennis. „Wahrscheinlich ist er nicht zu Hause."

„Das Auto kann aber auch in der Garage sein", flüsterte ich.

Krampfhaft umklammerte ich das Glasröhrchen. Ich hielt es so fest, dass ich schon Angst hatte, es zu zerbrechen. Ich lockerte den Griff und starrte auf die dunkle Eingangstür.

„Warum tue ich das eigentlich?", fragte ich mich. „Hab ich total den Verstand verloren?"

Ich warf einen Blick auf Dennis. Er zwinkerte mir ermutigend zu.

Mein Herz schlug schneller. Ja, vielleicht hatte ich wirklich den Verstand verloren.

„Würde ich für Dennis *alles* tun?", fragte ich mich erschrocken.

Doch ich hatte keine Zeit, länger darüber nachzudenken. Die anderen drängten mich, endlich loszugehen.

Ich holte tief Luft und rannte über den Rasen auf Mr Northwoods Haustür zu. Das Reagenzglas trug ich vorsichtig vor mir her.

Irgendwo weiter entfernt hupte ein Auto und unterbrach damit die unheimliche Stille.

Hoffentlich würde kein Wagen vorbeifahren.

Ich blieb vor den Eingangsstufen stehen. Mein Herz hämmerte so heftig, dass es in meinen Ohren dröhnte.

Ich betrat die erste Stufe und hob das Röhrchen hoch.

„Los, mach schon! Beeil dich!", redete ich mir im Stillen Mut zu.

Ich wollte gerade mit zitternder Hand den Korken herausziehen, als das Licht auf der Veranda anging.

16

„Verdammt!", schrie ich vor Schreck.

Das Reagenzglas fiel mir aus der Hand.

Es zerbrach auf den Stufen.

Blitzschnell drehte ich mich um und rannte zu den schützenden Büschen.

Nur Sekunden später ging hinter mir die Haustür auf.

„Wer ist da?", zerschnitt Mr Northwoods wütende, schrille Stimme die Stille.

Ich sprang kopfüber zu den anderen hinter die Büsche.

Und dann hörte ich das entsetzte Stöhnen von Mr Northwood. „Um Himmels willen!", stieß er angewidert aus. Doch dann schlug die Haustür krachend zu.

Sofort gratulierten mir die anderen. Zack umarmte mich sogar fest. „Johanna, du warst einmalig!", flüsterte er mir ins Ohr.

„Das hast du toll gemacht!", lobte Dennis mich und grinste.

Aber ich starrte nur auf den Hauseingang und fragte mich, ob Mr Northwood mich gesehen hatte. Wusste er, wer es gewesen war?

Unsere Hochstimmung hielt nicht lange an. Der schreckliche säuerliche Gestank kam schnell auch bei uns an.

Wir atmeten ihn alle gleichzeitig ein. Mann, wie ekelhaft!

Einen so fürchterlichen Gestank hatte ich noch nie erlebt. In meinem Magen rumorte es. Ich glaubte, mich gleich übergeben zu müssen!

„Wir müssen weg von hier!", rief Dennis.

„Kommt, wir gehen was essen", drängte Zack.

Wir zwängten uns in Melodys Auto und einen Augenblick später rasten wir schon die Fear Street entlang.

Zack, Lanny, Carol und ich saßen wie Sardinen auf der Rückbank. Dennis hatte den Platz vorne neben Melody. Es war zwar sehr unbequem, doch das war mir egal. Ich war noch nie in einem so schnellen Auto gefahren!

Wir lachten und scherzten die ganze Fahrt über, bis wir die Kneipe erreicht hatten. Wir waren alle glücklich darüber, dass die Mission Stinkbombe erfolgreich verlaufen war.

Die Kneipe war fast leer. An den Wochenenden hängen die Schüler der Shadyside Highschool dort bis in die frühen Morgenstunden herum. Doch unter der Woche ist meistens nicht so viel los. Wir setzten uns nach hinten in eine Nische und bestellten Hamburger und Pommes.

Weil ich kein Geld dabeihatte, bot Zack an, mein Essen zu bezahlen.

Ich war überglücklich. Hier saß ich nun mit den beliebtesten Mitschülern meiner Schule. Und alle waren wahnsinnig nett zu mir! Jetzt gehörte ich echt zu ihrer Clique.

Carol sorgte dafür, dass sie neben Dennis sitzen konnte. Doch Dennis lächelte mir immer wieder verstohlen zu. Und es war ein tolles Gefühl, der Star des Abends zu sein.

„Hast du Northwoods Miene gesehen, als er es gerochen hat?", rief Zack mir begeistert zu.

„Ihm standen die Haare echt zu Berge!", erzählte Carol.

„Ich bin froh, dass ich in seinem Unterricht nicht in der ersten Reihe sitze", sagte Melody und hielt sich die Nase zu. „Wahrscheinlich werden seine Klamotten auch einen Monat lang stinken!"

Wir alle lachten, machten Witze und amüsierten uns königlich.

Es war schon fast halb elf, als sie mich vor unserem Haus ablieferten. Als das Auto langsam wegfuhr, drehte ich mich noch mal um und winkte.

Während ich auf unser Haus zuging, dachte ich an meinen Mut und lächelte in mich hinein.

Doch mein Lächeln verschwand sehr schnell, als plötzlich eine Gestalt aus der Dunkelheit trat.

17

Mr Northwood!

Das war mein erster Gedanke.

Gott sei Dank hatte ich mich geirrt.

„Johanna!", rief Margaret und kam auf mich zu. Ich sah, dass sie einen kleinen Topf in den Händen hielt.

„Margaret, was machst denn du hier?", stieß ich überrascht aus.

Sogar in der Dunkelheit konnte ich ihren vorwurfsvollen Blick erkennen. „Du hast doch gesagt, du hättest Grippe, Johanna."

„Stimmt. Na ja …"

Ein säuerlicher Gestank breitete sich in der feuchten Nachtluft aus. Der Geruch der Stinkbombe.

„Iiih. Was ist denn das?" Margaret verzog angeekelt das Gesicht.

„Das ist eine lange Geschichte", sagte ich und ging mit ihr ins Haus. Die Lichter brannten und ich hörte Mum oben herumräumen.

Ich rief ihr zu, dass ich zu Hause war. Dann wandte ich mich Margaret zu. Sie trug einen rosa Daunenparka, den sie von ihrer Cousine geerbt hatte. Die Kapuze hing zerknautscht hinter ihrem Kopf. Ihr karottenrotes Haar war verstrubbelt und biss sich mit dem Rosa der Jacke.

Sie hielt mir den Topf hin. „Ich habe dir Hühnersuppe mitgebracht. Meine Mutter hatte noch eine Portion im Gefrierschrank. Weil du doch Grippe hast."

„Es tut mir leid …", fing ich an.

„Du hättest mir ruhig sagen können, dass du was anderes vorhattest", unterbrach Margaret mich schrill. „Du musst mich nicht anlügen."

„Ich hatte nichts anderes vor", sagte ich matt und ich konnte an Margarets Augen erkennen, wie verletzt sie war. „Du hast ja recht", sagte ich und nahm ihr die Suppe ab. „Es tut mir leid. Dennis ist vorbeigekommen und …"

„Du gehörst nicht zu denen", sagte sie verbittert.

„Was?" Ihre Worte überraschten mich.

„Sie sind anders als wir", fuhr Margaret fort und sah mir fest in die Augen. „Die Typen aus North Hills machen doch, was sie wollen. Ihnen ist es egal, wen sie dabei verletzen."

„Was regst du dich denn so auf?", schoss ich zurück. „Du kennst sie doch gar nicht, Margaret."

„Ich kenne sie gut genug", sagte Margaret. „Es wird dir noch leidtun, dass du dich mit ihnen eingelassen hast."

„Danke, Mum", gab ich sarkastisch zurück.

„Hoffentlich schmeckt dir die Suppe", sagte Margaret. „Also bis dann."

Sie drehte sich um und rannte zur Tür hinaus.

In den nächsten Wochen waren Dennis und seine Freunde immer öfter bei mir. Sie kamen meistens nach dem Abendessen. Dann alberten wir herum, lachten viel und machten unsere Hausaufgaben zusammen.

Unser Wohnzimmer war zwar nicht so groß und elegant wie ihre, doch ich glaube, sie waren gerne bei mir, weil uns keine Eltern störten. Da meine Mutter abends fast immer bei der Arbeit war, hatten wir das Haus ganz für uns.

Ständig malte ich mir aus, wie ich Dennis dazu bringen könnte, mit Carol Schluss zu machen und mit mir zu gehen.

Die anderen hatten immer noch Probleme mit Mr Northwood. Ich glaube, er dachte, Dennis und seine Freunde wären für die Stinkbombe verantwortlich. Und deswegen war er noch gemeiner zu ihnen als vorher.

Er ließ Dennis und Zack in Geschichte durchfallen. Das bedeutete, dass Dennis nicht mehr im Leichtathletikteam mitmachen durfte. Die Eltern von Dennis kamen zwar in die Schule und redeten mit dem Rektor. Doch diesmal stand er hinter Mr Northwood.

Mr Northwood ließ auch Carol und Melody nachsitzen, bloß weil sie während des Unterrichts miteinander gekichert hatten. Und er drohte, uns nicht auf den Klassenausflug im Frühling gehen zu lassen, wenn unsere Projekte nicht alle rechtzeitig abgegeben wurden.

Also machten wir weiterhin unsere Witze darüber, wie wir Mr Northwood um die Ecke bringen würden.

Doch dann, an einem späten Donnerstagabend, war es plötzlich kein Scherz mehr.

Zack hatte ein paar Dosen Bier mitgebracht, die wir tranken, während wir unsere Hausaufgaben machten.

Ich kauerte in einem Sessel und versuchte, mich auf

Hamlet zu konzentrieren. Dennis und Carol saßen auf dem Sofa und kritzelten Aufgaben in ihre Chemiehefte. Zack, Lanny und Melody lagen bäuchlings auf dem Teppichboden und waren in ihre Mathebücher vertieft.

Ich hörte Dennis zwar murmeln, dass er einen neuen Bleistift bräuchte, doch ich sah nicht, wie er aufstand und zu dem kleinen Tisch an der Wand ging.

Ich schaute erst auf, als er gerade die Schublade öffnete. „Wow!" Staunend riss er die Augen auf und holte die kleine Pistole heraus. „Wahnsinn! Damit könnten wir Mr Northwood wirklich umbringen!", rief Dennis begeistert aus.

„Dennis, leg sie sofort wieder hin!", schrie Carol panisch.

„Was ist das?", fragte Lanny, als er den Kopf hob. „Zeig mal her!"

„Wir könnten ihn erschießen. Wir könnten ihn wirklich erschießen!", meinte Dennis so begeistert, dass es mich erstaunte.

Er nahm das Magazin und lud die Pistole.

„Hey, Dennis, lass das", sagte ich und machte mein Buch zu. Ein Gefühl der Beklemmung machte sich in mir breit.

Dennis ignorierte mich. „Hey, Zack, schau dir die mal an!", rief er. Dann warf er die geladene Pistole Zack zu.

Zack griff danach und fing sie. Dabei verschüttete er sein Bier auf dem Teppich, doch das schien er gar nicht zu merken. Er drehte die silberne Pistole in seinen Händen und untersuchte sie sorgfältig. „Ist die echt?", fragte er mich. „Ich hab noch nie eine echte Waffe in der Hand gehabt."

„Mein Vater hat sie uns dagelassen", erklärte ich. „Aber nur zur Selbstverteidigung. Leg sie wieder weg, okay?"

„Ja, leg sie weg. Komm, mach schon!", jammerte Carol ängstlich.

Doch Zack reichte die Pistole an Lanny weiter. Lanny tat so, als würde er Dennis erschießen. Dennis fasste sich daraufhin an die Brust und ließ sich auf den Boden fallen.

Die Jungs lachten. Doch die Mädchen fanden es gar nicht komisch.

Ich sprang auf. „Hört auf, damit herumzuspielen. Ihr macht mir wirklich Angst."

„Ich geh jetzt", sagte Melody nervös. Sie schlug ihr Mathebuch zu und stand auf. „Wenn ihr die Pistole nicht sofort weglegt, geh ich. Das ist wirklich zu gefährlich."

Doch Lanny hatte schon zu viel Bier getrunken und seine Augen waren etwas wässrig. Er grinste Melody übermütig an. Dann schwang er die Pistole um seinen Finger. „Ich wollte schon immer ein Cowboy sein", murmelte er.

„Wir könnten Northwood erschießen", sagte Dennis wieder und kratzte sich am Kopf. „Es ist eine ganz leichte Sache." Er durchquerte das Wohnzimmer und nahm Lanny die Pistole ab.

„Tschüss", sagte Melody. „Ich meine es ernst. Ich geh jetzt." Sie verschwand im Flur.

Dennis ging mit der Waffe zum Fenster. Er zielte

hinaus in die Dunkelheit und tat so, als würde er sie abfeuern. „Peng! Mr Northwood, Sie sind tot", sagte er und grinste.

Dann warf er Zack die Pistole zu. „Was hältst du davon, Mann?"

Zack griff ins Leere. Die Waffe fiel auf den Boden und landete vor seinen Füßen.

„Leg sie weg! Bitte!", rief ich.

„Erst erschießen wir Northwood. Dann verstecken wir die Pistole", sagte Dennis. „Und dann tun wir so, als sei nichts gewesen. Keiner wird eine Gruppe netter, anständiger Jugendlicher verdächtigen."

„Du spinnst, Dennis", sagte Carol schrill. „Du bist ja total übergeschnappt!"

Zack zielte mit der Waffe auf Lanny.

„Gib sie mir!", forderte Lanny ihn auf. Zack warf ihm die Pistole zu. Lanny sah sie sich noch einmal näher an. Dann schaute er mich an. „Das ist eine Mordwaffe!", rief er.

„Soll das ein Witz sein?", fragte ich und ging zu ihm, um ihm die Pistole aus der Hand zu reißen. Doch er warf sie Dennis zu.

Dennis konnte die Waffe kaum fangen. Beinahe hätte er sie fallen gelassen. Dann spielte er wieder damit herum.

„Dennis, bitte lass das!", bat Melody, die wieder in der Wohnzimmertür aufgetaucht war.

„Schaut mal her", sagte Dennis und grinste mich an. „Seht ihr, wie schnell ich sie ziehen kann?"

„Nein! Bitte nicht!", schrie ich.

Ohne meine Worte zu beachten, steckte Dennis die

Pistole in die Tasche seiner Jeans. „Bei drei", sagte er mit blitzenden grünen Augen.

Er zählte laut bis drei.

Dann griff er wie ein Cowboy nach der Pistole und zog sie sich aus der Hosentasche.

Als sie losging, schrien wir alle entsetzt auf.

Es klang wie ein sehr lauter Feuerkracher.

Und dann stieß Zack einen markerschütternden Schrei aus.

Ich riss fassungslos den Mund auf, als sich ein roter Blutfleck auf seiner Schulter ausbreitete. Erst war es ein kleiner Punkt, doch dann wurde er immer größer und größer …

Zack schrie noch einmal, doch jetzt klang er schwächer.

Dann griff er sich an die blutende Schulter, sackte zusammen und stürzte auf den Teppich.

18

„Helft mir!", stöhnte Zack. „Holt einen Arzt. Das Blut … es …" Er verzog vor Schmerz das Gesicht und schloss die Augen.

Der helle Blutfleck breitete sich über die ganze Schulter seines Hemds aus. Dann tropfte das Blut sogar auf den Teppich.

„Bitte …", stöhnte Zack schwach.

Wir gerieten alle in Panik.

Carol presste verzweifelt die Hände vors Gesicht. Sie keuchte laut und schüttelte den Kopf, während ihr dicke Tränen über die Wangen rollten. „Tut irgendetwas! Er stirbt sonst!", schrie sie. „Er wird sterben!"

Lanny stand wie erstarrt mitten im Raum und riss vor Angst die Augen weit auf.

„Oh, mir … mir wird ganz schlecht", murmelte Melody. Ihr Gesicht wurde kreideweiß. Sie rannte hinaus in den Flur, doch sie schaffte es nicht mehr bis ins Bad. Noch im Flur fing sie an, sich zu erbrechen.

Ich stand genauso unter Schock wie die anderen. Ich starrte hinunter auf Zack und schrie mit schriller Stimme: „Ruft einen Krankenwagen! Ruft einen Krankenwagen!" Doch der Anblick von Zacks blutender Schulter lähmte mich so, dass ich nicht zum Telefon rennen konnte.

Melody übergab sich laut im Hausflur. Carol weinte und zog sich an den Haaren. Lanny hatte sich nicht von der Stelle mitten im Zimmer gerührt.

„Du hast ihn angeschossen! Er darf nicht sterben!", heulte Carol.

Nur Dennis, der immer noch die Pistole in der Hand hatte, behielt einen kühlen Kopf. Mit zusammengekniffenen Augen starrte er hinunter auf Zack, dann hob er den Kopf und warf mir einen Blick zu.

„Ruf den Notruf an", sagte er zu mir. „Beeil dich. Hol die Polizei und einen Krankenwagen."

Seine Stimme war leise und ruhig und seine gelassene Art übertrug sich etwas auf mich. Gehorsam ging ich zum Telefon.

„Zack, kannst du laufen?", hörte ich Dennis fragen. „Kannst du aufstehen? Komm schon, Zack!"

Ich wählte die Notrufnummer und sagte, dass es eine Schießerei gegeben hätte. Ich gab ihnen meine Adresse. Langsam fing ich an, wieder klar zu denken. Mein Herz raste zwar immer noch und meine Hände waren eiskalt. Doch mein Hirn funktionierte wieder.

Dennis und Lanny halfen Zack vom Boden auf. An der Stelle, an der er zu Boden gestürzt war, war ein großer Blutfleck zu sehen.

„Nein! Bewegt ihn nicht!", schrie ich.

„Wir müssen es tun! Ich hab eine Idee!", fauchte Dennis mich an.

„Wir müssen die Blutung stoppen!", kreischte Carol. „Bindet die Wunde ab! Sonst stirbt er!"

„Wisch das Blut weg, schnell!", befahl Dennis mir. Lanny und er zerrten Zack zur Haustür. Zack stöhnte vor Schmerzen.

„Dennis, ich verstehe das nicht! Wohin bringt ihr ihn?", fragte ich völlig verwirrt.

„Du wirst schon sehen", erwiderte Dennis genervt. „Mir ist etwas eingefallen, Johanna. Ich erkläre es euch später. Jetzt ist keine Zeit dafür. Wisch einfach das Blut weg! Mach schnell!"

Zack stöhnte. „Es … tut … so … weh."

„Tut doch etwas!", schrie Carol schrill. „Bitte lasst ihn nicht sterben!"

Zack umklammerte die Schultern der beiden anderen. Sie brachten ihn langsam aus dem Zimmer. „Der Krankenwagen kommt gleich", sagte Lanny zu ihm. „Er ist schon unterwegs."

„Geh weiter", sagte Dennis. „Schaffst du es? Geh weiter, Mann."

Im Flur kamen sie an Melody vorbei, die sich an die Wand lehnte und eine Hand auf ihren Bauch presste. Das blonde Haar hing ihr wirr ins Gesicht. Sie atmete schwer.

„Bewegt ihn nicht! Er verliert zu viel Blut!", schrie Carol voller Panik.

„Hilf Johanna beim Saubermachen", befahl Dennis ihr. „Es kommt alles in Ordnung. Glaubt mir. Ihr könnt mir vertrauen."

Carol und ich sahen einander fragend an. Was in aller Welt hatte Dennis vor?

In meinem Kopf drehte sich alles. Ich konnte nicht klar denken. Immer wieder hörte ich den Schuss und sah den größer werdenden Blutfleck auf Zacks Hemd.

„Okay, ich mache, was Dennis sagt", dachte ich entschlossen.

Er schien zu wissen, was zu tun war.

Ich rannte in die Küche, um Schwämme, Wasser

und Seife zu holen. Carol folgte mir dicht auf den Fersen. Ich glaube, sie wollte nicht allein im Wohnzimmer bleiben.

„Was macht Dennis da?", fragte sie mich mit dünner ängstlicher Stimme. „Zack braucht doch einen Arzt! Wo bringen sie ihn hin? Jetzt kriegen wir Schwierigkeiten, schreckliche Schwierigkeiten! Was hat Dennis nur vor?"

„Ich weiß es nicht", antwortete ich, während ich den Besenschrank aufmachte und die Putzsachen herausholte. „Wir sollten einfach tun, was er sagt."

„Aber was hat er vor?", wiederholte Carol. Ihre Augen waren gerötet und voller Panik. „Was will er nur tun?"

Wir machten den Fleck im Wohnzimmer weg, so gut wir konnten. Melody war überhaupt keine Hilfe. Sie saß vornübergebeugt in einem Sessel, heulte und hielt sich den Bauch.

Als wir fertig waren, ließen Carol und ich sie im Wohnzimmer zurück und rannten nach draußen. Es war eine kalte, trübe Nacht. Tief hängende schwarze Wolken verdunkelten den Himmel.

Ich hörte das Heulen einer Sirene, das immer näher kam.

„Die Polizei und der Krankenwagen sind schon unterwegs", dachte ich. „Hoffentlich wird Zack es überleben!"

Doch dann drängte sich eine andere Überlegung in den Vordergrund. Mir wurde schlagartig wieder klar, dass wir alle in großen Schwierigkeiten steckten.

Plötzlich fiel mir außerdem meine Mutter ein. Was würde sie sagen, wenn sie hörte, dass wir mit der Pistole herumgespielt hatten und dass Zack dabei angeschossen worden war?

„Und was ist, wenn Zack stirbt?", dachte ich. „Was ist, wenn er verblutet?"

Würden wir dann alle festgenommen werden?

Ich schüttelte heftig den Kopf und versuchte, diese Vorstellung zu vertreiben.

„Was macht ihr hier draußen?", fragte ich laut.

Nachdem sich meine Augen an die Dunkelheit gewöhnt hatten, sah ich die drei Jungen in Mr Northwoods Vorgarten. Zack lag auf dem Rücken im Gras. Lanny beugte sich über ihn. Als Dennis Carol und mich sah, kam er auf uns zugerannt.

„Bestätigt einfach meine Geschichte, wenn euch jemand fragt", drängte er uns atemlos. Selbst in der Dunkelheit konnte ich die Aufregung in seinem Gesicht deutlich erkennen.

„Wo … wo ist die Pistole?", fragte ich.

Er zeigte auf das Haus von Mr Northwood.

„Ich … ich verstehe nicht", murmelte ich.

Der Vorgarten wurde in flackerndes rotes Licht getaucht. Die Sirenen heulten auf und verstummten. Das Licht der Autoscheinwerfer fiel auf Zack, der zusammengekrümmt auf dem kalten, harten Boden lag.

Dann ging das Licht vor Mr Northwoods Tür an.

Die Haustür öffnete sich. Mr Northwood trat auf die Türschwelle. Er trug einen schwarzen Rollkragenpullover und eine weite graue Jogginghose.

„Was ist hier los? Was ist passiert?", rief er wütend.

Er stieß mit dem Schuh gegen etwas und bückte sich danach. Dann sah ich, wie er einen Gegenstand aufhob.

Die Pistole!

Das rote Licht flackerte jetzt überall. Hinter uns wurden Wagentüren zugeschlagen.

Zack lag regungslos auf dem Rasen.

Es war schwierig, in dem flackernden roten Licht neben uns irgendwas zu erkennen.

Zwei Polizeibeamte in dunklen Uniformen tauchten neben uns auf. „Was ist hier los?", fragte einer von ihnen forsch.

„Er hat Zack erschossen!", schrie Dennis und zeigte auf Mr Northwood.

„Wie?" Der Polizist hob den Blick zur Haustür. „Hey!", brüllte er dann. „Sie da! Lassen Sie sofort die Waffe fallen! Sofort!"

Mr Northwood stieß einen erschrockenen Schrei aus. Dann ließ er die Pistole auf den Boden gleiten.

„Er hat Zack erschossen!", wiederholte Dennis und zeigte weiter auf unseren Lehrer. „Northwood hat Zack erschossen!"

19

Dennis senkte sein Gesicht zu meinem herab und küsste mich auf die Wange.

Sein Kuss ließ mich erschaudern. Ich wandte mich ihm zu und küsste seine Lippen. Es wurde ein langer zärtlicher Kuss. Dann legte ich meine Hände hinter seinen Kopf und kuschelte mich an ihn.

Die Fensterscheiben des Autos waren von innen beschlagen. Ich konnte draußen nichts mehr erkennen. Wir waren allein in unserer eigenen warmen Welt.

Ich beugte mich noch weiter zu ihm und hielt ihn fest. Nun konnte ich sogar sein Parfüm riechen.

„Ich sollte jetzt lieber gehen", flüsterte ich. „Bevor meine Mutter von der Arbeit zurückkommt. Du weißt doch, dass ich mich nicht mit dir treffen darf."

„Bloß noch ein paar Minuten", bettelte er.

Zwei Wochen waren nach dem schrecklichen Abend vergangen, an dem Zack angeschossen worden war. Zack hatte es überlebt. Es war ein Wunder, dass die Kugel keine bleibenden Schäden in seiner Schulter angerichtet hatte. In ein paar Monaten würde die Schusswunde ganz verheilt sein.

Doch für den Rest von uns war seitdem alles anders geworden.

Zuerst hatten die Polizisten tatsächlich geglaubt, dass Mr Northwood auf Zack geschossen hätte. Schließlich waren seine Fingerabdrücke auf der Waffe gewesen.

Doch dann fanden sie heraus, dass die Pistole unter dem Namen meines Vaters registriert war. Und sie entdeckten die Blutflecken auf unserem Teppichboden, die ich nicht ganz herausgekriegt hatte.

So kam die Wahrheit ans Licht.

Wir hatten keine Wahl. Wir mussten ihnen sagen, was wirklich geschehen war.

Wir wurden alle auf die Polizeiwache in Shadyside bestellt. Ich weiß nicht mehr, ob sie Anzeige gegen uns erstatteten oder nicht. Ich war viel zu durcheinander. Und ich hatte solche Angst.

Die Eltern der anderen kamen sofort auf die Wache. Ich weiß zwar nicht, wie sie es geschafft haben, aber das Ganze kam nie an die Öffentlichkeit. Noch am selben Abend war alles erledigt. Die Schießerei wurde noch nicht mal in der Zeitung erwähnt.

Am nächsten Tag kamen unsere Eltern in die Schule und versuchten, uns in eine andere Klasse versetzen zu lassen. Doch der Rektor weigerte sich.

Mr Northwood zeigte uns nicht an oder so was. Vielleicht hatten sie ihm dafür was bezahlt. Das kann sein.

Aber wir mussten alle weiter seinen Geschichtsunterricht besuchen. Und jetzt machte er uns richtig fertig, auch mich. Er war eiskalt und gemein zu uns und versuchte noch nicht einmal, so zu tun, als sei er fair.

Er gab uns tonnenweise Extra-Hausaufgaben auf, vor allem an den Wochenenden, und ließ uns seitenlange langweilige Hausarbeiten schreiben, die die anderen Schüler nicht machen mussten. Außerdem gab er uns aus den unsinnigsten Gründen schlechte Noten. Er tat also alles, um sich an uns zu rächen und uns das Leben zur Hölle zu machen.

Nach dem Vorfall reagierte meine Mutter nicht so, wie ich gedacht hatte. Wahrscheinlich tun Eltern das selten.

Ich dachte, sie würde hysterisch herumschreien. Doch stattdessen sagte sie nur ganz ruhig, wie enttäuscht sie von mir sei.

„Deine reichen Freunde haben einen schlechten Einfluss auf dich", meinte Mum leise, während ihr Tränen in die müden Augen stiegen. „Ich werde dir nicht erlauben, sie wiederzusehen."

Dann hielt sie mir eine ellenlange Strafpredigt, wie unverantwortlich es von mir gewesen sei, nicht besser auf die Waffe achtgegeben zu haben, und schloss die Pistole in der untersten Schublade des Schreibtischs ein.

Und seitdem hatte ich mich heimlich mit Dennis getroffen.

Es gefiel mir nicht, aber ich konnte einfach nicht anders. Ich verliebte mich immer mehr in ihn. Und ich würde alles tun, um mit ihm zusammen zu sein.

Gewöhnlich fuhren wir zu dem Parkplatz an dem hohen Kliff über der Stadt. Der Platz war ein beliebter Treffpunkt für die Schüler unserer Highschool, doch jetzt war es so kalt, dass unser Auto meistens ganz allein dort oben parkte.

Und dann umarmten wir uns. Und küssten uns, es waren lange leidenschaftliche Küsse. Und wir unterhielten uns.

Meistens wollte Dennis darüber reden, wie sehr Mr Northwood sein Leben zerstört hatte und seine Chancen, bei den Olympischen Spielen dabei zu sein.

„Er wird mich durchfallen lassen, das weiß ich ganz genau", sagte Dennis immer wieder und schüttelte unglücklich den Kopf. „Er will sich an uns allen rächen. Er wird uns *alle* durchfallen lassen."

Dann wollte ich jedes Mal irgendwas Ermutigendes zu ihm sagen. Doch ich traute mich nicht, weil ich fürchtete, dass er recht hatte.

Ich liebte es, Dennis anzusehen, ihn einfach nur zu betrachten, sogar wenn er unglücklich war und über Mr Northwood schimpfte. Ich mochte seine dunklen Augenbrauen, die ausdrucksstark seine dunkelgrünen Augen umrahmten. Mir gefiel seine gerade Nase und sein freches Grinsen. Wenn er lachte, sah er aus wie ein kleiner Junge.

Ich dachte oft darüber nach, wie er sich an dem Abend verhalten hatte, an dem Zack angeschossen worden war. Er war so ruhig und besonnen gewesen.

Dennis wusste immer, was er wollte. Er hatte eine Idee und dann führte er sie auch aus.

Ich fragte mich, wie es wohl wäre, wie Dennis zu sein, zu wissen, dass man alles bekommen könnte, was man sich wünschte. Das Gefühl zu haben, man könnte wirklich alles tun, ohne dafür bestraft zu werden.

„Wir sollten lieber nach Hause fahren", flüsterte ich und wischte mit der Hand ein Guckloch in die beschlagene Fensterscheibe. „Ich will zwar nicht nach Hause, aber ich muss."

Dennis starrte blind geradeaus. Er machte keine Anstalten, den Motor anzulassen.

„Was ist los?", fragte ich und legte meine Hand zärtlich auf seine.

„Ich muss an Northwood denken", murmelte er.

„Nicht heute Abend", antwortete ich. „Ich meine, was können wir schon gegen ihn tun?"

„Lanny hat gewettet, dass ich mich nicht traue, ihn umzubringen", verriet er und wich meinen Augen aus.

„Was?" Ich war nicht sicher, ob ich ihn richtig verstanden hatte.

„Lanny hat mich herausgefordert", erklärte Dennis. Er nahm meine Hand und drückte sie. „Dann hab ich Zack herausgefordert, es zu tun." Er kicherte, als hätte er einen Witz gemacht. „Wir haben uns alle gegenseitig herausgefordert, ihn umzubringen", fuhr Dennis kopfschüttelnd fort.

Endlich wandte er mir den Kopf zu. Ich sah, dass sein Kinn bebte.

„Fängt er gleich an zu weinen?", wunderte ich mich geschockt.

„Ich ... ich kann einfach nicht zulassen, dass Northwood mein ganzes Leben ruiniert!", verkündete er mit zitternder Stimme. „Irgendeiner muss was gegen ihn unternehmen!"

Er sah mich verzweifelt an.

Ich weiß nicht genau warum, aber ich glaube, in diesem Augenblick liebte ich ihn mehr als je zuvor.

Ich wollte ihn für mich allein haben. Ganz für mich allein. Ich wollte ihn nicht länger mit Carol teilen.

Ich wollte bei ihm sein. Und ich wollte wie er sein.

„Vielleicht sollte ich *dich* herausfordern, ihn umzubringen", sagte Dennis, während er mir zärtlich über das Gesicht strich. „Du wolltest doch schon immer bei unseren blöden Wetten mitmachen, oder?"

„Kann sein", erwiderte ich schüchtern und lächelte zurück.

„Na ja, vielleicht sollte ich tatsächlich mir dir wetten", meinte er mit funkelnden Augen.

„Komm schon, versuch es", flüsterte ich und packte seine Hand.

Sein Gesicht wurde schlagartig ernst. „Ich fordere dich hiermit heraus, Northwood umzubringen."

„Okay", erwiderte ich und fühlte mein Herz in der Brust hämmern. „Ich nehme die Herausforderung an."

20

„Viel Glück, Johanna."

Ich wandte mich von meinem Spind ab, um zu sehen, wer da mit mir sprach.

Ein Mädchen mit einem langen dicken blonden Zopf stand hinter mir. „Viel Glück", wiederholte sie.

„Was?" Verwirrt starrte ich sie an. Ich hatte keine Ahnung, was sie damit meinte. Doch dann dämmerte es mir langsam. Sie wünschte mir Glück für die Wette – Glück beim Töten von Mr Northwood!

„Hey, langsam werde ich berühmt", dachte ich und war nicht sicher, ob ich glücklich darüber sein sollte.

Es war am darauffolgenden Montag. Ich hatte das Gefühl, dass die ganze Schule über die Wette Bescheid wusste.

Ich schlug meinen Spind zu und wollte ins Klassenzimmer gehen, als ich eine Hand auf meiner Schulter spürte. Ich drehte mich um. „Ach, hallo Margaret."

Margaret hatte ich in letzter Zeit kaum gesehen. Ich wusste, dass sie Dennis und meine anderen neuen Freunde nicht leiden konnte. Und deshalb hatten wir kaum noch etwas gemeinsam unternommen.

„Johanna, was ist los?", fragte sie. Besorgt runzelte sie die Stirn und sah mich so prüfend an.

„Nichts", erwiderte ich gelassen. „Wie geht es dir?"

„Tu bloß nicht so", ermahnte sie mich. „Ich will wissen, was los ist."

Sie ergriff meinen Arm und zog mich in die Mädchentoilette. Sie keuchte schwer und starrte mich unverwandt an.

Ein Mädchen aus meinem Mathekurs legte sich vor dem Spiegel Lippenstift auf. Dann bürstete sie ihre langen Haare.

Margaret starrte mich schweigend an und wartete darauf, dass das Mädchen den Raum verließ.

„Ich muss gehen", sagte ich ungeduldig und wechselte meinen Rucksack von einer Schulter auf die andere.

„Warte", gab Margaret zurück. Endlich ging meine Mitschülerin raus. Im Vorbeigehen zwinkerte sie mir zu. Ich hoffte, dass Margaret es nicht gesehen hatte.

Ich hatte gar keine Lust, mit Margaret über die Wette zu diskutieren. Mir war klar, dass sie es nicht verstehen würde. Ich war ja nicht einmal sicher, ob ich es verstand.

Doch es war schon zu spät, um so zu tun, als wüsste ich von nichts.

„Die ganze Schule redet schon über dich!", erklärte Margaret.

Sie hatte es als Vorwurf gemeint, doch ich muss zugeben, mir gefiel die Vorstellung, dass alle über mich redeten. Es war irgendwie aufregend, einmal im Leben im Mittelpunkt zu stehen.

„Es wird gesagt, du hättest die Herausforderung angenommen", sagte Margaret und wischte sich eine rote Strähne aus dem Gesicht. „Dass du Mr Northwood umbringen würdest. Alle reden davon. Aber das stimmt doch nicht, oder?"

Ich zögerte, weil ich sah, wie aufgebracht sie war.

„Nein. Überhaupt nicht", murmelte ich und wich ihrem vorwurfsvollen Blick aus.

„Und warum haben Zack und Lanny dann so etwas wie ein Wettbüro eröffnet?", zischte Margaret.

„Wie? Was haben sie getan?" Meine Überraschung war echt. Keiner hatte mir gesagt, dass inzwischen um Geld gewettet wurde. Ich muss zugeben, dass ich wirklich geschockt war, das zu hören.

Die Pausenglocke läutete.

„Margaret, wir sind spät dran", sagte ich und näherte mich der Tür.

Sie baute sich vor mir auf und verstellte mir den Weg. „Alle wetten, ob du es tun wirst oder nicht. Das ist verrückt, Johanna. Das ist echt verrückt. Total verrückt!"

„Ja", musste ich ihr zustimmen. „Ja, das ist wirklich total verrückt."

„Margaret hat recht", dachte ich, als ich im Unterricht saß und aus dem Fenster in den grauen Tag hinausstarrte. Draußen schneite es leicht und die Schneeflocken flogen lautlos gegen die Fensterscheibe.

„Es ist verrückt. Die ganze Idee ist total hirnverbrannt. Ich werde sie auf keinen Fall ausführen. Auf keinen Fall."

Es hatte so romantisch geklungen an jenem Abend oben auf dem Parkplatz. Es war so aufregend gewesen, mit Dennis dort oben zu sein. Ich wollte ihn glücklich machen. Ich wollte unbedingt, dass er mich mochte.

Doch seitdem hatte ich viel Zeit gehabt, über die

Herausforderung nachzudenken. Tatsache war, dass ich an nichts anderes mehr denken konnte.

Und ich wusste, dass ich es nicht tun konnte.

Nach dem Unterricht suchte ich Dennis. Ich musste es ihm sagen. Ich musste ihm sagen, dass ich die Herausforderung nicht annehmen konnte.

Doch ich konnte ihn nirgendwo finden.

Im Flur rannte Lanny mir entgegen. „Über tausend Dollar", flüsterte er mir aufgeregt zu und grinste mich an. „Kannst du dir das vorstellen?"

„Was?" Ich starrte ihn an und versuchte herauszufinden, was er damit meinte.

„Es sind schon tausend Dollar", wiederholte er flüsternd. „Und du kriegst die Hälfte."

„Ich? Ich wusste gar nicht ..."

„Wenn du-weißt-schon-was passiert", fügte Lanny hinzu.

„Warte mal ...", sagte ich. Ich wollte ihm sagen, dass ich es auf keinen Fall tun würde.

„Ich hab's eilig!", rief Lanny und lief weg. „Bis später!" Damit verschwand er um die Ecke.

„Fünfhundert Dollar?", dachte ich. So viel Geld hatte ich noch nie gehabt.

Nachdenklich betrachtete ich das große Loch im Ärmel meines Pullovers. „Für fünfhundert Dollar könnte ich mir einige neue Pullover kaufen", dachte ich sehnsüchtig.

Aber das war verrückt.

Ich würde Mr Northwood nicht wegen des Geldes umbringen. Ich würde es nur tun, um Dennis zu helfen. Nur für Dennis.

Dennis hatte mich dazu herausgefordert.

Und eine Herausforderung muss man annehmen, nicht wahr?

Aber ich konnte es nicht tun, ich konnte Mr Northwood nicht umbringen, selbst wenn ich es gewollt hätte. Oder konnte ich es doch?

An diesem Abend kam Mum ausnahmsweise früher nach Hause und wir hatten ein schönes gemeinsames Abendessen. Ich zwang mich, nicht an die Wette und alles, was deswegen in der Schule los war, zu denken.

Als Mum mich fragte, was so in der Schule lief, erfand ich ein paar Sachen über Klassenprojekte und die nächsten Tests. Ich hatte beim Lügen zwar ein schlechtes Gewissen, aber was sollte ich sonst tun? Schließlich konnte ich ihr ja nicht sagen, was mich wirklich beschäftigte.

Kurz nach sieben klingelte das Telefon. Blitzschnell nahm ich ab. Ich wollte meiner Mutter unbedingt zuvorkommen, falls es Dennis war.

Und er war es tatsächlich.

„Dennis, meine Mutter ist da", flüsterte ich. „Ich kann jetzt nicht reden."

„Samstag", sagte er. „Die Wetten laufen alle auf Samstag. Ich rechne mit dir, Johanna."

Dann legte er auf.

21

Ich starrte aus dem Küchenfenster in Mr Northwoods Garten. Die späte Nachmittagssonne hatte sich hinter großen grauen Wolken versteckt. Gestern hatte es sogar etwas geschneit und es lag nun eine dünne Puderschicht auf dem Rasen und den kahlen Bäumen.

Zwei riesige schwarze Krähen hockten auf dem hohen Holzstapel, der mitten in Mr Northwoods Garten lag. Sie nickten mit den Köpfen und kreischten so laut, als würden sie sich über irgendwas streiten.

Als Mr Northwood im Garten auftauchte und seinen rot-schwarz karierten Wollmantel zuknöpfte, flatterten die Krähen aufgeregt davon.

Ich beobachtete, wie Mr Northwood sich eine rote Wollmütze auf das buschige graue Haar setzte. Dann ging er zu dem Holzstapel, der so hoch war, dass er sogar seinen Kopf überragte.

Mr Northwood bückte sich und hob ein paar Scheite auf, die neben dem Stapel lagen. Dann trug er sie gebündelt auf den Armen zum Haus.

Ich schluckte schwer. Mir kam plötzlich eine Idee.

Vielleicht müsste ich ihn ja gar nicht erschießen!

Vielleicht könnte ich ihn auf eine andere Weise umbringen und es wie einen Unfall aussehen lassen.

„Ja!", sagte ich laut. Auf einmal war ich so aufgeregt, dass mir die Knie zitterten.

Ich hörte, wie seine Küchentür zuschlug, und sah, wie er in seinem Haus verschwand.

Ohne meinen Mantel überzuziehen, rannte ich aus dem Haus. Mir war klar, dass ich nicht viel Zeit hatte.

Ich hatte Mr Northwood schon früher dabei zugeschaut, wie er Brennholz holte. Er trug immer nur zwei Scheite, ging dafür aber drei oder vier Mal in den Garten.

Ich wusste, er würde in ein paar Sekunden wieder zurück sein und zwei weitere Holzscheite holen.

Also atmete ich die eiskalte Luft tief ein und lief los. Ich betete, dass er mich nicht sehen würde.

Ich musste hinter dem Holzhaufen verschwinden, bevor er wieder auftauchte.

Doch meine Beine fühlten sich an wie Blei. Ich hatte das Gefühl, nur im Schneckentempo vorwärtszukommen. Als ich auf halbem Weg war, warf ich einen Blick auf sein Haus. Es war keine Spur von ihm zu sehen.

„Ich muss es schaffen! Ich muss es einfach schaffen!", keuchte ich.

Als ich hörte, wie Mr Northwoods Küchentür wieder aufging, sprang ich kopfüber hinter die hohe Wand aus Holzscheiten und duckte mich tief hinter den Stapel. Angespannt lauschte ich, wie er leise summend zurückkam, um mehr Holzscheite zu holen.

Würde ich es schaffen?

Das Timing musste genau stimmen.

Ich hörte seine Schritte. Das Summen wurde lauter. Jetzt stand er genau vor dem Holzstapel.

Ich streckte beide Hände über den Kopf und legte sie auf die Holzscheite.

Plötzlich fühlte ich mich schwach, so schwach, als würden all meine Muskeln schwinden.

„Nein!", trieb ich mich in Gedanken an. „Gib jetzt nicht auf. Bleib stark!"

Mr Northwood stand auf der anderen Seite des Holzhaufens. Ich hörte seinen rasselnden Atem und das Rascheln seiner Hosenbeine.

Er stand direkt vor mir.

Er stöhnte leise, während er sich bückte.

In diesem Moment warf ich mich mit meinem ganzen Gewicht gegen den hohen Holzstapel. Ich drückte erst mit beiden Händen und dann mit meinem ganzen Körper dagegen.

Der Stapel geriet ins Wanken. Ja!

Ich hörte Mr Northwoods erschrockenen Schrei.

Die Scheite fielen auf ihn und begruben ihn.

Er fluchte und schrie vor Schmerzen auf.

Ich lief um den Holzhaufen herum und sah, dass er versuchte, sich zu befreien.

Als er mich mit seinen wütenden blauen Augen ansah, blieb ich wie erstarrt stehen. Ich war entsetzt. Ich hatte erwartet, dass die Holzscheite ihm auf den Kopf fallen und ihn sofort bewusstlos machen würden.

Doch stattdessen rief er meinen Namen. Er stieß sich ein Stück Holz von der Brust und wollte aufstehen.

„Nein", sagte ich. „Oh nein!" Das konnte ich nicht zulassen. Er sollte nicht aufstehen.

Ich hob einen schweren Holzscheit auf. Er war mit dunkelbrauner Rinde bedeckt und hatte eine spitze Stelle, an der ein Ast abgebrochen war.

„Nein!", schrie Mr Northwood.

Dann schlug ich, so heftig ich konnte, mit dem Holzstück auf seine rote Wollmütze ein.

Er stöhnte ein letztes Mal auf, dann brach sein Schädel mit einem grässlichen Knacken auseinander. Blut sickerte unter seiner Mütze hervor und strömte über sein Gesicht.

Schließlich fiel sein Kopf nach hinten und sein ganzer Körper lag ausgestreckt auf den Holzscheiten.

„Igitt. Was für eine Schweinerei!", flüsterte ich kopfschüttelnd.

Das schreckliche Knacken hallte mir immer noch in den Ohren. Ich würde nie wieder ein Ei köpfen können, ohne dabei an Mr Northwood zu denken.

Schaudernd beugte ich mich über ihn und legte zwei Finger an seine Halsschlagader. Ich wartete ein paar Sekunden und vergewisserte mich, dass er keinen Puls mehr hatte.

Dann fing ich an, die Holzscheite aufzuheben und sie auf seinen Körper zu legen. Den Scheit, mit dem ich zugeschlagen hatte, legte ich auf sein Gesicht. Zwei oder drei weitere stapelte ich auf seiner Brust.

Mein Herz klopfte laut, während ich zurücktrat, um mein Werk zu bewundern.

Sah es aus wie ein Unfall?

Ja.

Wie ein schrecklicher Unfall! Der arme Mr Northwood kam ums Leben, als sein Holzhaufen einstürzte.

Das würden alle sagen.

Der arme Mr Northwood.

Ich warf einen letzten Blick auf ihn, legte noch einen Scheit auf seine Brust und lief dann schnell ins Haus zurück, um Dennis die gute Nachricht zu überbringen.

22

Das war wieder eine meiner unheimlichen Fantasien gewesen.

Ich hatte mir die ganze Szene nur vorgestellt, während ich aus dem Küchenfenster auf den Holzhaufen starrte. „Wenn es doch bloß wahr wäre", dachte ich sehnsüchtig.

„Wenn ich Mr Northwood doch bloß nicht erschießen müsste!"

Es war Donnerstagnachmittag und ich war nicht in die Schule gegangen, weil ich Bauchschmerzen hatte. Ich fühlte mich schwach und komisch. Ich war irgendwie ein Nervenbündel.

Wie immer hatte um sieben mein Wecker geklingelt. Ich hatte angefangen, mich anzuziehen, und dabei festgestellt, dass ich nicht noch einen Tag in der Schule ertragen konnte, an dem meine Mitschüler mich anstarrten, mir Glück wünschten und mich fragten, wann ich ihn denn erschießen würde.

Zuerst hatte ich es toll gefunden, im Mittelpunkt zu stehen.

Doch jetzt machte es mir Angst.

Nachdem meine Mutter zur Arbeit gegangen war, legte ich mich wieder ins Bett. Ich zitterte am ganzen Körper. Schließlich schlief ich wieder ein und wachte erst gegen Mittag auf.

Immer wieder war mir schlecht und ich bekam entsetzliche Magenkrämpfe. Ich zwang mich, eine

Scheibe Toast zu essen und eine Cola zu trinken, doch danach wurden die Magenschmerzen noch schlimmer.

„Vielleicht bin ich tatsächlich krank", dachte ich. „Vielleicht bekomme ich eine Grippe."

Doch mir war eigentlich klar, dass ich bloß Todesangst davor hatte, Mr Northwood tatsächlich umzubringen.

„Sobald er tot ist, wird es mir viel besser gehen", sagte ich mir immer wieder. Eine seltsame Methode, sich aufzumuntern, nicht wahr?

Eigentlich hätte ich an einem Projekt für die Schule arbeiten müssen. Doch ich wusste, dass ich mich nicht konzentrieren konnte.

Aber ich nutzte den Tag trotzdem sinnvoll. Ich fand ein gutes Versteck für die Pistole. In der Kellerwand hinter dem Wäschetrockner war ein loser Backstein. Sobald ich Mr Northwood erschossen hätte, würde ich den Stein herausnehmen und die Pistole in das Loch legen. Sie passte perfekt hinter den Stein und niemand würde sie dort finden.

Nachdem ich das Versteck entdeckt hatte, ging es mir ein bisschen besser. Aber nur ein bisschen.

Um halb vier rief Dennis an. Er hatte mich heute in der Schule vermisst und wollte wissen, ob mit mir alles in Ordnung war.

Ich fand es echt süß von ihm, dass er sich bei mir meldete. „Er macht sich schon Sorgen um mich", dachte ich.

„Wir haben fast 1.200 Dollar zusammen", sagte er und senkte seine Stimme zu einem Flüstern. Ich

272

konnte mir vorstellen, wie sehr seine grünen Augen in diesem Moment funkelten.

„Wow" war alles, was ich herausbrachte. Ich meine, schließlich war das wirklich viel Geld.

„Die Hälfte davon gehört dir", fuhr Dennis fort, „wenn du …"

„Pst", schnitt ich ihm das Wort ab. „Das Geld ist mir egal. Scheißegal."

„Aber du wirst es doch tun, oder?", fragte er besorgt.

„Ja, klar", antwortete ich unwillig.

„Samstag", erinnerte er mich. „Am Samstag ist es so weit."

Ich wollte nicht, dass er auflegte. Ich wollte noch länger mit ihm reden. Ich wollte von ihm hören, dass er mit Carol Schluss machen würde und dass er nur noch an mir interessiert war. Er sollte mir sagen, wie mutig ich war, wie sehr ich ihm half, wie viel Spaß wir miteinander haben würden, sobald … sobald Mr Northwood tot war.

Doch Dennis verabschiedete sich nur und dann summte mir der Wählton entgegen.

Als ich den Hörer auflegte, hatte ich immer noch seine leisen Worte im Ohr. „Samstag … am Samstag ist es so weit …"

Dann hörte ich Geräusche im Garten. Als ich ans Küchenfenster ging, sah ich Mr Northwood. Er war von der Schule nach Hause gekommen und trug seinen rot-schwarzen Flanellmantel und die Wollmütze. Er bückte sich gerade und hob ein paar Holzscheite auf.

Das war der Augenblick, in dem meine Gedanken wieder mit mir durchgingen und ich die brutale Vision hatte, dass ich ihm den Schädel einschlagen und es wie einen schrecklichen Unfall aussehen lassen würde.

Zum Glück war es wirklich nur ein schrecklicher Tagtraum und Mr Northwood stand immer noch mitten in seinem Garten.

Und als ich ihn beobachtete, wie er zwei Holzstücke auf den Armen balancierte und damit zurück in sein Haus ging, merkte ich, dass ich am ganzen Körper zitterte.

„Ich schaffe das nicht!", schrie ich laut.

Mir war klar, dass ich es niemals bis Samstag aushalten würde. Nie im Leben.

Mit laut hämmerndem Herzen ging ich eilig an den Schreibtisch im Wohnzimmer, um die Waffe zu holen. Ich nahm den Schlüssel, den meine Mutter mit einem Klebeband unter den Tisch geklebt hatte, und steckte ihn ins Schloss.

Ich beschloss, es sofort hinter mich zu bringen.

23

Meine Hand zitterte, als ich die Schublade aufzog und nach der Waffe griff. Doch sobald sich meine Finger um die Pistole legten, hörte das Zittern auf.

Irgendetwas an ihr beruhigte mich.

Die Pistole fühlte sich in meiner kalten, feuchten Hand so warm an. Warm und beinahe ... tröstlich.

Ich holte meinen Mantel aus dem Flur und zog ihn an. Dann ließ ich die Pistole in die Manteltasche gleiten.

„In ein paar Minuten werde ich mich besser fühlen", redete ich mir ein.

Durch die Küchentür spähte ich in den Garten. Mr Northwood beugte sich gerade über den Holzhaufen und stapelte Scheite aufeinander.

Ich machte die Küchentür auf und trat hinaus. Meine rechte Hand ruhte in der Manteltasche und umklammerte die Pistole.

„Gleich wird es mir besser gehen."

Es war ein klirrend kalter Tag, doch ich spürte die Kälte nicht. Ich spürte gar nichts außer der Pistole in meiner Hand.

Und ich sah nichts außer Mr Northwood.

Ich schlich durch unseren Garten und trat vorsichtig auf die gefrorene Erde, um ja kein Geräusch zu machen.

„Wie nahe muss ich an ihn herangehen?", überlegte ich und starrte auf Mr Northwoods rote Wollmütze.

„Wie nahe?"

„Nahe genug, um nicht danebenzuschießen."

Als er sich aufrichtete, blieb ich stehen.

Würde er sich umdrehen und mich sehen?

Er reckte sich und streckte seine langen Arme kerzengerade über seinen Kopf. Dann bückte er sich wieder und machte weiter damit, Holzscheite auf einen niedrigen Stapel zu legen.

Ich zog die Waffe aus der Manteltasche. Ich hielt sie so fest umklammert, dass meine Hand wehtat.

Dann zog ich den Kolben zurück. Er klickte laut.

Ich hatte panische Angst, Mr Northwood könnte es gehört haben.

Doch er ließ nur stöhnend ein paar Holzscheite auf den Stapel fallen.

Ich machte noch einen Schritt auf ihn zu. Und noch einen Schritt.

„Wie nahe muss ich an ihn heran? Wann ist es nah genug?"

Noch einen Schritt. Und noch einen.

Ich hob die Waffe und zielte auf seinen Rücken.

„Tue ich das hier wirklich?", fragte ich mich plötzlich. „Ist das wirklich eine geladene Pistole?"

Würde ich Mr Northwood tatsächlich erschießen?

Oder war das bloß wieder eine meiner grausamen Fantasien?

Nein.

Es war kein Tagtraum. Das hier war real.

Kalt und real.

Ich zielte auf seinen Rücken, legte den Finger an den Abzug und bereitete mich darauf vor abzudrücken.

24

„Johanna!"

Ich fuhr zusammen, als ein Mädchen meinen Namen rief.

Mr Northwood hatte es auch gehört. Erschrocken drehte er sich um.

Hatte er die Waffe gesehen, bevor ich sie hastig in meine Manteltasche gesteckt hatte?

„Johanna, ich habe dich gar nicht kommen hören!", rief er und riss seine blauen Augen vor Erstaunen weit auf.

„Ich … ich wollte Sie bloß was wegen der Hausaufgaben fragen", stammelte ich und überlegte fieberhaft, was ich ihn fragen könnte.

Dann drehte ich mich um, um zu sehen, wer mich gerufen hatte. „Margaret!" Mit ihrem dicken Schulrucksack stand sie in unserer Auffahrt.

„Was machst du hier?", fragte ich.

„Wir schreiben morgen einen Test", antwortete sie und ging über den Rasen. „Und weil du nicht da warst, dachte ich, du brauchst vielleicht meine Notizen."

„Was für eine verantwortungsbewusste Freundin", bemerkte Mr Northwood. „Wo warst du denn heute, Johanna? Wir haben dich im Unterricht vermisst."

„Ich fühlte mich nicht wohl", sagte ich.

Er nickte nur und kehrte zu seinen Holzscheiten zurück. Margaret und ich gingen auf unser Haus zu.

„Ich habe den Unterricht auf Band aufgenommen, falls du hören willst, was du versäumt hast", rief Mr Northwood mir hinterher.

Ich dankte ihm und sagte, ich würde mir stattdessen Margarets Notizen ansehen.

„Möchtest du reinkommen?", fragte ich Margaret. Ich dachte darüber nach, warum sie wirklich gekommen war. Wir waren uns seit Wochen aus dem Weg gegangen. Mir war klar, dass sie nicht nur gekommen war, um mir ihre Geschichtsnotizen zu bringen.

„Nein, ich habe bloß einen Augenblick Zeit", erwiderte sie und wischte sich eine rote Locke aus der Stirn.

Die Nachmittagssonne versank hinter den Bäumen und Schatten legte sich über uns. Langsam wurde die Luft frostiger.

„Alle reden über dich, Johanna", flüsterte Margaret und warf einen Blick über meine Schulter auf Mr Northwood. „Alle reden über die Wette und das ganze Geld."

„Na ja … also …" Was sollte ich dazu sagen?

Plötzlich verspürte ich den Wunsch, Margaret alles zu erzählen. Ich wollte ihr wirklich erklären, wie Mr Northwood Dennis' ganzes Leben zerstörte, wie er auf der Clique herumhackte und wie er auch mein Leben ruinierte.

Doch ich wusste, dass Margaret das mit Dennis und mir nicht verstehen würde. Sie würde die Wette niemals verstehen, und sie würde auch die Situation mit Dennis und mir und den anderen aus unserer Clique nicht verstehen. Weil Margaret keine von uns war.

Sie würde es nicht kapieren. Sie würde es kein Stück kapieren.

Also unterdrückte ich den Wunsch, ihr alles zu erklären, und erwiderte bloß ihren starren Blick.

„Was willst du?", fragte ich scharf.

Zögernd kaute sie auf der Unterlippe. „Na ja … ich muss es einfach wissen", sagte sie mit fast lautloser Stimme. „Was ich meine, ist, du wirst es doch nicht wirklich tun, oder?"

„Nein. Natürlich nicht", antwortete ich und umklammerte die Pistole in meiner Manteltasche. „Auf keinen Fall."

25

Der Samstag kam und er war stürmisch und grau.

„Der perfekte Tag für einen Mord", dachte ich und starrte missmutig aus meinem Fenster auf die kahlen Ahornbäume.

Ich blieb im Bett, bis ich das Schlagen der Autotür hörte und wusste, dass Mum zur Arbeit gefahren war. Dann wusch ich mich schnell und zog mir einen grauen Jogginganzug an.

Stunden vergingen. Nervös lief ich wie ein eingesperrtes Tier von einem Zimmer ins nächste. Inzwischen war es schon fast Mittag, doch ich hatte keinen Appetit.

Mein Magen brannte wie Feuer. Meine Kehle war so zugeschnürt, dass ich kaum schlucken konnte.

„Es ist verrückt", dachte ich. „Total verrückt."

Bestimmt war Mr Northwood gar nicht zu Hause.

Ich schaute aus dem Küchenfenster. Von ihm war tatsächlich nichts zu sehen. Nur das aufgestapelte Holz lag wie ein riesiges Ungetüm düster in der Mitte seines kahlen Gartens.

Links davon stand ein struppiges Eichhörnchen aufrecht im Gras und streckte den Schwanz kerzengerade in die Höhe. Ein lauter Knall, wahrscheinlich war es der Auspuff eines Autos, ließ das Eichhörnchen voller Panik verschwinden.

Ich musste lachen. Das Eichhörnchen hatte genauso reagiert, wie ich es gerne tun würde.

Mein Bauch fing an zu schmerzen. Ich fühlte mich ganz krank.

Wieder lief ich rastlos auf und ab. Die Umrisse der Zimmer verschwammen vor meinen Augen.

Ohne zu merken, was ich tat, fand ich mich in unserem Keller wieder. Ich griff hinter den Wäschetrockner und holte den losen Backstein aus der Wand. Dann warf ich wieder einen prüfenden Blick auf das Versteck, in dem ich die Pistole nach der Tat verstecken wollte.

Samstagnachmittag. Jetzt war Samstagnachmittag. Samstag. Samstag. Samstag.

Immer wieder wiederholte ich das Wort, bis es keinen Sinn mehr machte.

Bis *nichts* mehr Sinn machte.

Als ich wieder oben in der Küche war und aus dem Fenster schaute, tauchte Mr Northwood in seinem Garten auf. Unter seinem offenen rot-schwarz karierten Wollmantel trug er einen grünen Rollkragenpullover. Sein graues Haar stand nach allen Seiten ab und flatterte im starken Wind.

In einer Hand hielt er eine offene Farbdose, in der anderen einen dicken Pinsel.

Mit klopfendem Herzen beobachtete ich, wie er zu dem Schuppen hinter seiner Garage ging. Wie immer machte er große Schritte und sein Kopf wippte dabei auf und ab.

„Er will den Schuppen streichen", dachte ich und drückte meine heiße Stirn gegen die kühle Fensterscheibe. „Er wird den Schuppen im Garten streichen."

Und ich würde ihn erschießen.

Denn es war Samstag. Samstag, Samstag, Samstag.

Und nichts ergab einen Sinn.

Ich schluckte schwer und versuchte, meine Übelkeit zu unterdrücken.

Wie von Sinnen ging ich ins Wohnzimmer. Als ich auf meine Hände schaute, sah ich, dass ich die Pistole fest umklammert hielt.

Wie war sie in meine Hand gekommen?

Ich konnte mich nicht mehr erinnern, die Küche verlassen zu haben. Ich hatte keine Erinnerung daran, durch das Wohnzimmer gegangen zu sein, die Schublade des Tischs aufgezogen und die Waffe herausgeholt zu haben.

Doch ich hatte es offensichtlich getan.

Denn jetzt hatte ich die Pistole in der Hand.

Weil heute Samstag war.

Und Mr Northwood war in seinem Garten. Er wartete nur darauf, umgebracht zu werden.

Ich hielt die Pistole in einer Hand und rieb mir mit der anderen den schmerzenden Bauch. Dann ging ich auf die Garderobe zu, um meinen Mantel zu holen.

Und in diesem Augenblick klingelte es an der Haustür.

26

Erschrocken ließ ich die Waffe fallen. Sie schlug auf dem Teppich auf und hüpfte in Richtung Sofa.

Wieder klingelte es an der Haustür.

Das Geräusch ließ mich schaudern.

Mit einem leisen Stöhnen bückte ich mich und hob die Pistole auf. Dann legte ich sie hastig zurück in die Schublade, machte sie zu und rannte zur Haustür.

„Dennis!"

Er lächelte nicht, sondern sah mich nur durchdringend an. „Hast du es schon getan?"

„Nein, noch nicht." Ich trat einen Schritt zurück, um ihn hereinzulassen. „Ich ... ich weiß nicht, ob ich es tun kann", gab ich zu.

Doch er schien es überhört zu haben. „Ist Northwood zu Hause?"

Ich nickte. „Hinten im Garten. Er streicht seinen Schuppen. Kannst du das glauben? Er hat sich den kältesten Tag des Jahres ausgesucht, um den Schuppen zu streichen!"

„Das ist ja super!", rief Dennis und sah mich prüfend an.

„Warum bist du hier?", fragte ich.

„Na, du bist ja nicht gerade besonders freundlich", gab er zurück und tat so, als würde er schmollen.

„Ich bin ein bisschen nervös", gab ich zu. „Und mein Magen ..."

Er unterbrach mich mitten im Satz, indem er sich

vorbeugte und mich küsste. Sein Gesicht war kalt, doch sein Mund war warm.

„Das war zur moralischen Unterstützung", sagte er nach dem Kuss.

Ich zitterte. Mein ganzer Körper bebte. Mir war, als wäre ich aus Gummi und als würde ich jeden Halt verlieren.

„Komm, bringen wir es hinter uns", flüsterte Dennis mir ins Ohr. „Damit wir es feiern können."

„Feiern", wiederholte ich wie betäubt. Das Wort machte keinen Sinn.

Nichts machte Sinn. Nichts.

„Wo ist die Pistole?", wollte Dennis wissen und schaute mir tief in die Augen.

Ich zeigte auf die Schublade des kleinen grünen Tischs.

Mein Magen rumorte wie verrückt. „Ich bin gleich wieder da", sagte ich und presste eine Hand auf meinen Bauch.

„Wohin gehst du?", fragte er schrill. Jetzt wurde mir klar, dass auch er nervös war. Auf seiner Stirn glitzerten Schweißperlen.

„Bloß nach oben. Ich muss etwas gegen meine Magenschmerzen nehmen."

Ich rannte die Treppe hinauf. Mir war schwindlig und entsetzlich übel. Ich raste ins Bad und schlug die Tür hinter mir zu.

Dann spritzte ich mir kaltes Wasser ins Gesicht und zwang mich, ruhig zu atmen. Danach nahm ich eine Tablette aus dem Medizinschrank meiner Mutter und schluckte sie.

Ich weiß nicht, wie lange ich im Bad stehen blieb, mich ans Waschbecken lehnte, mein bleiches verängstigtes Gesicht im Spiegel betrachtete und darauf wartete, dass mein Magen sich wieder beruhigte.

Irgendwo draußen knallte noch ein Auspuff. Und unser altes Fenster im Badezimmer klapperte im Wind.

Ich spritzte mir noch mehr kaltes Wasser in mein heißes Gesicht.

Am liebsten wäre ich für immer im Badezimmer geblieben. Ich wollte nicht mehr hinuntergehen. Aber mir war klar, dass ich es tun musste.

Denn es war Samstag.

Und ich hatte eine Wette angenommen. Und wenn man eine Wette angenommen hat, musste man sich ihr auch stellen.

Meine Knie waren weich wie Gummi, als ich die Treppe wieder hinunterstieg. Mein Bauch tat immer noch weh, doch ich zwang mich, nicht daran zu denken.

„Bist du okay?", fragte Dennis und sah mich besorgt an. Jetzt glänzte seine ganze Stirn vor Schweiß und auch auf seiner Oberlippe standen Schweißtropfen.

Er war genauso blass wie ich und er wirkte genauso angespannt und ängstlich.

„Wie süß", dachte ich. „Er mag mich wirklich. Dennis macht sich wegen mir Gedanken."

Die Tatsache, dass er wegen mir so nervös war, gab mir irgendwie neue Kraft. Ich ging durch das Wohnzimmer und holte die Pistole aus der Schublade. Wieder fühlte sie sich in meiner kalten, feuchten Hand seltsam warm an.

„Viel Glück, Johanna", flüsterte Dennis. Ich spürte seinen warmen Atem an meinem Ohr.

An der Küchentür zögerte ich einen Augenblick. Ich hätte ihn gern noch mal geküsst. Am liebsten hätte ich ihn ganz lange geküsst.

„Dafür haben wir noch genug Zeit ... hinterher", sagte ich mir, als ich hinaus ins Freie trat.

Draußen war es düster und grau. Die Wolken schienen direkt über meinem Kopf zu hängen und die Luft war kalt und trocken.

Ich blieb auf der Türschwelle stehen, umklammerte die Pistole fest in der Manteltasche und schaute in Mr Northwoods Garten.

Zuerst suchte ich ihn am Schuppen. Doch zu meiner Überraschung stand er jetzt vor seinem Holzhaufen. Er schien sich über einen Holzstapel zu beugen. Vermutlich legte er die Scheite neu aufeinander.

Ich holte tief Luft und fing an, schnell und lautlos über den Rasen auf ihn zuzulaufen.

Die Pistole brannte wie Feuer in meiner Hand.

Der düstere Himmel flog über meinen Kopf hinweg. Der Boden rollte unter meinen Turnschuhen vorbei. Das Gras tanzte auf und ab und die Baumstämme bogen sich, als seien sie aus Gummi.

Alles bewegte sich und rauschte an mir vorbei. Der Boden, der Himmel, die nackten Bäume, der Wind.

Ich blinzelte ein paarmal und versuchte, die Welt damit zu zwingen, sich wieder normal zu verhalten.

Doch was war schon normal?

Es war Samstag.

Und es war kein normaler Samstag. Es war der Tag, an dem nichts mehr einen Sinn ergab.

Mr Northwood beugte sich über den Holzstapel. Seine Arme waren ausgestreckt. Sein Rücken war eine ideale Zielscheibe für mich.

Ich zog die Pistole aus der Tasche.

Ich legte den Finger auf den Abzug.

Dann trat ich näher.

Würde ich es tun?

Würde ich wirklich abdrücken?

27

Ich zielte mitten auf Mr Northwoods Rücken.

Doch plötzlich zitterte die Waffe in meiner Hand.

Ich umklammerte sie mit beiden Händen und versuchte, sie ruhig zu halten.

Mir war klar, dass ich schießen musste. Jetzt. Bevor er sich aufrichten oder umdrehen konnte.

Bevor er mich sehen würde.

Ich probierte verzweifelt, die Waffe ruhig zu halten.

„Schieß!", befahl ich mir. „Los, schieß! Schieß! Schieß!"

Ich musste schießen. Schließlich war heute Samstag.

Aber ich konnte nicht abdrücken.

Ich wusste, ich konnte es nicht tun.

Alles fing an, wieder Sinn zu machen.

Ich konnte das hier nicht tun, das wusste ich genau.

Ich war Johanna.

Und ich war keine Mörderin. Ich konnte niemanden umbringen. Ich konnte niemanden erschießen.

„Wie bin ich bloß auf diese Idee gekommen?", fragte ich mich. „Was ist mit mir geschehen?"

Ich senkte die Pistole und versteckte sie hinter meinem Rücken.

Sofort fühlte ich mich besser. Mein Magen hörte auf zu rumoren und mein Hals entspannte sich, sodass ich wieder normal atmen konnte.

„Ich bin keine Mörderin. Ich bin ich. Ich bin Johanna", dachte ich erleichtert.

„Ich werde es nicht tun. Nein! Es ist zwar Samstag, aber ich werde ihn trotzdem nicht umbringen."

Mr Northwood rührte sich nicht.

Alles ergab wieder einen Sinn. Es war nur seltsam, dass Mr Northwood sich immer noch nicht bewegte.

Ein Windstoß riss an seinem rot-schwarz karierten Mantel.

Doch er rührte sich nicht. Seine Arme hingen bewegungslos über den Holzstapel.

„Mr Northwood?" Ich steckte die Waffe in meine Manteltasche. „Mr Northwood?" Meine schwache zitternde Stimme wurde vom Sturm davongetragen.

Er rührte sich nicht.

Ich trat einen Schritt näher. Und noch einen Schritt.

Als ich den dunklen Fleck auf seinem Mantel sah, schrak ich zusammen. Ein dunkelroter Fleck.

„Mr Northwood?"

Warum sagte er nichts? Warum rührte er sich nicht?

Fassungslos starrte ich auf den Fleck auf seinem Mantel. Schließlich entdeckte ich ein tiefes Loch mitten in dem Fleck, ein Loch im Mantel. Ein Loch in Mr Northwoods Rücken.

Dann senkte ich meinen Blick auf die dunkle Blutlache auf dem Boden.

„Mr Northwood? Mr Northwood?"

Jetzt verstand ich, warum er nicht antwortete.

Und während ich entsetzt auf das Loch starrte, wurde mir klar, dass jemand auf ihn geschossen hatte.

28

Meine Knie fingen an zu zittern. Ich musste mich zwingen, aufrecht stehen zu bleiben.

Der graue Himmel schien mir immer näher zu kommen. Ich nahm alles nur noch durch eine dicke wirbelnde Wolke wahr.

Plötzlich hörte ich Schritte hinter mir. Ich drehte mich um und sah, dass Dennis lächelnd über den Rasen auf mich zurannte.

„Johanna, du hast es wirklich getan!", rief er.

„N…nein", stotterte ich. „Nein, Dennis."

Er blieb neben mir stehen und legte den Arm beruhigend um meine zitternden Schultern. Begeistert blickte er auf Mr Northwoods Körper, der leblos mit dem Gesicht nach unten auf dem Holzstapel lag.

„Du hast es getan!", wiederholte Dennis froh. „Ich kann es einfach nicht glauben! Wow! Du hast ihn tatsächlich umgebracht!"

„Aber ich habe ihn nicht erschossen!", schrie ich und riss mich von ihm los. „Hör mir zu, Dennis. Ich habe es nicht getan! Ich war es nicht!"

Doch das Grinsen blieb auf seinem Gesicht. Seine grünen Augen funkelten aufgeregt, als er sich mir zuwandte. „Klar hast du es getan, Johanna. Du hast ihn erschossen."

„Nein! Bitte, hör mir doch zu!", flehte ich ihn an.

„Schau dir deine Pistole an", meinte Dennis nur ruhig. „Los, Johanna, schau sie dir an."

„Warum? Was meinst du denn damit?" Ich zögerte und starrte ihn wie durch einen dichten grauen Nebelschleier hindurch an. „Was meinst du nur damit, Dennis?"

„Sieh dir die Pistole an." Er zeigte auf meine Manteltasche.

Ich holte die Waffe heraus. Die Waffe, die ich nie abgefeuert hatte.

Warum bestand Dennis bloß darauf, dass ich geschossen hatte?

„Schau sie dir an", befahl er mir und grinste dabei. „Deine Pistole ist abgefeuert worden. Siehst du das Pulver am Lauf? Riech mal dran."

Gehorsam schnüffelte ich an der Öffnung des Laufs. Ich roch Schießpulver.

Die Pistole hatte sich so warm angefühlt, als ich sie aus der Schublade im Wohnzimmer genommen hatte. Das fiel mir jetzt wieder ein.

„Aber Dennis, ich hab nicht …"

„Ich habe die Polizei verständigt", unterbrach Dennis mich. Sein Lächeln verschwand und seine Miene wurde kalt.

„Was?", schrie ich erschrocken.

„Ich habe die Polizei verständigt", wiederholte er gelassen. „Sie wird jede Sekunde hier sein. Ich werde aussagen, dass es Notwehr war, Johanna. Mach dir deswegen keine Sorgen. Ich werde den Beamten sagen, dass Northwood dich angegriffen hat und du ihn in Notwehr erschossen hast."

„Aber Dennis, warum …", begann ich. Dann hielt ich inne.

Plötzlich machte alles Sinn. Sogar durch den dicken grauen Dunst, der sich über mich gelegt hatte, machte alles Sinn.

Der Knall, den ich oben im Bad gehört hatte – das war gar kein Auspuff gewesen.

„Dennis, *du* hast ihn erschossen!", stieß ich mit einer heiseren Stimme aus, die ich selbst noch nie bei mir gehört hatte. „Du hast ihn erschossen, Dennis!"

Mit ausdruckslosem Gesicht trat er einen Schritt zurück. „Ich werde der Polizei sagen, dass du es in Notwehr getan hast, Johanna", sagte er leise.

„Aber *du* hast ihn doch erschossen!", rief ich. „Als ich oben im Bad war."

Ich spürte, wie meine Wut immer stärker wurde. Ich packte ihn an den Schultern. „Dennis, warum?"

Er riss sich zornig von mir los.

„Warum, Dennis?", zischte ich. „Du hast das alles so geplant, nicht wahr? Du hast mich in eine Falle gelockt! Aber warum?"

„Was ist los?", rief eine Mädchenstimme von der Auffahrt herüber.

Ich drehte mich um und sah, dass Carol auf uns zugelaufen kam.

„Ach Carol!", schrie ich erleichtert. „Carol, hilf mir! Bitte!"

Ich rannte zu ihr.

Doch sie wich mir aus und lief zu Dennis.

„Es ist perfekt gelaufen", sagte Dennis zu ihr und grinste. Er zeigte auf Mr Northwoods Leiche.

Carol küsste ihn auf die Wange. „Wir haben es geschafft!", murmelte sie.

29

Ich erstarrte.

Carol legte den Arm um Dennis' Taille und drückte ihn an sich.

Schlagartig sah ich alles wieder scharf. Die Äste der Bäume zitterten und bogen sich in einem starken Windstoß. Dicke braune Blätter huschten über meine Füße, als wollten sie flüchten.

„Ich verstehe nicht", murmelte ich.

„Es war eine Wette", erklärte Dennis gelassen. „Carol hat gewettet, dass ich dich nicht dazu bringe, unser Problem mit Northwood für uns zu lösen."

„Du meinst ..." Zu viele Gedanken schwirrten auf einmal in mir herum. Ich hatte das Gefühl, als würde mein Kopf gleich platzen.

„Es war ganz einfach, dich dazu zu bringen, es freiwillig anzubieten", fuhr er fort. „Du hast es mir so leicht gemacht."

Carol nickte zustimmend.

„Ich konnte es kaum glauben, als sich dann auch noch herausstellte, dass ausgerechnet *du* eine Pistole hast", sagte er und lachte. „Ich musste mir noch nicht einmal ausdenken, *wie* man ihn umbringen könnte. Die perfekte Waffe lag ja bei euch zu Hause."

„Du bist bloß deswegen mit mir ausgegangen, weil du wolltest, dass ich Mr Northwood umbringe?" Verzweifelt versuchte ich, die kalten Schauer zu ignorieren, die mir den Rücken hinunterliefen.

Dennis nickte. „So ungefähr. Schließlich war es eine Wette."

„Dennis geht mit *mir*", murmelte Carol und starrte mich böse an. „Hast du dich nie gefragt, warum er sich plötzlich so für dich interessiert hat? Du glaubst doch selbst nicht, dass er es ernst gemeint hat?"

„Ich kann einfach nicht glauben, dass du das Ganze eiskalt geplant hast", sagte ich zu Dennis und schüttelte unglücklich den Kopf.

„Ich muss unbedingt wieder ins Leichtathletikteam aufgenommen werden", erwiderte Dennis mit sanfter Stimme. „Northwood hat mein ganzes Leben ruiniert. Und es schien, als könntest du das wieder für mich einrenken."

Ich keuchte vor Empörung. „Aber *du* hast ihn erschossen. *Du* hast ihn umgebracht. Warum hast du das getan?"

„Weil ich dachte, du könntest einen Rückzieher machen", antwortete er. „Das konnte ich nicht riskieren. Also habe ich es selber gemacht. Doch die Polizei wird glauben, du seist es gewesen. *Alle* werden es glauben."

Irgendetwas in mir brannte durch. Mein Hass und meine Enttäuschung brachen in einem wütenden Wortschwall aus mir heraus.

„Ich hab dir vertraut! Ich hab dir wirklich vertraut! Ich hatte Gefühle für dich!"

Ich hörte, wie die Worte aus meinem Mund strömten, doch ich begriff sie nicht. Ich war viel zu verletzt, um klar denken zu können. Ich war blind vor Wut und dem Gefühl, verraten worden zu sein.

Eng umschlungen standen Carol und Dennis vor mir und sahen mich kalt und abweisend an.

Es war ihnen egal, wie ich mich fühlte. Völlig egal.

Dennis hatte Mr Northwood umgebracht. Und jetzt sollte mir die Schuld in die Schuhe geschoben werden.

Mein Leben war zerstört worden, damit Dennis wieder im Leichtathletikteam mitmachen und glücklich und zufrieden mit Carol leben konnte.

Dann hörte ich die Sirenen näher kommen.

Sie vermischten sich mit meinen eigenen Schreien.

Ich war völlig außer mir. Ich geriet außer Kontrolle. Ich sah rot.

„Das kannst du mir nicht antun!", schrie ich Dennis schrill an.

Ich zückte die Pistole.

Dann hob ich sie an seine Brust und drückte ab.

30

Nein, das tat ich nicht.

Ich konnte es nicht tun. Ich war keine Mörderin.

Ich rang nach Luft. Ich hatte das Gefühl, als würde ich gleich ersticken oder in einer schrecklichen Finsternis untergehen.

Was war das für ein wütendes Heulen?

War das mein verzweifeltes Schreien?

Oder war es die Polizeisirene?

Warum war es so dunkel geworden? So unheimlich dunkel?

Und warum bekam ich keine Luft mehr?

„Lass die Waffe fallen! Lass sofort die Waffe fallen!", hallte eine kräftige Männerstimme durch die Finsternis um mich herum.

Bevor ich mich rühren konnte, wurde ich von starken Händen unsanft gepackt. Verschwommen nahm ich Bewegungen wahr. Dunkle Uniformen. Grimmige Gesichter. Eine Hand entriss mir die Pistole.

„Keine Bewegung!", befahl der Mann.

Jemand stellte sich hinter mich, packte mich an beiden Armen und zog sie nach hinten.

Allmählich hob sich der dunkle Schleier.

Die Umrisse von vier Polizisten wurden deutlich.

Zwei von ihnen beugten sich über Mr Northwood. Der dritte hielt mich von hinten fest. Der vierte ging zu Dennis und Carol.

Erstaunt registrierte ich, dass Carol weinte.

„Ach, es war so schrecklich!", heulte sie dem Beamten mit ernstem Gesicht vor.

„Wir haben alles gesehen", sagte Dennis mit trauriger Miene und umschlang Carols bebende Schultern mit seinem Arm.

Carol stieß einen Schluchzer aus. Dann holte sie ein paarmal tief Luft. „Wir haben versucht, Johanna davon abzuhalten", erzählte sie dem Polizeibeamten und wischte sich die Tränen von den Wangen. „Wir wollten sie stoppen, aber wir kamen zu spät."

„Wären wir doch nur früher gekommen", fügte Dennis kopfschüttelnd hinzu. „Nur ein paar Sekunden früher, dann wäre Mr Northwood jetzt noch am Leben."

„Sie hat ihn erschossen!", schrie Carol. „Johanna hat ihn erschossen!"

Der andere Polizist zog meine Arme hinter meinem Rücken so hoch, dass ich vor Schmerzen aufschrie. Dann senkte er den Kopf, bis sein Gesicht meinem ganz nahe war. „Das wird dir eine Anzeige wegen vorsätzlichen Mordes einbringen und …"

31

„Hey, der lebt ja noch!", unterbrach ihn einer der Polizisten, der sich über Mr Northwood beugte.

„Wo ist denn verdammt noch mal der Krankenwagen?", sagte sein Partner. „Er hat zwar viel Blut verloren, aber er atmet noch. Wenn sie sich beeilen, kann er es schaffen."

Mr Northwood war gar nicht tot!

Die gute Nachricht ließ mein Herz höherschlagen, während der Beamte mich mit monotoner Stimme über meine Rechte informierte.

„Meine Mutter", murmelte ich und versuchte verzweifelt, klar zu denken. „Meine Mutter ist noch bei der Arbeit."

„Wir werden deine Mutter holen", sagte einer der Beamten mit leiser mürrischer Stimme. „Und du wirst einen guten Anwalt brauchen. Selbst wenn der Mann überlebt, steckst du in ernsthaften Schwierigkeiten. Gebrauch einer tödlichen Schusswaffe. Vorsätzlicher Mord."

„Aber ich habe nicht ..." Ein verzweifelter Schluchzer stieg in meiner Kehle hoch und erstickte meine Worte.

Sie würden mir sowieso nicht glauben.

Dafür hatten Carol und Dennis gesorgt.

Ich konnte meine Schuld zwar abstreiten, aber niemand würde mir jemals glauben.

Die ganze Schule wusste, dass ich Mr Northwood

erschießen wollte. Es gab mindestens hundert Leute, die der Polizei von den Wetten berichten konnten, die darüber abgeschlossen worden waren.

Außerdem hatten sie mich mit der Tatwaffe erwischt, mit der Waffe, die Mr Northwood getötet hatte.

Keiner würde glauben, dass ich unschuldig war. Niemand.

Die Polizeibeamten zerrten mich in Richtung des Streifenwagens. Ich warf einen Blick zurück auf Carol, die sich scheinheilig die Augen ausweinte. Dennis hatte den Arm um sie gelegt und tat so, als würde er sie trösten.

„Warum hat sie ihn erschossen? Warum bloß?", hörte ich Carol durch ihren Tränenschwall murmeln.

Ein perfektes Schauspiel.

Die Beamten hatten mich schon bis auf die Auffahrt gezerrt, als einer der anderen Polizisten überrascht rief: „Hey, kommt noch mal zurück! Schaut euch das hier an!"

Sie drehten mich unsanft um und zogen mich zurück zum Holzhaufen. Währenddessen tröstete Dennis immer noch Carol. Die Beamten starrten auf den Gegenstand, den ihr Kollege in der Hand hielt.

„Das habe ich in der Manteltasche des Opfers gefunden", sagte der Polizist. Er hielt Mr Northwoods winzigen Kassettenrekorder hoch.

„Na und?", fragte ein anderer.

„Er ist noch eingeschaltet und nimmt alles auf", antwortete sein Kollege. „Ich wette, wir haben die ganze Tat auf Band."

Schlagartig hörte Carol auf zu weinen. Dennis und sie erstarrten, als der Polizist auf einen Knopf drückte und die Kassette in dem winzigen Gerät zurückspulte.

„Ich glaube es einfach nicht!", stieß einer der Polizisten verblüfft aus.

Wir hörten einen unverständlichen Wirrwarr von Stimmen, als das Band zurücklief. Dann drückte der Beamte auf einen anderen Knopf und wir hörten Dennis sagen: *„Es war eine Wette. Carol hat gewettet, dass ich dich nicht dazu bringe, unser Problem mit Northwood für uns zu lösen."*

Keiner rührte sich. Alle hielten den Atem an.

„Stellen Sie das ab!", kreischte Carol. Sie versuchte, dem Beamten den Kassettenrekorder zu entreißen. Doch einer der Beamten packte sie am Arm und zog sie zurück.

Dennis senkte verzweifelt den Kopf.

„Aber du hast ihn erschossen. Du hast ihn umgebracht. Warum hast du das getan?"

Und dann hörten wir alle, wie Dennis sein Geständnis ablegte: *„Weil ich dachte, du könntest einen Rückzieher machen. Das konnte ich nicht riskieren. Also habe ich es selber gemacht. Doch die Polizei wird glauben, du seist es gewesen. Alle werden es glauben."*

Einer der Polizisten hechtete auf Dennis zu, doch der versuchte gar nicht zu fliehen. Er blieb einfach mit gesenktem Kopf stehen. Sein schwarzes Haar fiel ihm ins Gesicht.

„Jetzt wirst du dich für diesen Mordversuch verantworten müssen", sagte einer der Beamten grimmig.

Nun heulte Carol wirklich.

Dann hörte ich eine laute Sirene vor dem Haus. Endlich war der Krankenwagen da.

Der Polizist ließ meinen Arm los und entschuldigte sich bei mir. „Wir werden auf jeden Fall eine Aussage von dir brauchen, doch die kannst du auch noch später machen", sagte er leise.

Er zeigte mit gerunzelter Stirn auf Dennis und Carol. „Tolle Freunde hast du da", meinte er sarkastisch. „So was habe ich noch nie gehört. Und was ist das für eine Wette, die er auf dem Band erwähnt?"

Ich sah zu, wie die anderen Polizeibeamten Dennis und Carol zu den Streifenwagen brachten. Carol schluchzte laut. Dennis wirkte jedoch völlig unbeteiligt.

„Die Wette? Ach, das war bloß ein schlimmer Tagtraum", sagte ich. „Bloß eine fixe Idee, die zu real wurde."

Dann wandte ich mich von den roten Lichtblitzen ab und lief schnell ins Haus zurück.

Über den Autor

„Woher nehmen Sie Ihre Ideen?"
Diese Frage bekommt R.L.Stine besonders oft
zu hören. „Ich weiß nicht, wo meine Ideen herkommen",
sagt der Erfinder der Reihen *Fear Street*
und *Fear Street Geisterstunde*. „Aber ich weiß,
dass ich noch viel mehr unheimliche Geschichten
im Kopf habe, und ich kann es kaum erwarten,
sie niederzuschreiben."
Bisher hat er mehrere Hundert Kriminalromane
und Thriller für Jugendliche geschrieben, die
in den USA alle Bestseller sind.
R.L.Stine wuchs in Columbo, Ohio, auf.
Heute lebt er mit seiner Frau Jane und seinem Sohn Matt
unweit des Central Parks in New York.

R.L. STINE

FEAR STREET

Noch mehr Spannung mit den Hardcovertiteln

- Ahnungslos
- Der Aufreißer
- Der Augenzeuge
- Ausgelöscht
- Besessen
- Blutiges Casting
- Eifersucht
- Eingeschlossen
- Eiskalte Erpressung
- Die Falle
- Falsch verbunden
- Das Geständnis
- Jagdfieber
- Mordnacht
- Mörderische Gier
- Mörderische Krallen
- Mörderische Verabredung
- Die Mutprobe
- Ohne jede Spur
- Rachsüchtig
- Schuldig
- Die Stiefschwester
- Der Sturm
- Teufelskreis
- Teuflische Freundin
- Die Todesklippe
- Tödliche Botschaft
- Tödliche Liebschaften
- Tödlicher Beweis
- Tödliche Lüge
- Tödlicher Tratsch
- Im Visier